人間百種 百人百癖

堀内新泉 著

国書刊行会

はじめに

「成功したいと思うのであれば、世間の実情をよく知らなければならない。世間を離れて人間はなく、また人間を離れて世間はない。世間を広く理解しようとするなら、まず多くの人間を理解しなければならない」。

本書の原本は、幸田露伴の門人であった堀内新泉が大正三年に出版した『人間百種百人百癖』である。

「知らずに知ったふりをする人」「早合点をする人」「細君に使われる人」「むやみ矢鱈に笑う人」「人をただで使う人」「むやみに人を疑う人」「人を言いたいように言う人」「困りながら怠けている人」「働いて貧乏する人」「金持の真似をしたがる人」「何だか気味の悪い人」「至って無作法な人」など、人間を百種に分類、「各々の性質を研究し、できるだけ具体的に描写して、各種の人間に接する機会の多くない人々の助けとなればとの思いで書かれた世渡りガイドブック」である。

初版が出版されるやベストセラーとなり、何度も版を重ねた自己啓発本の草分けである。

登場する人物像は、現代の社会を見渡しても「ああこれはあの人のことか」と現代社会でも十分通用するものばかり。時代は変われど人間の性格や癖は同じようなものである。

読者は、この百人百癖を手がかりにすることによって、人を観る目が変わり、人生が面白くなくこと必定である。

人間百種百人百癖　目次

人間百種百人百癖　目次

人間百種百人百癖　目次

人間百種百人百癖　目次

一　手にたこのある人

人間はいかなる職業に従事しても、手にたこのできるまでやれば、決して食には窮せぬものである。文人には筆だこ、商人には算盤だこ、百姓には鍬だこ、鎌だこ、足には固い草鞋だこ、大工さんには鋸だこ、錐だこ、かんなだこ、手斧だこ、鍛冶屋さんには槌だこにふいごだこ、船頭さんには艪だこ、剣客には竹刀だこ、芸者には糸だこ、撥だこ、鼓だこ、俳優には仮髪だこ、講釈師には貼扇だこ、神官さんには御幣だこ、お坊さんには鐘だこ、まッた木魚だこ、車夫さんには梶棒だこ、兵隊さんには鉄砲だこ、女に針だこ、庖丁だこ、お医者さんには打診だこ、呉服屋さんに物差しだこ、漁夫に網だこ、木挽に鋸だこ、石屋に鑿だこ、酒屋に桝だこ、金貸しに催促だこができるとすれば、借りた方には言いわけだこ、嬶《かかあ》は泣きだこ、ふくれだこ、おやじはおこって癇癪だこ、のらくらむすこにはいからだこ、嬢さん奥さん虚栄だこ、学生にペンだこ、としよりには眼鏡だこ、子供衆のは紙の凧、政治家さんは演説だこ、新聞記者は材料《ネタ》取りだこ、玄関番には取次だこ、おさんどんは米研ぎだこ、骨董屋さんにひねりだこ、刑事は縄だこ、馬方は手綱だこ、博徒にサイコロだこ、土方に棒だこ、女郎の手には煙管だこ、乞食の手には欠け椀たこ、こちらは困った貧乏だこ、しかし少しも驚くことはない、人間はいかなる職業に従事しても、手にたこのできるまでやれば、少くともその道みちにおいて一人前の人間になり得るのである。一人前の人間になり得て真面目に働けば、少くともその日の食に窮する憂いはない。

これに反して何をやっても、手にたこのできぬ間は飯の食える気配は無い。早い話が桶の輪がえを一つ頼むにしても、手に輪だこのない桶屋に頼むと後できっと水が漏る。畳の表がえをするにも、ひじや指の節にたこのない畳屋に頼むと、どうせロクな仕事はできぬ。医者にかかるにしても、左の中高指にまだたこの見えぬ人に胸を打《たた》いて貰うと、あまり安心はしていられない。

ちょっと辻車に乗るにしても、手に梶棒たこのない、おまけに色の生白い車夫の車などに乗るととんだ目に会うことがある。こういう車夫にはたこはあっても前に言ったはいからだこか虚栄たこの上りで、おやじさんに勘当されたやつに違いない。

おなじくたこという名のつくうちにも、はいからだこ、虚栄だこ、なまけだこ、嘘つきたこなどはよろしくない。そんな人間を相手にすると、とんだ馬鹿を見なければならぬ。

しかしちょっと筆耕を頼んでも手に筆だこある人ならば確かである。また着物を一枚頼んでも、手に針だこのある女ならばそんなに寸法など間違えるものではない。

馬に乗っても鞍だこのある人は達者だ。按摩を呼んでも手にたこのあるやつならばとにかく一人前には揉む。易者にちょっとやらせてみても手にぜいちくだこのあるやつであれば、相手の顔や人物を見てなんとか理屈をこじつける。おなじく銃猟に出かけてもほっぺたに鉄砲だこのある人であれば、そんなにあぶれては帰らない。書を一枚書いて貰っても、手に筆だこのある人であれば、やはりどこにか素人の及ばぬところがある。絵描き、小説家、木彫家、牙彫職人、鋳金家、そのほかなんでもすべて皆同じこと、まずその人の手のたこを見た後の相談にするがよい。碁打ちには石だこ、将棋指しには駒だこ、茶人には茶筅だこ、植木屋に鋏だこ、経師屋には刷毛だこ、槍術家には槍だこ、弓術家には弦だこ、およそ一芸に達した人には必ずどこへか手にたこのあるものである。

二　口先で物を言う人

世にはただ口先で、いかにも軽く物を言う人と、またいちいちしっかりと、腹で受け答えをする人がある。人は必ずこのうちの、そのいずれかに属するものである。

ただ口先でものを言う人は、概して腹もなければ、また誠意も乏しいものである。しかし、こういう人は、ちょっと会ってみたところでは、ひどく人附きのよいものである。こういう人に何か相談を持ちかけると、自分のふところから金を出さずに済むことであれば、決していやな顔はせぬ。すぐに軽く受けて、「よろしい承知いたしました。イヤ大きに、極力運動いたしましょう」などと、いかにも親切らしく言う。

こういう人は、何ごとでもすぐに承知はするが実行はしない。ただ口先で承知したばかりで、後になって聞いてみると、「ハアそうでしたか」といったようなことが往々ある。

人間は腹で言ったことは忘れぬが、口先で言ったことは、とかく忘れやすいものである。なぜだといえば、腹から出るのは事実であるが、口から出るのは虚偽である。事実はいつまでたっても消滅しないが、虚偽はいかに巧みに言いなしても、たとえば一時人目をうばう虹のようなものである。

実に油断も隙もならぬ世の中で、今日の世間大多数の人の口先には虹が立つ。しかしすぐに消えてしまう。言ったこともしたことも決して長く頼みにはならぬ。その人の腹に至誠がないからである。

人を使うにも、人に使われるにも、または人と仕事を共にするにも、ただ口先で虹のように華やかにものを言う人を頼みにしていると、後でとんだ馬鹿を見て、おのれひとりで痛い思いをしなければならぬようなことになる。ただ口先でその時その場に応じ、うまく調子を合わせる小才子をあまり信用すぎた結果、今日この喜劇を演じつつある人は、世間に決して少なくはない。

これに反して、いちいちおのれの腹でしっかりと受け答えをする人は誠に少ない。口先でなく腹で受け答えをする人は、おのれの責任を重んずるので、たとえどんな些細なことであろうとも、人から相談を受けた場合には「オットよろしい承知しました。ナニ雑作ありません」などというような軽い口の利き方は断じてせぬ。「そうでしょうね」と腹の底から声を発して、まず疑いを存し、とくと己れの腹で、我が成し得るや否やを考えてみる、その顔つきからして重々しく見える。だからこっちはただ口先で出鱈目を言う人と違って、概して人附きのよくないものである。人附きはよくないが、こういう人が腹を据えて、「よろしゅうございます。承知いたしました」と答えた時は、その人の言を信じてもまずもって後日悔なきものだと見なければならない。昔はこの一言に武士は己れの一命をかけて口を開いたものだというが、今日の人は武士にあらずして紳士である。多くの人に接するには、その辺の覚悟もまた大切である。

総じて人に使われるにしても、ただ口先の人よりも腹の人に使われたい。また人を使うにしても、口先の人よりも腹の人を使った方がたのもしくもあり安全でもある。人とことを共にするにもまたその通りである。

要するに、ただ口先でものをいう人は、その性概して軽佻浮薄で、とかく事を誤りやすく、腹でものをいう人は謹厳崇重で大事に堪える。初めて人に接した場合には、相手の人物如何を見ることが大切である。

三　目先の利かない人

世には目先のきかぬ人がある。こういう人は、何になっても使い道がない。実に困ったものである。こういう人には、同情したくもほとんど同情のしようがないだろう。いつも余りに気の利かぬことばかりして、物の用に足りないからである。こういう人は、世間にははなはだ少ないかというと、どうもそうではないらしい。論より証拠、世には「お前はどうも目先がきかんで困る。今日の人間が、それじゃ仕方がないじゃないか」と言って目上の人に叱られている人が少なくない。

全体目先のきかぬ人というのは、どんな人をいうのであろう。鼻のきかぬ人といえば、病気のために嗅覚の鈍くなった人に違いないが、目先がきかぬというのはちょっと妙だ。こころみに辞書を見ると、口先という語は出ているが、目先という語は見当たらぬ。そうしてみれば、これは世の学者には余り知られぬ語で、ある必要上から世の実務家によってつくられた語かも知れぬ。

しからば何と解釈を附したらよかろう。ヨシ来た一番目先をきかして、あの話をもっていったらどうだろう。あるいはうまく壺にはまるかも知れぬ。

昔、ある国の山中に一人の長者が住んでいた。その長者がある年の冬、たいそう雪の降っている日に、急に鯛の刺身が食べたいと言い出した。

海辺までは大分土地が隔たっているので、執事は大きに当惑したが、一度言い出してはなかなか承知しせぬ主人のことであるので、執事は一人の僕に金を持たせて、遠い浜辺まで鯛の無塩を買いにやった。三日目の夕方に僕は長者の館に帰って来たが、せっかくの御用はお生憎様であった。

「どうもこの頃はひどく海が荒れて漁がないので鯛はございませんでした」

執事は大きに失望し、恐々その訳を長者に申すと承知しない。

「どうあっても鯛の刺身を食わねばならぬ。すぐにまた探しにやれ」

執事はまた一人の僕に金を持たせて、浜辺を指してつかわした。なにしろこの節はひどい雪で、海のものはおろか山のものも、すべての肉が絶えたので、長者は毎日不機嫌だったが、ある日のこと海にやった使の帰るのを待ちかねて、

「それではせめて鴨でも食いたい。今日の夕飯にはぜひ鴨の肉を出せ」

鯛もないうえに鴨も間に合わぬということになると、長者はどんなに暴れ出すかも知れぬ。執事はハラハラして一人の僕に弓矢を渡して、

「その方これよりいずれへなりと参り、ぜひ主人の今夜の晩餐の間に合うように鴨を射て参れ」

「かしこまりました」

僕はただちに出発した。やるにはやったが執事は不安でたまらなかった。

「首尾よく鴨を射止めて帰ればよし、もしまた空手ですごすご帰って来ては、それこそ何ともしようがない。こりゃこうしてはいられぬわい、もう一人誰か鴨猟にやらねば心許ない次第じゃ」

さっそくまた一人の僕に弓矢をもたせて、前のようにいい含めて、ただちに館を出発させた。出発させるとほとんど同時に、雪がだんだんはげしくなって嵐がドッと吹いて来た。

「この様子ではどうだろう」

執事は実に気が揉めた。さるほどにはげしい雪と嵐との間に追々時刻は移ったが、鴨狩に出かけて行った二人の僕は、この雪に凍えたか、ただしは谷に落ちでもしたものか、どちらも帰って来なかった。執事はますます心を痛め、とつ置いつしているうちに、冬の日は暮れるに早く、すでに夕方になって来たが、おなじく何の便りもなかった。

「これは所詮望みがない？」

執事はついに絶望した。

「さて鴨が手に入らぬとすればどうしたものか。訳を言っても聞き分ける主人でない。いよいよ鴨も手に入らぬということになれば、叩き出される位では、あるいは事が済まないかも知れない。それでなくともこの節はひどく御機嫌の悪いところにお望みの鯛も手に入らぬ。鴨も差し出すことができないとあっては、それでは執事の役目が立たない。たとえ打ち首に合っても仕方がない。主人が悪い訳ではない、まったく自分の不行届きじゃ。もうこうなるからには運の尽き、人力の及ぶところでない」

執事はすでに覚悟はしたが、それともどうかと、なお二人の便りを待っていたが、どちらも姿を見せぬうちに、日ははやすでにまったく暮れて、長者が晩餐の時刻はもう眼前に迫って来た。

「もういかん！」

一縷の望みも今は絶えて、執事はすっくと立ち上った。同時に最初館を出かけた僕が狩から帰って来た。執事は顔を見て喜び、

「ヤア御苦労であった！　どうだ、鴨を射て参ったか」

「今日一日狩りくらして参りましたが、鴛鴦はしばしば見当たりましたが、鴨にはついに見当たらず、それゆえ空しく帰りましてございます」

執事は怨めしそうな顔をして、

「しからばなぜおしどりなりとも射て参らなかった！」

「鴨との仰せでございましたので……」

「さてさて汝は愚かな奴！　同じ水鳥のことゆえに、鴨がなくともおしどりでもあらば、またなんとか御前の御意を得られる工夫もあったであろうに、種がなければ手品も使えぬ！　おのれ役に立たないやつ、もしこの方にお咎めあれば、お前も決してこのままには差し置かぬぞ！」

一日寒い思いをして、雪を浴び嵐に吹かれ、ほとんど生命がけの仕事をして戻って来た僕こそいい面の皮、いたわられでもすることか、このままでは差し置かぬぞはあまりにむごい。むごいようではあるが執事の身になってみれば、これもまた無理はない。

そのうちに時刻がいよいよ迫って来た。執事はハタと当惑し、真青になっていると、そこに第二の僕が同じく狩から帰って来た。執事はまた生きかえり、

「ヤアどうであった？　鴨は射て参ったか」

「執事殿の仰せに従い、今日一日心当りの場所を捜しましてございますが、あいにくと鴨は一羽も見当らず……」

「や、や、さてはお前も空手で今頃帰りおったと見えるな！」

執事はたまらず、腰の一刀に手をかけた。二人の僕は逃げ出した。

　この時一人の僕は実際館を逃げ出したのであった。また逃げ出さずにはいられないのであったが、一人は何か頼むところがあったと見えて、ほどなく大きな包を背負って、のっそのっそと執事の部屋にやって来た時は、執事は失望のあまりもう死んだようになってまだ死んでいなかった。死んでおらぬ証拠には、こちらの顔を見るが早いか、おのれと呼んで跳り立ち、跳り立つとともにまた一刀に手をかけた。僕は制して、

「イヤ執事殿まずしばらく！」

　執事は拳に一刀の柄を叩いて眼をいからし、

「生命が惜しくば、なぜ鴨を射て参らなかった？」

「いかに執事殿の仰せでも、おらぬ鴨は射ようがござらぬ！　さりながら折よくおしどりは見当りましてございます！」

「しからばそのおしどりを射て参ったか」

「左様にございます。おなじ水鳥のことゆえにどれでもお役に立たぬことはあるまいと存じ、見事なおしどり二つがい射止めて帰りましてございます！」

「何と！」

「まだその上に雁も一羽……」

「何と！」

「鶴も一羽……」

「何と、何と、何とお前は目先の利いた男であろう！　そのように智慧が働らかなくては、このお館の

御奉公は勤まらぬ」

「執事殿、これがそのおしどりでござる！」

「なるほど！」

「これが雁でござる！」

「いかにも！」

「コレがその鶴でござる！」

「ヤアこれは見事なものじゃのう！　イヤこれだけあれば御前は上首尾……」

「とにかくすでにお夜食の時刻も迫ってござりますれば、これをこのまま御前の御覧に入れましてはいかがでござりましょう？」

「オオよいところに気がついた。しからば左様いたすであろう」

長者はこれらの獲物を見て大いに喜び、二人を賞して今夜の晩餐を楽しんだ。目先の利く人は手先も利く。僕はさっそく以上の獲物を見事にさばき、皆それぞれに調理して長者の食膳に並べると、長者は非常な御機嫌であった。

執事は大きに喜んだ。これでまず一つの難は切抜けたが、海の使はどうであろうと気づかっていると、これもその翌日雪を踏んではるばる浜辺から帰って来た。

「鯛はあったか」

「どう探してみましても、鯛は生憎見当たらずに戻りました」

「然らばお前も空手で来たか」

「イヤ遠方わざわざ参りましたことゆえに、お気に召す召さぬは格別、見事なひらめとほうぼうと鯒とたことを得て帰りました」

執事はホッと息を吐き、

「イヤお前もなかなか目先が利くわい！　よく智慧を使う男じゃ！　そうでなくてはこのお館の御奉公は勤まらぬ」

鯛はなかったが、これもまた長者の意に満ち、二人を厚く賞したとのことである。

お話は変わりまして、おなじく人に使われても、万事に目先の利く者でなければ到底立身出世はできぬ。なんとなれば事の間に合わないからである。また人を使うにしても、目先の利かぬ者を使って、それに仕事を頼んで下手に安心しているというと、鴨と命ずればおしどりがいても捕まえて来ず、鯛と注文すればそれ以外には目が利かず、空手でスゴスゴ帰って来て、こちらも詰まらなければ向うでも骨折損というようなことになる。

さていよいよ結論に迫って来た。目先の利く人になるにはどうすればよいか、万事万物に接して、すなわちその時のその場合場合にのぞんで、縦からも横からも自己の智慧を使ってみることが肝心である。換言すれば、万事万物に当たって、よく自己の常識を活用するのが、目先の利く人になる練習である。

四　常にため息をする人

世の中には何事につけても、常にためいきをついて、愚にもつかぬ泣き事ばかり言っている人がある。

例を挙げてみれば——
(一)「私はどうしてこんなに運が悪いのだろう!」
(二)「私はどうして金に縁がないのだろう!」
(三)「私はどうしてこんなに身体が弱いのだろう!」
(四)「私はどうして人に嫌われるのだろう!」
(五)「私はどうしてこんなに智慧がないのだろう!」
(六)「私はどうしていつも損ばかりするのだろう!」
(七)「私はどうしてこんなに借金ばかり殖えるのだろう!」
(八)「私はどうして人に信用がないのだろう!」
(九)「私はどうしてこんなに自分のかかあにまで愛想をつかされるのだろう!」
(十)「私はどうしてこんなに糞が固いのだろう尻が痛い!」
こういうように一々悲観した日には、人間はやり切れたものでない。ところが世には好んで万事を悲観して、こういうように泣きごとばかり毎日言っている人がある。

こういう人は、少々仕事はできても、秋口の蛇のように人から心細いと思われるようになる。それだけですめば結構だが、自然人に嫌われて、できる出世もできなくなる。それで自分は面白いかというとそうでない。自分も面白くなく人にもいやな思いをさせる。そうして何にも得るところはないと来ては、世の中にこれほどつまらぬことはあるまい。

笑う門には福が来るとすれば、泣く家のお客さまは貧乏神に違いない。

世人記憶せよ。イヤよく覚えておいでなさい！　悲哀の百ポンドよりも快楽の一オンスが世は貴い！　総じてためいきは人間の大敵である。

すべて話は早いがよいが、国民全体がためいきをついたならば、その国家はどうなることであろう。また一家こぞってためいきをつき、泣きごとばかり言っていたならば、その家はどうなるであろう。個人としてもその通り、いつもためいきばかりついていたならば、その身の末路はどうなるであろう。イヤ末路のことはしばらくおいて、ためいきばかりつくような者は、現在においてもすでに失意の人であるに違いない。

ためいきはわれ一人にとどまらず、人に伝染するものである。人の上に立つ人でためいきをつけば部下の者も自然とためいきをつくようになる。上下こぞってためいきをつくようになっては、もうその事業はおしまいである、少なくとも発展する気配はない。

一家にしてもその通り、主人がためいきをつけば細君も自然とためいきをつくようになる。主人夫婦がためいきをつけば、訳もわからずにおさんどんもためいきをつき、子供までがその気を受けて、自然と元気がなくなるようになる。こうなった日には、もうその家はおしまいである。少なくともその家の繁昌する気配はない時である。

よって、常にためいきをつく人には使われぬがよい。立身出世の見込みがない。常にためいきをつく人は使わぬがよろしい。一人のために十人の勇気が沮喪せぬとも限らぬ。また常にためいきをつく人には近寄らぬがよろしい。こちらも自然とその気に感じて、常にためいきをつくようになる。またこういう人と仕事を共にすれば、いつも消極主義に流れて、鯉の逃げ跡ばかりを押さえるようなことになる。

ためいきの出かかった時は、下腹にウンと力を入れて、「ナニ糞っ！」と全身に気を満たし、朝日をにらんで天に昇る鷹の強さを思うがよろしい。そうすればだんだん強い人になって、ついにはためいきが出ぬようになる。常にためいきをつかぬようになれば、少なくともすでに一人前の男になり得た時である。

五　金ばかり欲しがる人

世の中には明けても暮れても金ばかり欲しがる人がある。

どっこいそれは問題にならぬ。今日の世の中に一人たりとも金を欲しがらぬ人間があるか。

しかしそれも程度問題で、ここに言うのは義理も人情もおかまいなしに、ただただ己れのふところに掻き込もうとする強欲非道な人間を言うのである。

もちろん人間は欲からは離れ切れないもので、「泣き泣きもよい方を取る形見分け」とかいうくらいであるが、それにしても一面においては、人間としてはまた多少は物の哀れも知らねばならぬものである。

さもなくして人間が、ただおのれの欲一方に固まった日には、親に食わせるのも惜しいであろう、子に着せる物も無駄なような心持ちがするであろうが、世間の人は悉く皆そうではないところをみると、人間はあながちに欲ばかりに生きるものではなくて、少なくとも半分は情に生きるものである。

ところが世には義理も人情も顧みずに、ただ己れの欲ばかりに生きようとするような不心得者もまた少なくない。

一例を挙げてみるならば、ある地方の者で東京に出て、高利貸しを始めた者があったそうだ。高利貸しといえば、ちょっと世間普通の人間にはでき難い離れ業である。なんとなれば高利貸しの生命は冷酷無慈悲な点にあって、多少涙のある者には人の喉を縛っておいて、その背中を叩くようなことはできぬからである。

さてその男は高利貸しでもして、おのれの欲心に満足を与えようというくらいの人間であるので、他人に無慈悲なばかりでなく、おのれの親に対してまでも残忍であった。この男が高利貸しをやっている最中に、国元から母親が見物がてら会いに来た。

世間普通の者であれば、「アアおッ母さんよくお出で下さった！　田舎などに帰ろうよりどうかもう東京でお暮しなさい。私もおかげさまでどうにかやって行けるようになりました」というのが普通の人情であるが、この男はそうでない、母親が来ると顔をしかめて、「マア上れ」とも言わなかったが、母親はすぐ帰る訳にもゆかず、二、三日厄介になっていた。

伜はその晩仕方なしに飯を出したが、彼はその時母親が御飯を食べているのを見て、「アア惜しいもんだ、東京で飯を一椀食えばいくらするか」と心で見積ったそうである。

親に食べさせる物を惜しがるくらいの了簡の奴であるので、この畜生は東京でついに四十万円高利貸しで金をこしらえた。ところが後がうまく行かない。夜はうッかり外に出かけることもできぬようになったので、そっくりその金を持って国に帰り、家蔵を建ててならべて郷党に誇るつもりであったが、土地の人はおろか身内の者まで一人も寄りつかない。

そこでちょっと古いことばを拝借しますが、「天に口無し人をもって言わしむ」で、土地では誰言うと

なく彼を罵り、

「あの野郎は東京で高利貸しをして人を泣かせて金をこしらえて来たそうだ。あいつのために死んだ人が幾人もあるそうだ、アンナ奴をこの村に置くのは土地の穢れだ、畜生かまわぬなぐってやれ！」

村人こぞって憤り、夜中はここでも大きな石などが飛んで来るので、家も屋敷もそのままにして村を立退いたそうである。

人道を無視し、ただ金ばかり欲しがると、得てしてこんな結果になりやすいものである。人間の幸福は断じて金銭ばかりにはない。

結論はいつも同じところに行くが、こんな人間に使われると、散々痛い思いをしなければならぬ。またあやまってこんな人間を使うと、きっと帳尻をごまかされる。またこんな人間と仕事をともにすると、きっとこちらの生血を吸われる。御用心御用心。

六　酒ばかり飲みたがる人

世にはむやみと酒ばかり飲みたがる人がいる。明けても酒、暮れても酒、雨が降ってるからと言っては飲み、天気になったからと言っては飲み、不幸があるからと言っては飲み、慶事があるからと言ってはなお飲み、気持が悪いからと言っては飲み、身体の調子がいいからと言っては飲み、金が手に入ったからと言ってはまず飲み、ふところが淋しいからと言ってはやけくそになって飲み、忙しいからといっては飲み、ひまだからと言っては飲み、景気がいいからと言っては飲み、不景気で困ると言ってはまた飲み、細君の御機嫌がいいからと言ってはいい気になって飲み、またそうでないからと言ってはふてくされて飲み、客が来たからと言っては客をダシにして飲み、帰った後ではひとりで飲み、淋しいからと言っては飲み、にぎやかだからと言っては踊って飲み唄って飲み跳ねて飲み、明くる日は頭が痛いと言っては迎い酒を飲み、昨日の酒はよくなかったからと言っては飲み直し、よかったからと言ってはまた大いに飲み、その他日常万事につけて、手に杯を抱えねば承知せぬ。

こういう人は酒を己れの生命にして、何かにつけて飲もう飲もうと苦心することは、ちょうど金ばかり欲しがる人間が、人の家の不幸に際しても、誠にお気の毒さまでございますと言いながらその不幸につけ込んで、「オット来た私が行って参ります」とまっ先に飛び出し、はや桶代の棒先でも切って、なにがしかこっそりと己れのふところに入れようとするのと同じことである。実に至れり尽くせりで、何かことあれかし、どうかして飲もう飲もうと苦心する。

世には昔から「酒乞食」ということばがある。こういう人間は親ゆずりの身代もたちまちにして飲んでしまい、自分の物も飲んでしまい、ついにはかかあのふんどしまで飲んでしまうようなことになる。もはや自身の力では飲めなくなると、勢い「酒乞食」にならざるを得ない。「酒乞食」というのは人の酒を貰って飲むのである。人間もここまで堕落して来ると、もはや人間の資格はない。人が酒を見せると、ちょうど犬が魚の骨を見せびらかされたように、それこそたちまち尾を振って、イヤ形ばかりは人間だから尾はあるまいが、鼻をヒクヒク動かして近づき、杯を頂いて空世辞を言いながら、嬉しがって貰って飲む。その心のうちの卑しさは、実に沙汰の限りである。こういう人間はどこへ行っても卑しまれ、どこでも鼻をつままれる、実に因果なことである。

こういう人間はたとえ身に立派な芸を備えていても、決して立身出世はできぬ。いわんや身にこれという能力もない者においては申すまでもないことである。酒ゆえには昔から身を滅ぼし家を滅ぼし、中には国を滅ぼした人達さえもあるが、これは実にさもありそうなことである。

なぜかというと、酒をもって己れの生命とするような者は、二日酔い、梯子飲み、そのほかどんなことでもやる。こういう人間は酒にかけては、自己の大切な職業はおろか酒の前には生命もかまわず差出して、酒さえ見れば朝よし昼よし夜もよし、その間間いつもよしということになって、時も場合もおかまいなしに飲む。だからこういう人間には規律もなければ秩序もなく約束もなければ責任もない。同時に金もない芸もない世間の信用もないと来ては、その人間はもう首でもくくるよりほかには道がない。酒ゆえに身を滅ぼし家を滅ぼし国を滅ぼす原因は、まったくここにあるのである。

むやみに酒ばかり飲みたがる人間に仕事を頼んだり、仕事を共にしたりしていると、実にとんだことになる。こういう人間が酒を見ると酒の前にはいかなる大事も忘れてしまう。自分のことまで忘れてしまうような人間で、他人のために忠実に尽くしそうな道理がない。だからこういう人間は誰も信用しなくなる。すなわち酒ゆえに我がすべての物を奪われて自分で自分を葬るようなことになる。

七　酒癖の悪い人

ついでにもう一つ酒癖の悪い人について。前には極端な飲酒家の例を挙げたが、今度のはそうではなくて、酒を飲めばすぐに発狂して、人にとんでもない迷惑をかけたり、またはきわめて不愉快な思いをさせたりする人について二、三の例を挙げてみるのである。

不断はよく働きもする、相当に役にも立つ、また信用もおける男でありながら一杯飲むとまるで人変りがして、人に喧嘩を吹っかける、腕を振りまわす、または物を取って投げるというような人がある。これも実にまた困ったもので、おのれの価値を大いに傷つける。

昔から酒には三上戸あるというが、これは実にそうである。前に述べたような人は、おこり上戸に属する人で、その中の最も忌むべきものである。

また不断は別に厭味のない人でありながら、一杯飲《や》ったとなると、妙に肩肘を張って自分のことばかり褒め、他を貶す癖のある男がある。これも実に聞き辛いもので、同席していてもいやになる。

また一杯やると、好んで他の密事をあばく癖のある男もある。

「イヤ誰はどういうことをした」

「イヤ、なにがしは今こういうことをやっている」

これも実によくない癖で、御本人は得意かも知らぬが、聞き手によっては、実にその人の腹の中が思いやられるものである。

酒にも都合四十八癖あるといえば、実に色々な癖をもっている人があるだろう。中にはここにお話しをすることのできぬような癖もあろうが、そのへんはまずお預かりにして置いて、世には一杯飲ると、相手のいかんを問わず、大言壮語して、おのれを誇る人がある。また不断は何にも言い得ずにいて、酒を飲むと、酒の力を拝借して、妙に人に突っかかるような人もある。その臆病さ加減ときてはお話にならぬ。議論をするなら素面で来い！　金を借りるなら銀行に来い！　戦争をするなら大砲で来い！　男子にはこの意気が欲しいものである。

世間にはまたどうかすると、一杯飲めば客の前で、盛んにかかあの棚おろしを始める癖のある男がある。それこそ客はいい迷惑、折角の御馳走も誠に興の覚めるものである。

また一杯飲むと、苦しい金の札びらを切って、家に帰れば借金取りが詰めかけて、細君は頭痛膏を貼って悩んでいることも忘れ、酒の景気で、

「ヤア皆来い皆来い、アトはおれのふところが知っている！」

妙に大尽がって、それからそれと梯子酒などを飲み廻り、酔いの覚めた後は青くなって、「アア馬鹿なことをやった」などと後悔する者もある。なるほどこれは馬鹿である。

また酒を出すと馬鹿に尻の長い男がある。不断はよく物をわきまえた人でありながら、酒の前には時間を無視し、家人の迷惑を察せずに、夜の深けるまで飲みつづけ、台所の隅に箒を立てられるなどは、あまり感心した癖ではない。

また一杯飲むと男の口から散々泣き事を言って、果ては細君の色の黒いことまで歎き、御念の入ったことにハンカチを出して、涙を拭き拭きやはり口には盛んに飲む男もある。こんな男と同席しては、実に酒の味もないが、これは三上戸中の泣上戸族に属するもので、あまり陽気な癖ではない。

また一杯飲むと、馬鹿に不平ばかり言う男もある。それかと思うと酒を呑みながら、余計な苦労をする男もある。

「君、来年の作物はどうだろうか。君、百年後の日本はどうだろうね、我輩は実に痛心に堪えん！」

これもまた実に妙な癖である。酒はきちがい水で、これをあまり飲み過ごすと、どんな謹慎深い者で

あっても、とかくおのれの腹の底の現れやすいものである。人に交際の円満を保とうと思う者は、断じて酒癖を現わしてはならぬ。慎しむべきことである。

八　責任を避ける人

世には己れの責任を避けて仕事をしようとする人がある。責任を避けるというのは、矢面に立って働かずに、他人の身体の蔭に身を隠して、うまい仕事をしようとする人のことである。これは実にコスイ人間で、その心事の陋劣さは、てんでお話にならぬ。

こういう人間は態度が常に曖昧である。何事にもひょうたんなまずをきめ込んで、どんなことがあっても、「よろしい、それじゃこのことはどこまでも拙者が責任を負ってやろう」というような大丈夫的言語は用いない。しかも何だかやりたそうな心持は見える。

そんな場合にこちらが一本突っ込んで、「それじゃ君が責任を負ってやるかね、どうだ」と迫ってその男の眼を見ると、ニヤリと笑って眼をそらす。すなわち自分で責任を負ってやる勇気はない。

そこに一人の毅然たる大丈夫が現われて、「よろしいしからば拙者がやろう、やる以上はどこがどこまでも責任はこちらで負う、断じて諸君にご迷惑は及ぼさぬ」ということになると、前のひょうたんなまず屋は大いにこちらのために尽くすような顔をして、その仕事に関係する。そうして事が成就した時は分け前にあずかり、もし失敗におわったならば、「拙者は別に深く関係したことでもなかった」というような顔をしてそらうそぶいている。

元来、自分が進んで責任を負って、矢面に立って働くということは損であるし危険である。第一非常に骨の折れることである。だから世のひょうたんなまず屋は、なるべく責任を避けるようにして、自分はこれをもって人間処世の要を得たものと考えている。しかしこんな旗幟の不鮮明な人間に大事のできそうなはずはない。怜悧者のようでその実馬鹿の怠惰者とは、何を隠そうこの種の人間をいうのである。

人間は進んで正直に矢面に立って、自分でしかと責任を負ってことに当たるような人間でなければ、断じて人にも信用されねば、また仕事もできるものでない。

見込みは誰にもほとんどはずれ勝ちなものである。当たる方がむしろ少ない。人間の見込みがいちいち当たった日には、おそらく世界中に失意な人は一人もあるまい。

見込みの当たる当たらぬを恐れて、人間がいちいち責任を避ける日になると、人が来てもうっかりと飯も出せぬということになる。万一、客に出した物の中に毒でも入っていようものなら、それこそ実にとんだことになる。しかし家人ができ得る限り注意して客にすすめた物である以上は、たとえその中に毒が入っていたにしても、それを咎めるのは客の方が無理である。それでは主人の好意をまったく無視するということになる。しかし意外のでき事は仕方がないとして、ことに粗略のないように存分に注意して、客の食物の調理に従事することは、主人の最も大切なる責任である。この責任を無視しては、決して好意をもって客を遇する人とは言われぬ。

責任ということばは、決して「出鱈目」または「無鉄砲」の別名ではない。責任を避けるのはよろしくないからと言って、「ヨシ来た、ヨシ来た」で受け込むのは、実に危険千万な話で、その結果たるや前に言ったひょうたんなまず屋先生よりもよろしくないことになる。そんな柄にもない無責任なことをするよりも、卑屈ながらもまだ前のひょうたんなまず屋をきめ込んで、いくらでも人のお慈悲にあずかった方が安全でもあり、人に迷惑を及ぼすことも少ないといったような形になる。

そこで責任を負って、矢面に立って働こうという場合には、非常な確信をもってかからなければならぬ。それでも何か不時の障害に出会して、万一事の破れた時、「どうだ、いかなかったじゃないか」と言って、こちらを責める人があるとすれば、それはちょうど最上の好意と準備とをもって客を遇した食膳に意外なことのあった時、

「これはどうも怪しからん」と言って、主人を咎めるのと同じことである。

人間は責任を避けるようではいかん。進んで責任を負って事に当たり、その責任をどこまでもまっとうし得るようにならねばいかん。これは骨が折れるからと言ってなるべく責任を避けて、人の袖のかげで仕事をして一生無事に過ごそうというような卑屈な人間は、断じて人の上に立って人を統率するようにはなり得ない。それはちょうど弾丸を恐れては真の軍人にはなり得ないのと同じことである。

もし人を使うようならば、責任を避けるような卑屈な人間は用いぬがよろしい。彼は断じてこちらのために誠意を尽くす人間ではない。また人と仕事を共にする場合においても、こんなズルイ人間は避けるがよろしい。かくの如き人間は利益があれば己れ一人の手柄のように言い、万一失敗におわった場合には、その責任をこちらばかりに擦りつけて、己れは知らぬ顔をしているズウズウしい人間である。こんな質の人間はいつも上手に立ち廻っているようではあるが、決して人の信用も得られなければ尊敬も得られない。同時にたいした立身出世も断じてできぬものである。

九　むやみに事を引き受ける人

世にはなんでもおもとめに応じてむやみに事を引き受ける人がある。無責任も実にはなはだしい。しかし、こういう人に話を持って行くと、実に惚々《ほれぼれ》するほど口当たりがいい。ある一人の男が来て、

「先生どこか私を使ってくれるところはありますまいか。実は目下浪人してひどく弱っておりますが」

「イヤそりゃいくらもある。さっそくいいところにお世話をしよう、時に月給は当分のところ百円くらいで我慢ができるかね！」

「イエ百円はおろか、下宿料だけ貰えれば結構です！」

「ヨシ承知した！　明日にも話をきめて置こう」

「どうもありがとうございます！」

帰った後にまた一人やって来る。

「先生、私も長く流浪しておりましたが、今度まあやっと金山を発見いたしました。どこかいい金主はありますまいか」

「イヤそれはある、幾人もある！」

「小さく始める積りですから最初は沢山の金は要りません、四、五万円もあれば結構です」

「よろしい承知した！　誰にかさっそく出させよう」

「何分お頼み申します！」

「安心しておいでなさい！」

またやって来た。

「先生、どこか嫁は一人ありますまいか」

「イヤ嫁ならばいくらでもある！　諸方から頼まれて困ってる」

「それじゃどうかよさそうなのを、一人お世話を願われますまいか」

「よろしい承知した！　今夜さっそく話をして置く」

「じゃアどうか何分よろしくお頼み申します」

また来る。

「先生どこか下婢《かひ》はありますまいか下婢は！　急に今までの奴が飛び出して行って困っています！」

「イヤいくらもあるよ」

「じゃアさっそくお話を願われますまいか」

「よろしい承知した！　今夜にも君の方にやるようにそう言おう」

「どうかお頼み申します！」

「よろしい受け合った！」

こういうように、なんでもお手軽に引き受ける人に物を頼んで安心していると、それこそとんだ事になる。自己の責任をどこまでも重んずる人であれば、オイそれとお手軽に、決して事を引き受けるものでは無い。

人間は一度人から頼まれて承諾した事は、どこまでもなし果たして、頼んだ人に満足を与え、「あの人は実に親切な人だ。あの人は確かな人だ。あの人が引き受ければ何ごとも大丈夫だ」という信用を人に置かれるようでなければ、人は断じて人に重んじられる事はできぬ。

これに反して責任を無視し、受け合うは受け合ったが、何人に対しても約束を実行せぬという事になると、「イヤあいつの言った事を当てにしていると大変だ、君にも似合わぬ何という迂闊な話だ！」と他の人の信用まで傷つけさせるようなことになる。人間がこうなった日には、どこへ行っても人が相手にしなくなる、人間が人間から棄てられた時は、もはや飯の食上がった時である。

なんでもよしよしでむやみ矢鱈に軽く事を引き受ける人には事を頼まぬがよろしい。またむやみに安請合いをして来るような人間は使わぬがよろしい。またこんな肌合の人間と仕事を共にする事は危険である。こちらの信用もついには棒に振ってしまうようなことになる。不断あまり安請合いをして世の人に迷惑をかけていると、たまに本気で引き受ける気になっても、人が信用しなくなる。それはちょうど人が不断あまり貧乏ばかりしていると、たまに青い紙を持っていても、「イヤ危険だ、あいつのは贋札かも知れんぞ」と、世間の人に疑われるのと同じことである。

十　知らずに知ったふりをする人

世には何にも知らぬ癖に、なんでも知ったふりをして、それで自分はえらいと誤解している人がある。こういう人は、盲蛇に怖じずで、人中に出てもとかく知ったふりをしたがって、相手のいかんを見ずに臆面なく口を利くので、こういう厄介者と同席していると、そばで実にハラハラ思うことがある。なぜかというとこういう質の男になると、薬物学者の前で薬物の話をし、鍛冶屋さんの前でふいごの構造を批難し、哲学者の前で宇宙万有を談じ、船長さんの前で海図の講釈をし、富豪の前で致富の要訣を説き、お坊さんの前で三世因果《さんぜいんが》の理法を語り、子を一ダース以上も産んだ婦人の前で、産前産後の注意を述べるようなことになりやすいからである。

こういう人間は実に物騒である。こんな人間の言ったことをうっかり信用しようものなら、それこそどんなことにならぬとも限らぬ。あるところに何にも碌に知らぬ癖に、なんでも心得ているようなふりをして口を出す男があった。ところが世の中はまた色々なもので、そんな男の言ったことを信用するお人よしもあるに至っては、真に驚かざるを得ない次第である。

お話は色々に変るが、ある一人のにわか分限殿《ぶげんどの》が、趣味もへちまもない癖に、人の真似をして骨董品を集め始めた。まず陶器から先に集めよう、なるべく古い形の変った物が欲しいというので、暇さへあれば諸方に出かけて捜していると、ある古道具屋の店の隅っこに、すこぶる古そうな、しかも形のきわめて珍なる物を発見した。

大将大分お気に召し、「ホウこれは古そうな物があるな、しかもよほど形が変っている！　と言って、手に取ったのは円い陶器で、妙なところに穴が一つ開けてあった。大将これを眺めること半時ばかり、色々に考えてみたがどうもわからぬ、ついに閉口して主人に向い、「これは大分古そうな物だが、全体何に使う物であろう！」と問うてみた。

道具屋さんなどは人が悪い。「サア皆さんそうおっしゃいますが、あまりお古いので、手前には目が届きません！　旦那お召し下さいませんか、思い切ってお安くお負け申します」

「いくらだな！」

「そうでございますね、先達てお客さまに三円つけられましたが、二円にお負け申しましょう」

「どうだい、一円五十銭ならば道楽をしよう」

「実は手前の買いが一円五十銭でございますが、よろしゅうございます、お負け申して置きましょう、また何分御贔屓に願います！」

ヨシ来たでさっそく買い、大切に風呂敷に包んで、持って帰るは帰って来たが、何に使うものやら一向わからぬ。

ところでなんでも知ったふりをしたがる男がやって来た。

「ヤア今晩は！」

「アアいらっしゃい！　大分暫くでございました」

「もう本年も押詰りました！」

「左様でございます！」

「エエあなたは近ごろ大分お古い物をお集めのように承りましたが、何かお珍しい物がお手に入りましたかな！」

「イヤどういたしまして！」

「少々拝見を願いたいもんですな！」

「別にお目に懸けるような物も手に入りませんが、実は今日妙な物を一つ買って参りましたよ」

「ホオオ、じゃア是非どうか拝見させて頂きたいもんですな！」

「じゃア一つ御鑑定を願いましょうかな」

そこにちょうど女中がお茶を持って来た。

「オイオイ裏の座敷へ行くとな、床の間の上に風呂敷に包んだ物があるから大切に抱えてお出で、陶器だから気をつけてな！」

「はい、畏まりましてございます！」

女中はそっと抱え来て、下に置くはずみに転げ出した。主人は肝癪持ちだと見えて、

「コレ気をつけんか、この貴重な物を割ったらお前何とする！」

「どうも相済みません！」

「これでございますがな！」

「なるほど！」

「大分古い物のように見受けます！」

客はただちに持前の知ったふりをして、

「これはよほど時代物です！」

「全体どこ焼でございましょう？」

「そう――瀬戸、備前、イヤそうでない。これは確かに南蛮です！」

「ヒエエエエ」

「実に結構な物です！」

「どうもあなたはお目がお高いなア！」

「陶器などは、これでなかなかわからんものですよ」

「イヤ大きにな！　時に先生、これは何に用いる物でございましょう？」

「そう、色々用い方はありますが、まあ普通の使用法は花器でしょうな！　これに寒牡丹か、水仙でも悪くない。何かちょっと花を入れて、お正月に床脇《とこわき》もしくは違棚《ちがいだな》の上にお置きになりましたら、それこそ数寄者はよだれをたらしましょうなア！」

主人は膝を打って、

「なるほど！」

急いで女中を呼んで、

「早く御酒の用意をしろ！　イヤこれはよいことを教えて頂きましたわい！　じゃアさっそく正月に使いましょう」

「私も御年始がてら是非拝見に出ます！」

主人は大いに喜んで、暮の内にさっそく寒牡丹を取寄せて、右の珍器に挿し、ちゃんと塗板を台にして、裏の新築の座敷の床に飾りつけて眺め、

「いいなア、いかにもいいなア！」

実に大満足であった。年は明けて新年と相なった。多少骨董趣味のある者が年始に来ると、無理無体に引っ張り上げて裏の座敷に通して屠蘇を出す。その度毎に主人はすぐに花器の方を見て、

「いかがでしょう、あんな悪戯をしてみましたが……」

物のわからぬお客さまは、「なるほど変った花器でございますな！」と言って行くが、少し眼の開いた

人間になると、誰も彼も同じように皆驚いて、「やア！」と反り、「なるほど随分悪戯をなさいますなア！」と言って帰る。

主人は訳はわからずに、「ハテどいつもこいつも驚いて行くわい、こりゃいい物が手に入った！」と喜んでいた。元日は済んで二日の日になると、よく物をわきまえた主人の叔父に当たる人が年始に来た。一番叔父を驚かしてやれと言うので、さっそく裏の離座敷に案内した。

「叔父さんいかがでしょう、ちょっと変った物を手に入れましたが……」

「アアこれかな？」

「左様でございますよ」

褒めると思いのほか興を醒まし、

「何だ、これは溲瓶の把手の取れたんじゃないか。正月早々縁起でもない、早くどこへか打っちゃってしまいなさい！」

「エーッ、そんなことはないでしょう！」

「ちゃんとここに手の取れた跡があるじゃないか、ふざけるにもほどがある。早く打っちゃってしまいなさい！」

「なるほどそう聞けば溲瓶のようでございますなア！　畜生め、何にも知りもせぬ癖に南蛮もくそもあったもんじゃない」

知りもせぬ癖にみだりに知ったふりをすると、自分一人が恥を掻くばかりでなく人にもとんだ迷惑を及ぼさねばならぬようなことになる。こんなことは笑って済むが、みだりに知ったふりをすると、後で取返しのつかぬような損害を人に及ぼすことがある。すべてのことに口を出して、なんでも知ったふりをしたがる人と見たならば、決して信用せぬがよろしい。そんな人間の言うことをうっかり信用しようものならば、溲瓶を花器にして人に笑われるくらいでは治まりのつかぬことになる。

十一　知って知らぬふりをする人

世にはまた知って知らぬふりをしている人がある。こちらは至って無事である。出すぎて恥を掻いたり、または人を誤ったりするような憂いはない。

総じてよくものごとを心得ぬ人間に限って、とかく出しゃ張って知ったふりをしたがるものであるが、「良賈《りょうこ》は深く蔵して虚しきがごとし」で、よくものごとを心得抜いた人になると何ごとも深く腹の底におさめて、決して知ったふりなぞはせぬものである。

歌聖素性法師、個中の消息を詠って曰く、

そこひなき淵やはさわぐ山川の浅き瀬にこそあだ波は立て

と。実にもうこのお坊さんの言われた通りである。知らずに知ったふりをするほど見づらく聞きづらいことはないが、知って知らぬふりをしているのは、誠に殊勝にして奥床しく見えるものである。

何一つ満足に心得てもおらぬ癖に、あまり知ったふりをして、調子に乗って喋りすぎると、心の奥行が冬の林のようにすき渡って見えるので、「ハアこの男の腹は空だな!」と、すぐにこちらの人物の内容を見透される。こういう腹の浅い人間では山が利かぬ。すぐにこちらの胸の兵数を敵に見抜かれるからである。

これに反して知らねば知らんで黙っていれば、非常に得な場合がある。昔、ある儒者の子息に馬鹿があった。ある時父の塾生共と同行して、父が門下の一人の家に遊びに出かけた。その家は名家であったので、色々珍しい書幅など取出して一同に見せた。書生共はわれ先にとあるいは読み、または詩や書の品評を下す中に、先生の子息さんだけはひとり群を離れておとなしく坐り、そんな物には見向きもしなかった。主人はその落着いた態度を見て大いに褒めた。同時に自分の子息に諭した。

「アアさすがは先生の御子息さんだけあって違ったものだ。少しも知ったふりなどはなさらぬ。お前も学問をするからにはああなければならぬ。実にああああって欲しいものだ！」

その実先生の子息は馬鹿で、読もうにも読むことができぬので、ひとり離れて退けものになっていたのであった。すべて世の中はこうしたもので、知らぬ事は黙っていると、そのため却って人から重重しく見られることがある。

いくら人に重重しく見られても、御本人様が何にも御存じなくては問題にならぬが、真に知って知らぬふりをしている人は、いざという場合にのぞんで、ものに動ぜぬ人である。こういう人は己れに信頼するところがあるので、いかなる場合に遭遇しても、おのれの智識を活用して、断じて人におくれは取らぬ。また事をやっても充分にやりおおせるものである。

こういう人には事を頼んでも、または使って仕事をやらせても、まずもって安心していることができる。なんとなれば、こういう腹のある人は、万事につけて心を用い、決して非常識なことはやらぬからである。何ごとにもあれ知らんで知ったふりなどをするよりは、知らぬ事は知らんで人に糺すがよろしい。さもなくして、みだりに知ったふりをして、自分流儀で事をやると、火を消すために石油をぶっかけたような結果にとかくなりやすいものである。「こういう非常識なことをする人間には何にも頼まれぬ」ということになっては、もはやその人は広い世間にも立場のない時である。

お話は少し横丁に入りすぎたが、以上を要するに、知らずに知らぬふりをしているのは馬鹿である。また知りもせぬ癖に、むやみと知ったふりをしたがるのは生意気である。知って知らぬふりをしている人にして、事は始めて共に談ずべきである。

十二　早合点をする人

世にはまた早合点する人がある。これは心に落ち着きがなくて、いつも気の浮いている人である。こういう質の人は、常に自分の骨折りが徒労に終る事が多い。また人にもとんだ迷惑を及ぼす場合が少なくない。それゆえ常に失敗だらけで、どうもものごとがうまく行かぬ。そうして人には「あのあわて者が」と言われる。実に損な話である。

こういう人は実にはなはだしくそそっかしい。昔からよく話にもある通り、時と場合によると、自分の家と隣の家を取違えて飛び込むようなことも稀でない。

「オオ寒い、オオ寒い！」とふるえながら物に怖じたスッポンのように首を肩の間にうずめ、「オイ今戻ったぞ、飯はできたか飯は……、早く何か食わねばやり切れん。飯を出せ飯を出せ、オイオイオイ」と門前から呼んで帰ってみると、細君が風でも引いたか寝ている。

大将おこるまいことか、たちまち烈火のようになり、「この寒いのに何で寝ている。はだかになって飛んで廻れっ、一日稼いで来た亭主に飯の用意もしてないという法があるか。そんなことでかかあの役目が済むと思うか。そのぶしょう者出て失せろっ！」と言いも終らず蒲団を引っ剝いでぶんなぐる。細君はびっくりして、

「あなた何をなさるんですお門違いですよ」

「お門違いもくそもあるか。おのれ亭主の声を聞き忘れたか間抜けめ！」

散々乱暴を働いていると、声を聞きつけて隣から驚いて飛んで来た。

「コレあなた何をなさるんですよう！　マアなんでもいいからこちらへいらっしゃい、後でこの申し訳は私がいたします！」

大将無理無体に引っ張られて行きながら恐れ入り、「どうも奥さん毎毎お手数をかけて相済みません。でも内の妻があんまり横着がすぎますからな……、黙っていればいい気になってまだ夕飯のこしらえもしてないような始末です！　そこに行くとお世辞じゃないが、奥さんあなたなどは見上げた方です、ほんとうに私もあなたのような細君を持ちたいな！　ヒヒン」

「あなた何をおっしゃるんですしっかりなさいよ。ここがあなたのお家で、あなたの見上げたこの私があなたの女房じゃありませんか。マアお隣に暴れ込んで、あんな乱暴をなさって、私ほんとにどうしたらいいでしょう」

言われて気がつき、「オット違った。イヤ詫びにはおれが行かねば済まぬ！　また駈出して行ったはいいが、右隣で散々乱暴をして置いて、今度は左隣に行き、腰を屈めて手を揉みながら、「どうも奥さんた

だ今は何とも申し訳がありません。どうかまあ御主人に内内で、今度のところはもう一度だけ御勘弁を願います」

「オヤお隣の旦那どうなさいました」

「オットこれはまた違った！」というようなことになる。

こういう人に物を頼むと、半分聞いてすぐに飛び出す。

「早田君、ちょっと使いを頼もうかね……」

「畏まりました！」

「アアアもう行ってしまった！　用事も聞かずにあの男はどこへ行くんだろう、慌てるにもほどがある！」

笑っていると途中から果たして飛んで帰って来て、「ただ今のお使いはどこへ行くんでしたろう？」

こんな男に限って、実に頓馬なことをやる。夜中に細君が少し大きなおならでも落とすと、ひょいと目を覚して枕を上げ、入口の方に向って、「どなたです、ただ今開けますよ」

女中が寝屁を垂れてもびっくりして眼を覚し、「はい承知しました！」などと言う。お話は知らず知らず下卑て参ったが、この種の人間の一人が東京の町を大急ぎで歩いていると、にわかに便通が催して来たので共同便所に飛び込むと、すでに一人お客さまが入っていた。そんなことにはおかまいなしに無理無体に割込んで御用を済まし、後の清潔法を行う段になると、裏門がお隣合わせになっていたので、お隣の方を紙で拭き、こちらの方は自分の腕で拭いたそうである。

人が隣にお歳暮を持って行くのを見て、

「ヤアこれはどうもお早早とありがとうございます！　こちらからこそ早く伺わなければ済まないので

ございますが」など言うものも、まずこの種の人間よりほかにはない。

こういう人に事を頼んで安心していると、婚礼の席に出て弔詞を述べ、葬式の場に行って四海波《しかいなみ》を謡うようなことになる。決して安心はしていられない。

十三　細君本位の人

世には細君本位の人がある。細君本位の人というのは何ごとも皆細君の思し召しに従って行動する鼻毛の伸びすぎた人を言うのである。

男の癖にそんな間抜けが世にあるかと、一概に否定するのは誤っている。そんなお人よしは、世に一人もありそうには思われぬが、事実は全く反対で、万事細君の御意見を伺い奉った上でないことには、金はもちろん手も足も口も顔も出さぬような人が少なくない。

そもそも夫婦は一心同体のもので、夫婦互に精神の共通を有していなければ、決して真の夫婦とはいわれない。夫は夫、妻は妻でその考えが別別になっていては、その家庭は万事円く行きそうな道理はない。

されば男の胸の駈け引き一つでやらねばならぬことのほかは、細君の意見も一応糺《き》いてみたがよろしい。イヤこれは必ず一応糺いてみるべき筈のものである。しかしそれも程度問題で、あまりに御念が入りすぎると、滑稽に陥りもの笑いになることがある。総じてこういうことは、理屈でかれこれ言うよりも実例を挙げた方が勝負が早い。

「オイオイ今夜は猿目さんのところに呼ばれていたが行こうか行くまいか」

「行っていらっしゃい」

「じゃア行く事にしよう。オイオイ何を着て行こうかな」

「着物を着ていらっしゃい」

「それは分ってるが、どの着物を着て行ったらいいだろうな。誠に相済まんがどうかちょっと出しておくれよ。またいつかのように箪笥の抽斗を引っ掻き廻して叱られると困るからな……」

「じゃアこの襦袢と、この下着とこの綿入とこの羽織を着ていらっしゃい」

「ありがとう、ありがとう、この寒いのにわざわざ立たせてどうも気の毒だったな。時に土産はどうしようね」

「土産なんかいるもんですか」

「でも向うはこの前二度も相当な物を持って来ているよ」

「向うはどうしようと向うの勝手です。こちらはこちらの勝手にして差支えはないじゃありませんか」

「それはそうだが少し義理が悪いな」

「少々義理は悪くても得が行けばいいじゃありませんか、こんな時にでも少し息をつかなくちゃやり切れんじゃありませんか。あなたは元来いくら月給を取っていらっしゃるんです？　少しは世帯向きの事も考えて頂かんじゃ困りますよ」

「イヤ分りました、分りました、それじゃお前の言う通り土産はやめます。時にどうだな今日は大分雨が降っているが、車で行こうか歩いて行こうか」

「歩いていらっしゃいよ。紙細工の身体じゃあるまいし、雨ぐらいが何で怖いんです」

「じゃア歩いて行く事にしょうな。時に小遣いはいくらくらい持ってったらよかろうかね」

「ナニ小遣いなんかいるもんですか、がま口は私に預けていらっしゃい。持ってるとついがま口の口を開けたくなるもんですよ」

「イヤ大きに、全くだ！　じゃアこれを渡して行くよ。何時頃に帰って来ようね」

「出た物を食べてしまったらすぐとお帰んなさい！」

「じゃアそうしよう。もうそろそろ出かけてよかろうかな？」

「お出かけなさい。アアあなたももひきをはいておいででしょうね？」

「アアはいてるよ。ソラこの通り！」

「じゃア尻を端折っていらっしゃい。そうすればハネも上らねば裾も切れませんよ」

「オット来た。じゃアこうして行けばいいな。時に小便をしたいが、家でして行こうか、向うまで辛抱しようか、どうしたらよかろう、どうしような？」

細君の御意見を伺うのも、こんなことならばたいした害もあるまいが、少し念のいった事になると、それこそたちまち大事件が出来する。それはどんな場合だというと、早い話がこんな場合である。

「オイオイちょっと来い！」

「何でございます？」

「マア坐れ、お前の考えを糺かん事にはな……」

「どうなさいました？」

「今ここに手紙で、氷山さんからの相談だが、これはどうしような?」

「氷山さんから……、何かまたうまい御相談でございますか」

「ところが今夜のはそうでないよ。ある手違いを生じたために、この暮は金に困るから来年の三月頃まで、是非五百円ばかり金を間に合わしてくれろという相談だが、どうしたもんだろう?」

「それはあなた別にお考えになる事はないじゃありませんか」

「だってどうする?」

「ほかさまからとは違い、なんとかしてお間に合わせなければ済まぬ事はよく承知いたしておりますが、昨今の不景気につれまして、私共でも非常な大手違いで、実はこの節毎日飛び廻っているような始末でございますから、どうか悪しからずと言う事にして、きっぱりと断っておしまいなさいよ」

「でもあの人には随分世話になっているがなア!」

「馬鹿なことをおっしゃい、人間が前の事を言った日には一生頭の上がりっこはありませんよ。昨日は昨日、今日は今日でやって行くのが当世じゃありませんか」

「そりゃまあそうだな!」

「そんな時にゃ向うをおこらせるくらいにこっぴどく断るがいいですよ。そうすりゃ二度と再び言って来んかも知れません。あいつは義理知らずだとおこるくらいに手紙で断っておやんなさい!」

「なるほど、それもそうだな!」

「この節あなた義理人情を言って、どうしてお金ができるもんですか。論より証拠世間の金持ちは皆そうじゃありませんか」

「全くだ、ヨシ来たそうしよう!」

お話変ってまた一人、細君本位の人があって、

「オイオイどうも病人がたいそうわるいそうだよ。ちょっと見舞いに行かずばなるまいかね」

「知らして来ましたか」

「知らして来たよ」

「いいじゃありませんか、生憎留守でございましてといえば……」

「じゃアまあそうしようかなア?」

「それで沢山ですよ。どうしてあなた、今日のこの忙しい世の中に……」

「オイオイとうとう死んだと言って来たよ」

「ヘエエ、そりゃまたたいそう思い切ったもんですね!」

「行かん訳にゃ行くまいなア?」

「死んだところに行って見ても、お気の毒さまでございますときまり文句を言って、線香の一本も上げるくらいのものですよ。それよりか生きた羽振りのいい人のところに行って、お世辞の一口も言った方が得ですよ。およしなさいまし、行けば香典の一円もかかるじゃありませんか」

「そうだな、じゃアまあ御免こうむろうよ」

万事こういう工合になって来ると、その男は段段世間が狭くなってこちらの身の栄えている間は差支えんにしても一旦過ってつまずいたが最後、手足をひどく引きもがれた蟹のようになって、もう何とする事もできなくなる。世にその例はいくらもある。

しかし絶対に細君の言う事を聞くが悪いと言うのではない。前に挙げたような細君の言う事をいちいち聞いて守るのはよくないが、善良なる細君の言う事をよく聞いて守る人は、そのため世間の義理張りも欠かず、また家事その他も調子よく行って大いに我が身を起し、また家を興す事がある。要するに大切なことは細君の意見のみには従わず、男子は男子の常識に訴えて判断する事が肝要である。さもなくして万事細君の、イヤよろしくない細君の思し召しばかりに従って事をやると、後で必ず後悔する時があるに違いない。心すべき事である。

十四　細君に使われる人

万事細君の仰せをうけたまわって行動する人のほかに、世にはまた生涯細君にこき使われて満足している男もあるが、これもまた実に因果な話である。

例を挙げてみれば、昼間は外に出て一生懸命に働いて来て、晩から朝にかけては家にいて、最も忠実に細君の御用を勤めている。世には昔から「かかあ孝行」とかいうことばがあるが、それはあるいはこの種の人の別名かも知れぬ。

お人よしの旦那どのは、弁当腹で夕方テクテク帰って来た。格子を開けて、

「今帰ったよ」

炬燵に入ってヌクヌクと温まり、男と女の乳繰話しか書き得ぬ小説家の書いた姦通話をバイブルよりもありがたがって読んでいたかかあどのの横着さはどうであろう。もう帰って来る時分だと待っていて

お帰りなさいとも言わず、

「あなた上に上らないうちに、何か少し買って来て頂戴な、今日はどうしたんかお腹が空いてしようがないの」

「オット来た行って来よう、何がいいかい？」

「焼芋でもいいわ！」

弁当箱をおっぽり出し、風呂敷だけ片手に摑んで飛び出すのを呼び止めて、

「あなた、それからついでに、晩のおかずに牛肉でも少しばかりね……」

「アアよしよし」

ほどなく帰って来て、芋の包みを炬燵のやぐらの上に置くと、「マアあなたも一つ召しあがれ」とも言わず、

「すぐにお米をといで置いて頂戴な」

「アアすぐにとぐよ」

服を冷たい着物に着換えていつもの通り台所に行ってシャキシャキ磨る。すると落語家の言う通り、

「あなた、その白水の濃いところを棄てないで置いて、ちょっと私の腰巻を漬けといて頂戴な」

「アアいいよ」

「あなたもうお米はとげて？　じゃアすぐに御飯を温めて、その後で今の牛肉を煮るようにして頂戴な」

「もうやってるよ」

「お漬物を忘れないようにね、私糠味噌なんかいじると手が荒れるから……」

「ヨショシ！」

すっかりお膳ごしらえをして、炬燵のそばに持って来て、まず細君に御飯をよそってやり、甘いのからいの言われながら自分もそばで頂戴する。それからまた後を片付けて、朝のおつゆのお味噌まですって置き、

「サアこれでもう用事は済んだ！」

始めて炬燵に入ろうとすると、細君は苦痛に堪えぬと言うような顔をして、

「どうして私はこんなに肩が凝るのでしょうね、今夜は我慢し切れないわ！」

「ヨショシ、じゃア少し手を温めてまた肩を揉んでやろう！」

朝はまた先に起きて御飯を炊き、起きればすぐに食べられるようにして置いて、炬燵に火まで入れてやり、そっと寝かして置いてテクテク出て行く。日曜には朝早く髪結を呼びに行く。

「あなた、髪ができましたから、ちょっとお湯屋を覗いて来て下さいな。もう女湯が入れるでしょうか」

「オイショ！」

尻軽く飛んで行って来て、

「もう入れるよ」

ゆっくりお湯に入って来て、

「あなた今日はお天気がいいから留守をして頂戴な、私少し出かけて来ますから…」

「アアよしよし」

これじゃ男も助からぬ。おのれのかかあに生涯こうしてこき使われるような人間は、世間に出ても人

にいく地なく使われている。妻を愛するのは男子の権利であるが、こうまでかかあに甘くなっては男の光は少しも放たぬことになる。ところが下層社会の人ばかりでなく、上流の人になるとまだまだひどい「かかあ孝行」のお人よしが多いそうな。そうして人の前では大きな顔をしている。どこまでおめでたいのやら常識では判断ができぬという事である。

十五　細君に叱られる人

世にはまた絶えず細君に叱られている人がある。

「あなたもう起きないと時間がありませんよ」

「まだ早いよ」

「早くありませんよ、もうお隣では御出勤になりましたよ」

「コレも少し蒲団をきせて置いてくれ寒いよ」

「そんなことをおっしゃらないで、ちゃんと時間通りに御出勤なさらないじゃいけませんよ」

「だってまだ眠いよ」

「いく地のない事をおっしゃるな、そんなことで女房子が養えますか」

「養えなくてもいいよ」

「よくありませんよ、早くお起きなさいね」

「オオ寒い寒い、ひどい事をしやがるなア！」

「サア早く顔を洗って御飯をおあがんなさい。マア煙草などは後の事になさいよ」

「マアそんなに言わなくってもいいじゃないか」

「よくありませんよ、あなたのようなはたらきの無い人は、せめては時間だけでもキチンキチンと出なければ、お使いになるかたが御迷惑なさいますよ」

「ひどい事を言うなア」

「ちっともひどかアありませんよウ！　アアそこでまたそんなに頭を掻いちゃアおつゆの中にふけが入るじゃありませんか。ほんとうにしょうがありませんねえ！　サア早く顔を洗って、さっさと御飯をおあがんなさいよウ！」

顔を洗って来て御飯を食べる。気の勝った細君の目には、お箸の持ち方からしてだらし無く見える。

「サアもっとさっさとおあがんなさい、もう二十分しかありませんよ。稼ぎ人は朝御飯などは立ってて食べるようでなくっちゃいけませんよ」

「うるさいなア！　人間は何をするために生きてるんだ？」

「働くために生きてるんですよウ！」

「馬鹿言うな、食うためだよ。飯をくれ」

「オヤまだですかい、もういいでしょう、この節はお米が高いですよ」

「だって石炭を惜しんじゃ汽車も動かんじゃないか」

「聞いたふうなことをお言いなさい。サアもう煙草など吸わないで、さっさと服をお着なさい！　あなたそれじゃシャツが裏っ返しじゃありませんか。見たところからしていく地がないね。だからあなたただけは月給が上がらないんですよ。霜をかぶったなっ葉じゃあるまいし、男はもっとしゃんとなさい」

「うるさい奴だなア！」

靴をはいてテクテク出て行く。

「アアまた帽子もかぶらないで……」

「アアそうか」

「今日月給を貰ったら、そのままスッと帰っていらっしゃいよ」

「来るよ。うるさい奴だなア！」

「ほんとに世話の焼ける人だよ。また弁当も忘れてるじゃありませんか」

「アアそうか取ってくれ……」

細君は無事に帰って来ればよいがと思っていると帰って来ぬ。ブウブウ言っていると、遅くにひょいと帰って来た。

「今までどこで何をしてたんです。サア月給袋をおよこしなさい！　オヤッ十二円しか入っていませんよ。あとの三円はどうしました」

「使ったよ」

「何に使いました？」

「おれだって、少しゃ小遣いも要るよ」

「十五円しか取れない男が、三円も小遣いを使ってどうするんです！　また飲んだんでしょう？」

「飲みゃアしないよウ！」

「じゃア何にしたんです？　この月は不断と違って、子供の着物の一枚ずつも出してやらなきゃならない月ですよっ！」

「そりゃ知っとるよ」

「ほんとにしようがないね、この人は……」

細君も少し口やかましいが、こんな人間は生涯うだつは上がらない。高給取りにもこんな人があるそうな。

十六　細君に心配させる人

世にはまた絶えず細君に、われゆえ不安な念を起させる人がある。これもまた実に困ったもので、こういう人に連れ添った細君は、一日として安心してはいられない。

いつも家を留守にして、毎日碌なことはしていないので、内にいる細君は気が気でない。今日はまた帰りが大分おそいようだが、どこへか行って花でも引いておりはせぬか。今日はまたどこへか行って悪い仲間と一緒に酒でも飲んでおりはせぬか。今日はまた人と喧嘩でもして帰りはせぬか。今日はまたどこへか行ってゆすりかたりでもして来はせぬか。そのほか毎日何かにつけて、一日として心の安まる暇はない。実に気の毒なものである。

こんな人間はひとあし外に踏み出せば、何か必ず事件をひき起して来て、細君にいつもハラハラ思わせる。どうせいいことはして来ぬ人と思いながら、こんな男に連れ添ったが因果で、可愛い子供を振りすてて今更どこへわれひとり逃げて行きようもない。

たまに家に帰って来る、意見がましいことでも言えば、すぐにぶつける、たぶさを摑んで引きずり廻す。夫ではない鬼である。

こんな人間は極端だとしても、すでに妻子を控えた身の上でありながら、大切な職業をよそにして、あるいは悪所通いをしたり、または酒に身を持ち崩したりして、細君に心配させている人間は、世に相当な地位を占めている人の中にも少なくない。

また無理な借金ばかりし散らして、詰らぬことに使ってしまい、一方には食った後の始末もせずに、自分はいつも借金取りから逃げており、細君にばかり辛い言訳をさせて、おのれは毎日のらりくらりとしているような者もある。

それかと思えば相当な手腕をもっていながら、毎日怠けて酒を飲み、太平楽ばかりならべくさって、盆が来ようが正月になろうが、妻子のことなどは気にも止めぬ男もある。

あるいはまたおのれ一人は思い切って贅沢な生活をして、そんな身分でもない癖に妾などをほかに囲い、一家族の食物を己れ一人が取って食い、妻子のところには寄りつきもせずに、細君一人に散々肝を煎らせるような薄情極まる人間も世間にはある。

また己れ一人は旅から旅に渡って好きなことをして暮し、国に残した妻子には三文の仕送りもせぬような不心得者もある。こんな冷酷無慈悲な男に連れ添った細君こそいい迷惑で、毎日ほとんど身の浮く瀬はない。

しかし、総じてこういう質の人間は、何をしようとどこへ行こうと、決して人の信用は得られない。

なんとなれば我が最愛の妻に対して、そんな獣的行為をする者であって、ひとり他人に対してのみ人の道を全うしそうな道理はないからである。わが最愛の妻に対して、「アアむごい人だ、つれない人だ!」と怨まれるようなことをする人間は、言うまでもなく他人に対しては、おのれの欲望を満たすためには、どんな無理非道なことでもやりかねぬものである。

人を用いるにしてもこんな人間は使わぬがよい。使ったが最後、きっとこちらの生き血を吸われるようなことになる。またこういう質の人間とは、断じて仕事を共にしてはならぬ。こういう人間に限って口先は如才ないものであるが、うっかりそれに乗ろうものなら、それこそこちらの生命を棒に振るような結果になる。こういう人間と見たならば、触らぬ神に祟りなし、上手に逃げてつき合わぬがいい。朝夕の挨拶をすることだけでも危険である。ところが今日の世の中には、こういう質の人間がいくらもいる。実に油断も隙もあったものでない。

十七　細君に物を言わせぬ人

それかと思うと世にはまた、頭から細君を叱りつけて、細君にはいっさい物を言わせぬ人もある。これもまた実に困ったものである。いかに自分の妻だと言ってもあまりに圧制がすぎるというと、自然夫に反抗する傾きができて、夫婦の情合が薄らぐので、ひとり家庭の円満に行かぬばかりでなく、すべての点にわたって弊害と損失とが伴い起るようなことになって来る。

こういう人は、すべて自分の思い通りにやって、細君の忠言などには少しも耳を傾けぬ。何か細君が言おうとすると、すぐに頭から怒鳴りつけて、まるで口を開かせぬ。

「お前達に何がわかるもんか、女が余計なことに口を出さんでもいい！」

「だってあなた、そんなことをなすっちゃおよろしくありますまいよ」

「やかましい、おれが知ってる」

「じゃアもう何にも申しあげませんが、それじゃあんまりおひどいように思いますが……」

「黙れっ！　おれのすることに余計な口を出すなっ！」

よくないこととは思うが、たって是非を争うことになれば、最後には痛い思いをするだけである。細君はじっと忍んでなんにも言わぬ。夫婦の間がいつもこういう状態になって来ると、夫婦の間に精神の共通というものは全くなくなる。精神の共通を有せぬ夫婦は、例えば木に竹をついだようなもので、ちょっと見たところでは一本のように見えるが、よくよく見れば半分ずつ物がすっかり違っている。言い換えてみれば、夫婦の心がいつも別々になっている。こういう夫婦は戸籍の上だけの夫婦で、決して真の夫婦ではない。


こういう人の家にはお客さまが見えても、実に妙なものである。主人の方では「サアどうぞ！」と歓迎しても、細君は知らん顔をしている。また細君の方では

「よくいらして下さいました！　サアどうぞ！」と言って歓待の意を表しても、主人は一向平気でいる。ただ平気でいるだけならばまだ無事だが、時としては閻魔がせんぶりを飲んだような顔をして座っている。これではどちらのお客さまも困る。夫婦いっしょに「サアどうぞ！」と言うようでなくては、人の家に人は来るものでない。しかるに夫婦の心が背中合わせになっていては、その行動は断じて一致する

はずもない。これでは仕事もできなければ、家も繁昌しそうな道理はない。大いに考えものである。また世間にはどうかすると、ひとり細君の心添えを用いぬばかりでなく、細君の忠言の反対反対と出たがる癖の人がある。これは更に困ったものである。

「あなた今日はちょっと橋本さんにお顔をお出しになったらおよろしいでしょう!」

「ナニ行く必要はない!」

「でもちょっと顔だけお出しにならないじゃ、あちらさまでお気をお悪くなさいましょうよ」

「イヤ行かぬ! お前がそう言えばおれは断じて行かぬ」

「オヤあなたどちらへお出かけですか」

「ちょっと北山のところに行って来る……」

「およしなさいましよ、あのかたは随分じゃありませんか、何もこちらからわざわざ暇を潰していらっしゃることはないでしょう!」

「イヤ行く。行ったからとて何も仔細はない話じゃ……」

果してとんだ恥を掻いて来るようなことがある。もちろん細君も細君によりけりであるが、いちいちこういうふうに否定してしまうと、一方ではやけくそになってしまって、すべての助言を試みぬようになって来る。そのために物を取り逃がすようなことも珍しくない。後で「それならなぜその時に言わなかった?」と叱ってみても追っつかぬ。人は不断が大切である。また細君に向ってこんな癖のある人は、世間の人に対しても、何か必ず妙な癖のある人である。そう思ってまず間違いはないものである。

十八　細君に感心させる人

あまり細君に関する話ばかりが続いたが、ついでにも一つ参ろうか。世間にはまたどうかすると、我が妻をして我が日常の言行に感動させるような人もある。

こういう人は、自分の大切な職業に身を入れる事は申すまでもなく、すべての点にわたって誠によく人の道を守るものである。

言い換えてみれば、親兄弟にも優しい、女房子にもまた優しい。友達にも信義を尽くし、目下の者をもよく愛する。なかなかできぬ事である。

こういう人は、決して自分で贅沢なことなどはせぬ。「身を殺して仁を為す」で、我が身に関する費用はなるべく切り詰めて、少しでもわれ以外の人の方に廻すようにする。

「お父さん、どうかこの帽子をおかぶり下さい、何だかおあったかそうですから買って参りました」

老人は頂いて、

「オオこれは見たところから暖かそうな帽子だな。しかしとしよりは何をかぶっておろうが差支えはない。マアお前のを買って来ればよかった。お前の帽子はもう大分ひどいじゃないか」

「ナニわかい者は働くが一番です。帽子などは何であろうとかまいません」

「もったいないな！」

「どうかおかぶり下さい！」

としよりの喜ぶのを見て、この上もなく満足する。ところが自分の身ばかりかばう者になるとそうでない。としよりが坊主頭を撫でて寒がり、

「お前はまた立派な帽子を買って来たね！　今度もし機会があったら、私にも一つどんなんでもいいから買って来てくれぬか、何にもかぶらずに外に出ると、冬向きは誠に寒い！」

「としよりなんか何だってかまわないでしょう、若い者は少しは見えも張らなくっちゃこの節は世間ができんです！」

こんな人間は、誰に対しても残酷である。しかし親に優しいような人は、すべての人に対して皆優しい。

「オイオイお前の春着を一枚買って来たよ。どうだ、がらが面白くないかい？」

「いいえ結構でございますが、私よりかまああなたのをお先にお買い下さればよろしゅうございましたに……」

「ナニわしは服があれば沢山だ！」

これとぜんぜん反対に行く人もある。

「あなた洋服屋さんが参りましたが、また何か御注文になるんでございますか？」

「アアこちらに上げろ、オヴァコートを一枚作らせせんければならぬ」

「じゃアおついでに私にもコートを一枚願われますまいか」

「贅沢なことを言うな、お前などには何だって沢山だ！」

これじゃ細君が怨みはするが、夫の情けに感動する気遣いは断じてない。

「坊や早くおいで！　お前のマントを買って来ましたよ。ホーラ暖かいだろう、これがお帽子、これがお靴、ねえいいでしょう！」

「マア坊やお前はどうしたの、そんないいのを買って頂いて……。あなたまあ子供にこんな物を買っておやりなさらんで、なぜ御自身の物をお買いになりませんでした？」

「ナニまあ子供にさえ寒い思いをさせねば、親は何を着ておろうとかまわんじゃないか。ソレ見ろ喜んで飛んでるじゃないか」

こういう人は、ひとり己れの家族を愛するばかりでなく、ひとのためにもよく尽くす。友達がもし職業を失えば、骨を折って何か口を求めてやる。人が無心にでも来れば、身の皮を剝いでも救う。その情け深いおこないには「よくもまあ人のためにあんなに厚くできるものだ！」と細君がまず感動する。こういう人には他人もいつか感ぜずにはいられない。現在はとにかく将来は必ず多数の味方を得て、こういう人は自然と立派な地位を造るものである。

十九　貸しそうで貸さぬ人

金銭問題は別物で、容易に当てになるべきものでない。金ばかりは受け取って自分のふところにしっかりと入れて見ぬ事には安心はできぬ。「あの人のところに行けば、金はいつでも借りる事ができるなどと思っていると、それは大きな心得違いである。

第一ひとのふところを当てにするのは間違っているが、人はとかく人のふところを当てにしたがるものである。人がそんなにおやすく金を貸すものならば、「それ大晦日が来たぞ！」と言って、何もそんなに驚く事はないが、どこへ行っても「それはまあお生憎さまでございますが」をのべつ矢鱈に食らうので、世間大多数の人は、昔から江戸も長崎も同じこと、今日はもう極月《ごくげつ》（十二月）の幾日という頃になると、青くなり赤くなり、頭は急に白くなって、飯も食わずにフウフウスウスウ鍛冶屋のふいごの音じゃないが、借っても貸さん、借っても貸さん、馬鹿言いなさんな、そんなふいごの音があるかい。オットよろしいドウカドウカ、どうかどうか言って駈けずり廻るのである。

とにかく他人のふところほど当てにならぬものはない。それを当てにして失望するのは、向うさまよりはこちらの了簡の方が不確かである。人の言う事など当てにしていると、実にとんだ手違いが出来る。

なぜかと言うと世間には、「金ならいつでも私共へおいでなさい、おやすい御用でございます」というような口を不断は親切そうに利いていて、イザ鎌倉という場合になると、「それはお生憎さまでしたねえ、先月あたりならば大分遊ばしていましたのに」と逃げてこちらに口をあかせる人がある。イヤ世間の金持ちは大方こうしたものである。

こういう連中は、先月来ても来月伺っても、こちらに約束通り取れる見込みのない以上は、決して金の相談などには乗ってくれるものではない。その癖口先ではいつもうまい事ばかり言っている。借りたさには向うの言うところを真に受けて、またその人のところに訪ねて行き、

「どうも誠に相済みませんが、少々ばかり御融通は願われますまいか？」

「さようでございますな、今月はチト手元の都合が悪うございますが、来月ではいかがでございましょ

う、来月ならば他から返って来る筈になっている約束のがありますが……」

折返し折返し行けば行くほどだんだんと不得要領になって来て、ついには断然お断り申上げ候という事になって来る。

こういう人は貧乏人をおもちゃにする人で、もとより血も涙もないただ金一遍の人である。不断は何と口やわらかに言おうとも、こうした質の人間は、決してこちらの便宜を図るものではない。こういう人間と見たならば、早く見切りをつけんというと、ただただ恥を掻かされるばかりである。

こちらは弱さに泣き寝入りするだけの話であるが、向うは実に罪である。手元の不如意な者に向かって、貸しそうなことを言えば、可哀そうに尾をふってやって来るのは人情である。そんなことをして騙すよりか、貸さぬものなら初めから口に出さぬ方が慈悲である。

人間は実に様々で、それかと思うと世にはまた、不断は親切そうな顔色も見せぬ人で、イザという場合になると、よくこちらの情実を酌み分けて、「そういう訳ならばご用立て申しましょう、あなたもさぞお困りなさるでしょう」などと意外な言葉を聞かせる事もある。しかしこんなことをたびたび当てにする訳には行かぬが、どうかすると世間には、こうした質の人もある。しかし人は誰しも実は皆こうあって欲しいものである。

二十　返しそうで返さぬ人

世にはまたすぐに返しそうなことを言って人に金を借りて置いて容易に返さぬ人がある。容易に返さんでも返しさえすればまだよいが、散々手数をかけた上にすったの揉んだの言ってついに返さず。結局は借り得という事にして、蔭では舌を出しているような横着者がある。

こういう人間に限って、借りる時は実にうまい事を言う。それこそほんとうに手を揉んで腰を屈め、「どうも誠に相済みませんが、すぐにお返しいたしますから……。イヤこれはどうもありがとうございます。お蔭さまで助かります。死んでもこの御恩は忘れません！」

ニコニコしてこんな言葉をならべ散らす人間に限って、一旦貸してやったが最後、決して素直に持って来る気遣いは無い。こんな人間の心は実に横着なもので、借りた時は貰ったように思っている。催促すれば横に向き、返すようならよそで借りますと澄している。

こんなズウズウしい人間になると、実に手の着けようのないものである。催促すれば返さぬ上にこちらの事を悪く言う。果ては狂犬に手を噛まれたような形になって泣き寝入りするよりほか仕方のない事になって来る。人を見ずにみだりに金を貸すというと、結果はとかくこんなことになりやすいものである。

総じて人は金を借りる場合には、決して怖い顔はして来ぬものである。どんな怖ろしい顔をしている者であろうと、金の相談に来る場合には誰も必ずにこにこしてやって来るものである。ところが返す時はその反対で、どんな優しい顔をしている者でもあまり喜ばしそうな顔はせぬのが人情である。これはひとり今日ばかりでない。昔からやはり人はこうであったものだと見えて、世話にも「借りる時の地蔵顔、返す時の閻魔顔」という事がある。

金は借りるにも貸すにも実に骨の折れるものだと見える。おなじく金を借りるにしても、できる事ならよくその人を選んで借りぬと、実に痛い思いをしなければならぬ。また同じく貸すにしても、よく人を見て貸さないと、結果はとんだ事になる。貸すにも借りるにもこの注意を怠ったがために、今日大いに頭を悩ましている人は、世間に決して少なくあるまい。

事情においてゆるす限りは、イヤ少々痛い思いをしても、借りた物は約束通りに返すがよろしい。人間がこの約束を果たさずに世の中を渡っていると、遠からずして身の置き場がなくなって来る。世にはどうかすると、返せば随分返せる身分でありながら、とかく金の払い惜しみをして、人に散々肝を煎らせるようなよくない癖をもった人間もあるが、これは実に好ましくない事で、こんな人間は、到底長く人の愛顧を受ける訳には行かぬ。自分で自分の首をくくるようなものである。

金は最初の約束通りチャンチャンと返して行けば、必要に応じてどこからでも融通が利くが、約束を無視してズボラに流れ、向うに手足を運ばせるようなことをしていると、どこへ行ってもぜんぜん融通のつかぬ事になる。人の金を借り得にして、それで儲けたなどと喜んでいると、それはとんだ心得違いである。こういう心事の陋劣《ろうれつ》な人間は、終生断じて大成する気遣いはない。たとえ一時は便利な地位に立つ事ができるとしても、一度けちのついたが最後、こんな人間の滅びる時は、一枚紙のパッと燃えてしまうようである。誰も愛想を尽かし切って、一人たりともわれを顧みる人が無いからである。

二十一　借金ばかりしている人

世には人に金を借りる事を何とも思わぬ人間がある。商人は論外であるが、さもない人間にしてこういう癖のある者は到底大成する気遣いはない。イヤ大成する事はおいて、無難な人間として、到底長く世の中に立って行く事はできぬ。

こういう人間は、巧みにうそをついて誰彼の容赦なく金を借りる事を仕事にしている。借りても返せば論は無いが、借りた時は貰ったような気になって、片っ端から借りて借りて借り倒し、借りた金はどうするかというと、こういう人間は概して無益なことに使い棄て、人には散々迷惑を及ぼし、自分でも相変らず困っているものである。

こういう人の金を借りるところを見ると、一種の病的のように思われる。人の顔さえ見れば誰彼の見境無しに、君ちょっと五円貸して下さらんか、あなたちょっと三円拝借願われますまいか。オイちょっと一円出して置いてくれ給え、君ちょっと五十銭ないか。君ちょっと十銭煙草代を立て換えて置いてくれ給え、オイちょっと郵便銭を貸し給え、君今月の給料の内から払うが、どうか十円だけ融通してくれんか、君今夜三円なくっちゃ大いに困るがちょっと出して置いてくれんかと言ったように、到るところ、会う人毎にいくらずつか借りている。

しかしこういう事は長くは続かぬ。きっと人の噂に上る。「君もあいつにやられたか。イヤ我輩も貸したが返さんで弱っている」また一人が顔を出して、「イヤあいつはどこへ行っても金ばかり借りている。あいつにやられたらもう駄目だ！」

こんな人間の面の皮の厚さと来ては呆れかえる。金ばかり借りている間はまだ無事だが、更に一歩進んで来ると、実に手のつけようが無くなる。君の時計をちょっと貸してくれ給え、君の羽織をちょっと貸してくれ給え、君の帯をちょっと貸し給えなどというようになる。それを突っぱねると坐り込んで、それじゃ君の細君の物を何かちょっと貸してくれ給えなどと言うようになる。

こんな人間になると、実に呆れかえるほど押しの強いもので、相手が気の弱い男と見れば、それにつけ込んで色々難題を持ちかけて、ふんどしまではずさせて持って行くようなことをする。

しかしこんなことが長く続きそうな筈は無い。どこへ行っても鼻をつままれ、誰もこちらの相談に応ずる者が無くなると、今度は前の癖が一歩進んで、必ず人の物を無断で使用するようになる。

人の物を無断で使用するのは泥棒である。人間もすでにここまで堕落しては、長く明るいところにはいられぬ。

むやみに借金ばかりし散らして詰まらぬ事に費やしていると、結果は勢いここに落ちずにはいられない。

われも一個の人間として、こんな馬鹿げた事はできそうにも思われぬが、それは真面目な人間の考えであって、処世の方法を過まった自暴自棄の人間になると、これくらいなことは平気でやる。今日は相当の教育を受けた者、または良家の子弟にしてこの手をやり、親兄弟の顔に泥を塗っている者も少なくない。

大なる前途を有する青年にして、かくの如き境遇に自ら陥る最もおもなる原因は何かというと、これは概して酒色である。

誰彼の区別もなしに、やたらに借金ばかりしているような人間を愛して、いつまでも己れの配下に使っていると、どうせ碌なことはし出さぬにきまっている。またこんな人間と交際していると、こちらの身まで世間に顔出しのできぬようなことになる。

二十二　借金を逃げぬ人

一口に借金と言っても、これを内訳して見れば色々な種類がある。前に言ったような借金は、実に卑しむべくにくむべき借金であるが、中には商売上の目算がはずれて、元より返すべき筈であった金が返されぬことになり、そのため善後策に苦しんでいるような人も世間には少なくあるまい。

こういう人間を捕まえて、時の事情のいかんを察してやらず、頭から不徳呼ばわりして、その人間の信用を剝ぎ取ってしまうのは、あまりに涙がなさすぎる。また金主としても決して利益な方法ではあるまい。

しかるに失敗した方で、こういう場合に際し、金主に申し訳がないからといって、金主の前から姿を隠し、借金を逃げるようにするのは、十人の内で九人までやる事であるが、決して褒めたことではない。しかる場合には金主はどういう。その男に対してどんな感情をいだく。

「あの男は随分不人情だ、借りた金は返さぬ上に、近頃は姿も見せぬ！」

きっとこういうにきまっている。また言われても申し訳はない。またいかにも顔を持って行き辛いからと言って、そのまま借金を逃げ隠れしていると、金主の方ではきっと安心はしておらぬに違いない。

「あの男があれ切りやって来ぬところを見ると、もう返さない積もりかな？　どうもまるで事情がわからぬ？　無い物は無理に取ろうとは言わぬから、時々顔ぐらいは見せてもよさそうなもんだ、実に不都合極まる話だ！」

金主の方では、きっとこういう感情をもっにきまっている。金主の考えはどうでもよいとしても、人の金を使って置いて、その金を返さぬ上に、借金を逃げていて時々顔も見せぬというような人間は、到底自己の運命を挽回するような機会に遭遇することはできぬ。一度は失敗してもまた起き上って栄えるような人間には、こんな場合においてもきっとどこか世間普通の人とは違ったところのあるものである。

ある一人の男が東京で商売をやって失敗した。七人の金主に対して、五万何千円という迷惑をかけた。この人がもし世間普通の人間であれば、「どうも申し訳がない！」と言って姿を隠し、借金を逃げたに相違ないが、この男は決してそんな不実なことはしなかった。

失敗して店を閉じると共に、すぐに新聞の広告取りになって、ドシドシ金主のもとに出かけて行き、

「今日は！　本年も段々押詰まりまして、さぞお忙がしくいらっしゃいましょう！　エエ私もこちら様には非常な御迷惑をお懸け申しておりまして相済みませんが、御案内の通りの始末で、ただ今のところでは何といたし方もございませぬ！　今後なんとか方法のつき次第、きっと申し訳の立つようにいたしますから当分のところはなにぶん共に御勘弁を願います！」

腰を屈めて頭を下げ、誠心誠意、少しも偽りなく詫びを言う。人情はまた妙なもので、こう言って来られると、尾を振って来る犬はなぐられぬ。金主は笑って、

「マア仕方がないさ！　時に君何を始めた？」

「差当たり新聞の広告取りをやっております。どうかまた多少に拘わらず、なにぶん共によろしくお願い申します」

「そうか、じゃアまあ少し出す事にしようよ」

「ありがとうございます！」

「時に君、妙なことを始めたね？」

失敗者は笑って、

「そうでございます。自分でも妙なことを始めたものだと思います！」

金主も笑って、

「随分変わり方がはげしいね！　どうしてそんなことを始めた？」

「どうしてと言って、別に深い理屈はありませんが、これならば一番早くやれる手蔓がありましたんで、飢えては職を選ばずで、昨日店を閉じる、今日からさっそくこれを始めたような次第でございます。マアどうかなにぶん共に御引立てを願います！」

「しかし十人が十人できん事だ、昨日まで旦那さまでいた人がよく思い切って始めなさった！」

「よくも悪くも今日の私には、そんな吟味をしているいとまはありません！　皆さんに御迷惑をおかけ申して置いて、一日でも手を袖にして遊んでいるような了簡では誠に皆さんに申し訳がありません！マア何かして早く事業に取りついて、一日も早く皆さんに申し訳の立つようにしなければ私も誠に心苦しい次第でございます！」

この男はただ自分の商売用で金主のもとを廻るばかりで無く、毎月少なくとも一度ずつは必ず各金主のもとを廻って、

「どうも誠に相済みませんが、なんとか身に形のつき次第、御返済の方法を講じますから、当分のところはなにぶんどうか御勘弁を願います！」

いつもこう言って、必ず顔を出していた。ある時一人の金主は言った。

「どうも御念の入った事でござる。よろしい、承知いたしました！　しかしお前さんは誠に感心な人だ。平たい話が、世間多数の人は金を借りて返せないと、自然こちらを避けるようにするものだが、お前さんは早二年間もよく私を尋ねて下さる。人は誰しも実はそうこそ無ければならぬ筈のものだ！」

失敗者は正直に答えた。

「およそ世の中に人さまに金を借りて置いて、それが返せぬから面目無いとか、また合わせる顔が無いとか、申し訳がないからとか言って、その人のまなこを避けて道を歩くほど苦しい事はあるまいと思います！　黙って逃げ隠れしていて、万一途中でひょいと出っくわするようなことがあると、赤い顔をしなければなりません。それこそどんなに辛いでしょう！」

「それは全くそうだろうな！」

「私にはそんな苦しい事はできません！　また拝借した元金はとにかく、せめては利息だけでも持って上らなければ相済まぬのでございますが、お恥ずかしい事ながら今日の私には、その義務さえも果たされませぬ！　しかるに人さまに金を拝借して置いて元も子も払わずに澄ましていられる道理はありません。私が時々こうして伺いますのは、どうか当分のところ利息の代りだと思し召して頂きます。イヤ利息の代りに見られるようなあまり立派な顔でもありません。この通り色は黒いしあばたはあるし、鼻もあまり高い方ではありませんが、どうかまあその心持ちだけを買って頂きます！」

向うは笑って、面白い肌合の男だと思い他の金主と相談して、「気の毒だ、あの男をどうにかしてやろうではないか」ということになると、七人は七人ながら同情して、更にいくらずつかの金をめいめい出してやった。失敗者は大いに感激して、新たに新事業を始めたが、人間の奮発心というは恐ろしいもので、今度は大いに物にして、僅か四、五年の間に、前の借金をすっかり返済してしまったばかりでなく、今では七人の組合人に対し、年々少なからぬ利益を分かっているそうである。

二十三　上手に金を借りる人

商人として同じく資本を借りるにも、その借方に上手下手がある。

同一の金主からこちらの必要に応じて幾度でも容易に金を借りる人は、金を借りるに上手な人で、一度切りで金主に愛想を尽かされるような借方をする人は、金を借りるに下手な人である。

幾度でも同一の金主からこっちの必要に応じて金を借り得るような人は、おなじく商売をやってもきっと成功せずにはおらぬが、一度切りで金主に鼻をつままれるような人は、商売の道にかけてもまたおのずと暗いものである。

空手で立って人の金を融通して、ついに天下の大商人となり得たある人の金の借方は人とはまた一風異なっていたとの事である。

その人はどんな借方をしたかというと、支払期限に少なくも十日は必らず余裕を見て、三十日で返せると思う時は四十日、四十日で返せると信ずる場合には五十日というように、必ず向うに十日ずつは余裕を見て支払期日を定めて置く。さも無くして支払期日をかっきりと切詰めて約束していると、万一間違った場合にはそれだけただちにこちらの信用を失わねばならぬ事になる。

しかし十日も余裕を見て置けば、三日から五日おくれるような事があっても、決して期日を違えるような憂いはない。

次には利息をチャンチャンと持って行く。ただ利息を持って行くばかりでなく、必ず利益の幾分を金主に配当して、「お蔭さまで今度は、これこれの利益を得させて頂きましたので、これはほんのお礼の印でございますが」と言って出す。言い換えてみれば、自分一人で決して利益を貪らずに、金主にもまた利息のほかに金を借りた度になにがしずつか、きっと儲けさせてやったものだそうである。

期日はいつも約束よりも十日も早目に返しに行く。利息はチャンチャンと持って行く。まだその上に利益まで必ず配当すると来ては、向うで悪い顔をしそうな筈はない。物の一ヶ月も借りに行かぬと、「近頃はどうなすったんです、少しも御用がございませんね？」と向うから催促して来るようになる。

それでもまだ借りに行かぬと、向うから押しかけて来て、「どうです少しお使い下さらんか、利息がお気に召さなければ、少しは御相談いたしますよ。マアそんな事はどうでもよろしい。ドシドシ使って下さいませんか」と言って、却って向うからこちらを攻めるようになったそうである。

とかく資本に苦しみがちの商人が、もはやここまで漕ぎつければ、金はいくらでも儲かるものだそうである。なるほど一理あるように思われる。ところが金を借りる事の下手な人間になると、支払期日は約束より十日も遅れる。場合によっては金を使った後で利息まで値切るというような下手な事をやるので、向うは一度か二度でこりごりして、「イヤもうあの男ならば真っ平御免だ！」と言う事になる。こんな人間に金の儲かろう筈はない。儲かる仕事を発見しても、弾薬がなければ鳥は撃てぬ。鳥を発見する事も肝要であるが、上手に弾薬の工夫をする事もまた必要である。無資本者の身にとって、商売上の弾薬は何であるかというと信用である。信用がなければ金は借りられんというのは後の話で、その信用を得る前には、まず上手に金を借りる工夫をする事が大切である。まず上手に金を借り得る人でない事には、断じて人の信用は得られるべきものでない。

二十四　無くてはならぬ人

昔、太閤さんが黒田如水に「天下に最も多いものは何だろうな?」と問うた。如水は答えた。「さようでございますな、まあ人でございましょう」するとまた太閤さんが、

「それでは天下に最も少ないものは何だろうな?」と問うた。如水またこたえて、

「さようでございますな、まあ人でございましょう」

「いかにもそうだ!」とおっしゃって、太閤さんがたいそう如水の返答をお褒めになったという事である。

今日もやはりそうである。世の中に一番多いものは人であるが、選りて見ればさても少しで、人は多いが、さてこの人はという人物は、いずれの社会にも至って少ないものだそうだ。

太閤さんの時代と違って、今日は立派な学校が数多くできたので、なに博士、なに学士、なに得業士《とくぎょうし》などいう立派な肩書をもった人達が沢山できた。しかもその多数の人はどうも思わしい就職口がないと言って、中にはもう生活力の尽きかけたおやじさんに田地を売らせて、その金を東京に取寄せて坐食をしながらお天気模様を見ている人も少なくないと言う事である。しからば現在社会は各方面共にすでに

人材がありあまって、もはやどうする余地もないかといふと、実際はまたあながちそうでもないらしいのは妙である。個中の消息を深く穿鑿してみると、あるいは現代も太閤さん時代と同じように、天下に一番多いものは人間で、天下に一番少ないものもまた人間というう算盤になって来るのではあるまいか。

一例を挙げてみると、今日は医士の数が非常に増えて来て、医学士はおろか医学博士の肩書をもっていてさえ思わしい口がなくて、金時計の光らせ先に困っているそうである。しかしその辺のお医者さまは、もはや今日の時代ではあってもよし、なくても別に差支えはないというお医者さまで、是非共なければならぬというお医者でないので、あるいは繁昌しないのかも知れぬ。

もしここに一人の医士があらわれて来て、真に肺病患者を救う事ができたならばどうであろう。それでも医士としてやはり飯が食えんであろうか。ナニそんな事があるものか、彼はただちになければならぬ人になって、それこそどんなに繁昌するかも知れない。

また一人の電気学者があらわれて、空中に電力を無線で輸送する方法を発見し得たならばどうであろう。世界の飛行機界はどんな形勢になるであろう。ただ飛行機界ばかりでない、この発明が完全にできれば、世界の実業も軍備も根底から覆す事ができるに違いない。それでも飯が食えぬであろうか、そんな馬鹿な話はない。彼はただちになければならぬ人になって、それこそどのくらい世人の尊敬を受けるかも知れぬ。

ひとり医士や電気学者ばかりでない、政治家、軍人、実業家そのほか何でもかまわない。おのれの従事する道みちにおいてかの人はなくてはならぬ人ということになってしまえば、断じて社会に棄てられる憂いはない。早い話が、官吏になろうと、会社に勤めようと、または個人の雇い人になろうと、あの人はここに必要だと言われる人物になれば、すなわちなければならぬという人にさえなれば、断じて相当な地位の得られぬという道理はない。いかなる職業に従事する人であろうとも、努力してここまで漕ぎつけぬことには、もはや今日では到底思わしい地位は得られないことになって来た。

二十五　有っても無くてもよい人

何になってもその社会社会において、なければならぬ人になり得た時は、少なくとも生活に困るような憂いはないが、さもなくして一人前の人間になり損ね、「あんな人間はあってもなくてもどうでもいい、ここにおろうとおるまいと、少しも痛痒は感ぜぬ」と言われるような人間になっては、男もはなはだ生き栄えのせぬ事になる。こんな人間はせっかく職業にありついていても、いつ糧道を断たれないとも限らない。実に心細い次第である。この種の哀れむべき人間の一人について、ちょっと実例を挙げて見れば左の如し。

今日は三十日で、商店はどこも忙がしい。主人は電車を飛び下りて店に入った。

「オイオイ子供、大きい人達は皆どうした?」

「旦那お帰んなさいまし、皆出かけました」

「大きい人は誰もいないかい?　皆店を空けちゃしようがないね!」

「出毛さんがいます」

「出毛でもちょっと呼んでおくれ!」

「出毛さん」

呼んでも返事がない。

「オヤどうしたんでしょう。鶴どん君は出毛さんを知らんか」

「今そこで煙草を喫ってたじゃないか」

「しょうがない奴だな！」

主人はブウブウ言いながら、奥に入って見ると、大将長火鉢の前に悠然と坐って、一生懸命に煙管の掃除をやっている。

「オイ！」

びっくりして、

「旦那お帰んなさい！」

「お帰んなさいもないじゃないか、今日をいつだと思う？　店を子供ばかりに任せて置いて、煙管の掃除もないもんじゃないか」

「はい！」

返事をしながら一服吸わぬことには立たぬ。

「オイ呆れかえるじゃないか、せめてはもう少し尻でも軽くしろよ」

主人は先に帳場に来て待っていると、鼻からけむりを出しながらやっと出て来た。

「金はいくら集まったい？」

「サアどうですか」

「内にいてわからんかい?」

「知りません……」

主人は舌打ちして、

「お前何のために店にいるんだ? よそからの註文は?」

「サアいかがでしたろうか、皆出かけてしまいましたが、ちょっとその註文帳を御覧下さい!」

「馬鹿っ! サアそこで一算やった。願いましては百七十一円二十三銭也……」

「旦那旦那旦那」

「何だい?」

「も一度願います!」

「ヨシ来た、御破算で願いましては百七十一円二十三銭也、お次は三百五十七円飛んで八銭也、お次は百十八円九十と二銭也……」

「旦那旦那旦那、も少しお静かに願います!」

「もういい、算盤をこちらによこしなさい、じゃアちょっと金六商会に電話!」

「ええと、アアそうか、新橋の七百一から五まで……。モシモシあなたは金六商会さんですか」

「いいえ違いますよ」

「オヤおかしいな?」

「じゃアもういいから丸一に行って勘定を貰っておいで!」

ついその辺まで行って来るのに三十分もかかった。

「取って来たかい?」

「受取りを持たずに行きました!」

こんな人間はいてもいなくても別にこれという違いはない。あってもなくてもいい人というのはこういう人である。己れの働きで飯の食えぬのも無理はない。

二十六　手の皮の薄い人

世には手の皮の薄い人がある。そうして自分の手の皮の薄いのを誇りのように思っている。実にとんだ心得違いである。

人間は己れの職分を重んじて、真面目に働けば働くほど手の皮が厚くなって来るものである。これと反対に人間のつとめを無視して、毎日手をふところに入れ、怠けていればいるほど手の皮はだんだん薄くなって来るものである。

手の皮を厚くして、毎日真面目に稼いでいる人は、少なくも己れの衣食住に差支えるような憂いはない。人間は着ると食うと住むにさえ差支えがなければ、人のところにたびたび無心に出かけたり、また人の物を借り取りしたり、それが一歩進んでは、かたり、ゆすり、どろぼう、おしいりなどまで働く必要はない。

さりながらもともと真面目に働かなければ食えぬ筈の人間でありながら、人間のつとめをおろそかにして、毎日手をふところに入れ、手の皮を赤子の肌のようにやわらかにしていると、それと共にだんだん面の皮が厚くなって来て、人に向ってどんな厚かましいことでもしなければ立ち行かぬようなことが出来して来る。人間がこうなって来た日にはもうおしまいである。できる出世もできなくなる。第一人がこちらを相手にしなくなって来る。

何でも人は手の皮を厚くする工夫が肝要である。毎日おのれの手の皮を厚くして真面目に働いてさえおろうならば、断じて面の皮の厚くなる憂いはない。面の皮の厚くない人であれば、人は断じて人に棄てられるものではない。たとい貧乏しておろうとも、人が人に棄てられさえせねば、神にも仏にもまた棄てられてはおらぬ人である。人が人に棄てられず、同時に神仏にもまた見棄てられておらん者であれば、いつかどこでか誰かに救われて必ず笑う時節が来るに違いない。

本来我々人間は、空しく遊んで暮らすのが目的でこの世に生まれて来たのではなくて、自他共に働くためにこの世に生まれて来たのである。この約束に背いて手の皮を薄くし、毎日空しく遊んでいるということは、たとい長者どのの息子どのでも人間の約束に背いている。ましてや無資力無資産の身の分際でありながら、毎日のらりくらりとして手の皮を薄くし、面の皮は千枚張り、大砲のたまでも見事弾き返して見せるぞというようになって、しかもそれを自慢のように思っていると、おっつけあたまを短く剪られて、カーキ色のお仕着せを着なければならぬようになって来るのはきまっている。今日世間によくある奴だが、別にこれというはたらきもない癖に手の皮を薄くして世を渡る工夫ばかりして、「手の皮の厚いのは卑しい。あれは労働者だ」などと誤解していると、それこそとんだ感違いである。

そんな人間と見たならば、決して近づかぬことである。おなじく人を使うにもこんな人間を使って油断していると、きっと手を焼いて「オオアツアツ」と言わねばならぬ。またこんな人間と仲よくすると、おっつけひどい目に会わされるにきまっている。「オイどうだ、貴公の着てるそのあたたかそうな着物を脱いで、おれに着せてくれぬか」くらいの事では始末がつかなくなる。こんな人間はどこまでずうずうしいか底の知れぬものである。

もしそれ正しい人間として世に立とうと思うならば、手の皮は厚かるべし、面の皮は薄かるべしである。この反対に出て、世を楽々と握り睾丸で渡ろうなどと思っていると、それこそ追っつけ神さまのお力でも救いがたい人間に我れからなってしまわなければならぬ。

二十七　むやみ矢鱈に笑う人

人間は面白い、いつも泣いて日を送っている人があるかと思うと、一方にはまた何につけても笑ってばかりいる人もある。

人の性癖は色々で、泣く癖のある人になると、嬉しい事があっても泣き、可笑しい事に出会っても泣き、何かにつけて泣いてばかりいるが、これとは反対に笑う癖のある人になると、泣くべき事があっても笑い、悲しい事に出会ってもまた笑い毎日ハアハア笑っている。笑い上戸というのはこれで、こういう人には何でも可笑しいものだと見える。泣く人よりはこちらの方が景気はいいが、あまりに下らん事に笑うので、こういう人は相手によっては、何となくその人を厭うような傾きもある。

何でも極端な事をするのは狂人めいて面白くない。いかに人は笑ふがいいからといって、人の泣くべきところにまで笑っては、人間の調子をはずれて、何だか工合が妙になる。それはちょうど何事につけても泣く癖のある人が、婚礼の席で泣くのと同じ理屈になる。

泣いても五十年、笑っていても五十年とすれば、人間は詰まらぬ事にまで悲しい思いをして泣いて下らなく暮らすよりは、笑って面白く過ごした方が得である。雨が降ろうと風が吹こうと、毎日ニコニコ笑って暮らすということは、何びとの上にも誠に結構なことであるが、いかなる事にも大口をあいて笑うということになると、それは人間の常軌を逸して、安房笑い、または馬鹿笑いということになる。こういう非常識な人間になると、また実に始末に困るものである。

ある一人の馬鹿笑いする癖のある男が、ある時大いに金に困った。友達の一人がひどく気の毒がって、「どうものっぴきならぬ場合だから、一時高利貸しからでも借りて凌ぎをつけるか」というと、「どうか是非そうして貰いたい」ということになった。ある晩の事、友達に連れられて金貸しのところに出かけて見ると、茶菓子にこおり砂糖が出た。するとその男が笑い出した。こおり砂糖を見ては笑い、果ては転げて笑い出した。生憎そこの主人の頸には大きなこぶがあって、それがピカピカ光っていた。

「何か可笑しい事でもございましたかな」といって、始めは主人も気にしなかったが、あまりに馬鹿げた笑い方をしたので、果ては向うで妙に取ったものだと見えて、体よく断って貸さなかったそうである。友達はひどく迷惑して。

「君、何をあんなに笑ったんだ?」

帰りがけにきいて見ると、その原因は実に下らんことであった。

「誠に済まなかったが、高利貸しの家で茶菓子に出すこおり砂糖には、おかみさんが時々はたきをかけると聞いていたんで、今あの家でかみさんにこおり砂糖を出されると、やり切れなく可笑しくなったんだ」

「困って人のところに金借りに行って、あんなに笑う奴もないもんだ。君が目下の事情は笑いどころの話じゃないじゃないか」

友達が真面目になって怒り出すと、それがまた可笑しいといって笑い出したんで、友達も怒って行ってしまったそうである。

この男がある時ある友達の家に行ってみると、細君がひどい近視眼であったので、この男と自分の御亭主とを取違えて挨拶をすると、さあまた笑い出した。笑うも笑うかあまり馬鹿げた笑い方をしたので、主人はついに腹に据えかね、この男を散々ぶんなぐったそうである。実にこの人間は厄介な男で、下らん事に馬鹿笑いをするので、友達は皆迷惑がって、この男と一緒によそに出かけることは、誰も自然と避けるようになったそうである。

人間は誰でも意外な性癖を個々銘々にどこにか必ずもっているものである。それを知らずにつきあっていると、こちらは何とも思わずにした事であっても、向うには非常な悪感を与えるような事がある。またこちらにしても同じこと、向うは平気で言ったりしたりした事にでも、こっちでは大いに悪感を抱くことがある。お互いの性癖を不断よく知り合っていると、交際上どちらも大きに都合のいいものである。

二十八　人の顔を真向に見切らぬ人

世には人の顔を真向きに見切らぬ人がある。これは心の正しくない証拠である。こちらの心にやましいことさえなければ、どなたさまの前に出ようと、少しも臆することはない。

人を見るにはその人のひとみを見るが一番いいと言った人があるが、これは実際である。心の正しくない人間であれば、即ち何かよろしくないことをしているものであれば、おのれの心がやましいので、決してこちらの顔を真向きには見切らない。こちらがその人間の眼をじっと見ると、彼は必ず眼をそらすものである。

ある一人の人間に対して、「こいつはどうもおかしいな」という疑いの起った時、その人間に会ってじっと向こうの眼を見れば、向こうが果たして道に背いたことをしている場合には、きっとこちらの顔を真向きには見切らない。気が咎めるので、ひょいと眼をそらしてしまう。

そこに行くと正直は獅子よりも強い。向こうが何と疑おうと、こちらの心に毛頭やましいことがなければ、物差しよりも正しい、玉よりも明らかな眼を見せて、真向きに向こうの顔を見ていて、少しも怖れることはない。

相対して話しているうちに、眼の定まらぬものであれば、決してその人間に油断をしてはならぬ。人と話をしている間に、相手の顔を真向きに見切らぬような人間は嘘をつくか、不正なことをするか、そこに何かよくない癖のある人間である。これはきっとそうあるものだ。

「君はなにがしに向って、かくかくのことを言ったそうだが実際かね？」

「いいえそんなことを言った覚えはございません！」

口には言っても心に言った覚えがあればやり切れん。もう胸がワクワクする。

「じゃあきっと言わなかったね」

じっと顔を見られるともう堪らん。真向きに相手の顔を見ていることはできん。ひょいと眼をそらしておどおどする。「ハアこいつめ言ったに相違ないな」ということがたとい口には白状せんでも、相手の心には鏡に物の写るがようによくわかるものである。

正直な人間になるとそこは強い。向こうが何と言って疑おうと、こちらに言った覚えがなければ、少しも怖れることはない。

「イヤ申しません。さような事は断じて申しません。誓って言った覚えはない！」

明らかな眼を見せてじっと向こうを睨み返す強さをもっている。かえって向こうが赤面するようなことになる。男子はすべての場合において、この強さを欲しいものである。すべての場合において、この強さをもっているものであれば、人に信じられぬ理屈はない。人に十分信じられる人間で、世の中に立って仕事のできぬという道理はない。

人間は人を使っても使われても、または人に交わっても、常に眼が明らかでなければならぬ。眼を明らかにもとうというには、まず心が正しくなければならぬ。人間は心が歪んでいては、眼も顔もおのずと落着かぬものである。

おなじく人に使われても、眼や顔色の落着かぬような人間に使われていると、揚げ句の果てはきっと馬鹿を見る。また眼や顔色の落着かぬような人間を長く使っていると、きっとこちらのために不利益なことをしでかすにきまっている。人に交わる上においてもまた同じことである。初めて人に接した場合においても、これはどういう質の人か、正直な人か不正直な人か、親切な人か不親切な人か、おっちょこちょいか、よく落着いた人かを知るには、まずその人の眼を見ることが大切である。

二十九　借金を恐れぬ人

世には馬鹿に借金を怖れる人がある。他人の大切な財宝を借りて置いて、それをただで貰ったような気になって、いつまでも落着き払っているばかりでなく、返す工夫もせぬような人間は、これはまるでお話にならぬが、さればと言って一概に負債を怖れ、それがために大切な身体をわるくして、急にお国替えなどするようなことになって、債権者に散々迷惑をかけるような人間も、これもまた実に困りものである。

ところが世にはこう言った質の人間もまた珍しくない。人に大切な物を借りて置いて、それを知らぬ顔の半兵衛さんでいる訳には行かぬが、さればと言って一概に負債を恐れ、負債を憂い、負債を苦にして、「アア弱った、どうしたならばよかろうか」と言って、毎日頭を抱えて空しく考え込んでいてみたところで、債権者に対して申し訳が立つ訳でもなければ、また負債が消滅する訳のものでもない。

しからばそんな場合にはどうすればよいかと言うと、一たびおのれのし出かした借金に対し、いたずらに怖れ、いたずらに憂い、またいたずらに苦に病んでいる手間があったら、一日も早く返す工夫をすることが肝要である。

借金は怖いものである。あとさきの考えなしに借金をし散らすというと、遠からずして人には迷惑をかけ、身は破滅するにきまっている。しかし人間は時と場合では借金もしなければならぬ。借金を怖れては商売はできぬ。

商人でない人間にしても、終生借金はせぬという誓いは立てられぬ。終生人に物を借りずに済めば、人間はそれに越すことはないが、場合によってはそうも行かぬ。ナニ借りるのはかまわぬ。しかし人に物を借りた以上は必ず返さなければならぬ。人に金を借りたきりで返さぬような人間は、人に何と言われても終生頭の上がる時はない。

すでに借りた以上は、いたずらに借金を怖れ、いたずらに借金を憂い、いたずらに借金を苦に病むのは愚人の常態で、世の中にこれほど馬鹿げたことはない。不断の準備としては人に金を借りぬ工夫をすることが大切であるが、万やむを得ぬことがあって、すでにいったん借りた以上は、いたずらに怖れず憂えず苦に病まず、一日も早く返却する工夫を講ずることが大切である。ただ工夫を講ずるだけでは何にもならぬ。実行して綺麗に返し、我れは何びとにも借金のない男になって、男は大手を振って道が歩けるようにならねばならぬ。

世に馬鹿の標本を求めたならば、人に金を借りてそれが返せず、「どうしたものか」と青くなってふるえ上がり、「困ったなア」とすくんでしまい、毎日ためいきばかりついているようないく地のない人間であろう。

人間はたかが拾万か百万の借金にたおれるような弱い身体には造物者が造ってない。おとこがそのくらいな借金にたおれて堪るものか。こちらの奮発しだいでは、何拾億の金さえ造っている人がある。こういう人達もその前身を洗って見れば、皆一時は借金の中に身をうずめていた人達ばかりである。

あまり借金にびくびくするようなケチな人間には使われぬがいい。そんな肝玉の小さい事業家は成功せぬ。また男子の癖にあまり借金に顔色を変えるようなケチな人間は使わぬがいい。そんな度胸の狭い人間は使ってみても役には立たぬ。

いたずらに借金を怖れるのは、自分に返せるという自信がないからである。こちらに返す自信がありさえすれば借金が何だ！　金主にとってはこちらは大切なおとくいさまではないか。天下の雨敬は安田に何千万円の利息を払った。おとこは少し胸を広くもたねばいかん。しかし返せる見込みのない人間で、みだりに借金するというと、トドのつまりは首でもくくるよりほかに道はない。そんな弱い人間は、身の皮を剝いでも人に金は借りぬことである、どっこいそんな御心配は要らぬ。この節の金持ちはなかなかりこうで、そんな鈍い人間には無抵当では断じて貸さぬ。それでも万一借り得たならば、怖れずに憂えずに苦にせずに、一日も早く返す工夫をすることが肝要である。

三十　嘘ばかりついている人

世には嘘ばかりついている人がある。誰に会っても嘘ばかり言って、一から十まで嘘で固め切っている人がある。

もちろん嘘も方便で、ある場合には嘘も必要なこともある。しかし別に嘘をつく必要もない場合に嘘をついて、人をしばしば欺いていると、たまにほんとうなことを言っても人が信ぜぬようになる。人間が己れの言った事を人に信ぜられぬようになっては、世の中にこれほど困ることはあるまい。嘘は断じてみだりに言うべきものでない。

ところが世には下らん事に嘘を言う人がある。ほとんど病的かとも思われる。実に馬鹿げた話である。道でひょいと二人が会った。

「やあ千密君、君はこの間あんなに固く約束して置いてなぜ来なかった。我が輩まで人に嘘をついたようで困ったよ」

「イヤどうも済まなかった。出かけようとしていると、かかあが大怪我をしてな、いまだに身動きもできぬような始末で……」

「イヤそいつは大変だどうした？」

「君知らんかね？」

「何にも聞かんよ」

「うちの前に飛行機が落っこちやがってね、実にとんだ災難さ！」

「イヤそれは少しも知らなかった！」

「マア御免なさい！」

千密君は行ってしまった。知らん顔もしていられんので、せわしい暇を潰し、無い銭を出して菓子折りの一つも奮発し、わざわざ見舞いに来て見ると、細君は入口で大声を上げて借金取りとやっさもっさ喧嘩をしている。

「御免なさい！」

「いらっしゃい」

「あなた大変大怪我をなさったというじゃありませんか、お宅の前に飛行機が落ちて……」

「誰がそんな事を申しました？」

「今千密君に道でそう聞いてお見舞いに来たんです」

「そりゃじょうだんでしょう」

「何だ馬鹿馬鹿しい」

「オイどこへ行く千密君？」

「ちょっとその辺まで……」

「その辺まで行くのはいいが、君は叔父さんがあんなに大病しているのに、なぜ一度も見舞わない」

「実は今日行こうと思っているところです」

「きっと行きなさいよ、行かなけりゃいかんよ」

「行くには行きますが、どうも見舞い物の一つも持たねば工合が悪いんで、あちこち才覚してるところです」

「じゃアこれでたまごの折りの一つも持ってすぐに行きなさいよ」

一円札を貰って横丁に曲がると、それですぐに蕎麦屋に入る。

「いらっしゃい！」

「天麩羅で一本熱いやつを貰おうかな」

見舞いには行かず、蕎麦屋に上がり込んで飲んでいると、客が一人入って来た。

「ヤア千密君じゃないか」

「仰せの通りさ！」

「蕎麦屋などに上がり込んでるじゃないか」

「何も不思議はなかろう、君だって来たじゃないか」

「今日は馬鹿に鼻息が荒いじゃないか」

「マアそんな事を言わずと一緒に飲もうじゃないか」

「後の勘定はお頼み申すだろう！」

「それは時と場合だか、どうだ金儲けは憎くなかろう！」

「何かうまい話があるかね？」

「なくて酒が飲めるかい、ちっとしっかりしなさいよ」

「君の言うことじゃあんまり当てにゃならんからな……」

「当てにならにゃ聞きなさんな」

「当てにせずに聞くから話しなさい。ここの勘定だけは俺が奢るよ」

「じゃアむやみに人に言っちゃ困るよ」

「心配しなさんな、口に懸けちゃ固い男じゃどんなことだね？」

「地所のいい売り物があるよ。実は今見に来たんだ」

「この辺かい？」

「そうさ！」

「坪数は？」

「五百坪を少し出るね」

「坪どんなものだね？」

「この辺で三十五円は安いだろう！」

「千密君実際かね？　ほんとの話ならば心当たりがあるが……」

「一番周旋しようじゃないか」

「ちょっと見せて貰えんだろうか」

「昨日と今日二度続いて俺が見に来たんだ。二、三日間を置きたいね……。しかし急ぐようなら、今二、三時間経ってから一緒に行こう。時に君その時まで三十円ばかりちょっと立て替えて貰えまいか」

「そりゃ立て替えて上げてもいいが返すかね？」

「君僅か二、三時間だよ」

「返しさえすりゃそんな怖い顔をせんでも出しとくよ」

「ヨシ確かに借りた。じゃア君すぐに来るからここに待っててくれ給えよ」

「君どこへ行く？」

「家のおやじがこの先の病院に入院してるよ。今日は支払日だからちょっと行って来る。今うちのかかあがここに金を三十円持って来るから、君ちょっと受け取って置いてくれ給え。も少し飲んでこの蕎麦を食って行こうかね」

飲んで食って三十円持って出た。腹はできたし、小遣いはあるし、握り宰丸でヌクヌクと歩いていると、うしろから誰か呼ぶ。

「オイそこに行くのは千密君じゃないか」

「ヤアこれはどうも暫く!」

「じょうだんじゃないよ。君いつか貸した金はどうする?」

「返すよ」

「いつ返す?」

「今でもいいが少し都合が悪かったね!」

「全体君は今何をしている?」

「金貸しの手先になったよ」

「それじゃ君の手で、少し纏まった金を周旋して貰えまいか?」

「いくらばかりだね?」

「二千円ばかり……。利息はどんなものだね?」

「誰が使うんだい?」

「おれが要るんだ!」

「じゃア特別に年一割五分としようよ」

「ありがたいね!抵当はないよ」

「もちろんさ! 時に君ちょっと二拾円ばかり間に合わせて貰えまいか、話の筋はこうなるんだ。今この先の待合に然る筋のお客さまが昨日からの支払いに困っていて、それが女将に頼んで時計を五拾円に売りたいという訳さ！　その時計が百円ならば右から左だ。御覧の通りここに三拾円はあるが、二拾円足らぬ。君が出してくれれば二時間とたたぬうちに利益は山分けにするがどうだい？」

「面白いね！」

「全く二人に与えられたんだね！　ヨシ来た確かに二拾円あるよ。君帰って待ってい給えすぐに行く」

「大漁大漁、これだから嘘はやめられん！」

大将ニコニコして歩いていると、前に誰か立ち塞がった。

「千密君、何からまい事があったと見えて、御面相を崩して今日は道を歩いているね！」

「イヨウ誰かと思った。いつも御全盛で結構だね！」

「こちらよりも御全盛はそちらの方じゃないか。時にこの節は何をしている？」

「地所の周旋……」

「驚いたね……、少し話が大きいじゃないか」

「だって儲ければいいだろうじゃないか、今日は少し急ぐ、これで御免！」

「大分景気がいいようだね！」

「そう見られては黙っても行けん。今日は寒い、その辺で一杯奢ろうか」

「ハハ君が奢るかい？　前代未聞の事どもなりだね？　ヨシそれじゃお供をしよう」

「世の中は三日見ぬ間の桜かな！　慾田さん、月日の経つのは早いもんだねえ！」

「どうも恐れ入ったね！　時に君金はあるかい？」

「君は思い切って人を侮辱するね、見給え、どちらの袖に手を突っ込んでも、二拾と三拾の金はこの通り入っているよ」

「どうも驚いたね！　北の方から来る渡り鳥じゃあるまいね？」

「贋札か贋札でないか、これが君の目には見えないかね？」

「イヤ確かに本物だ！　実際地所の周旋をやってるかい千密さん？」

「明日できるのが一口八万円さ！」

「驚いたね！」

「できて見たところで双方から一割ずつさ」

「じゃア一万六千円じゃないか」

「マアそう言ったような算盤になるかね？」

「荒い事をやるね！」

「明日おれが金を受け取りに行く時に、君も一緒に自動車に乗って見ないか」

「悪くないね？」

「それはまず明日の話だが、君に今夜少し小遣いを儲けさせてやろうか」

「ありがたいね！」

「しかし元手が百円要るよ。おれもこの袖から百円出す」

「どんな話だい？」

「去るところに古備前正恒の一刀ありさ。売方では二百円を切っては手放さぬといい、買方では果たして正恒ならば五百円まで奮発しようと言う。今鑑定家を連れて見に行くと、正に疑いなき物なりと言う訳さ！　中に立ってちょっと三百円、それを君と二人で二一天作の五はどうだね？」

「君は金儲けが巧者になったね！　ヨシ来たこの先の鳥屋に行って小切手を書こう！」

まさかこういうふうに嘘も言えまい。またこううまくも行くまいが、一から十まで嘘で固めて、蚤に刺されればゆうべ賊が入って一刀深くやられたと言い、せきの一つもすれば肺結核だと言って、下らん事に人を欺き、我れと我が信用を好んで貶すような人が世にはある。こういう悪癖をもった人は、何を言っても世間の人が相手にせぬ。「あいつの言う事を当てにしているととんだ馬鹿を見る。あいつの言う事はいつも嘘で固まっている」と言う事になっては、人は仕事ができなくなる。だからこういう人は生涯安全な地位を得られず、いつもぶらぶらして危ない世渡りをやっている。

三十一　色々な事に手を出す人

人間のあたまや身体はそんなに多方面にわたってうまく働けるものではない。たとい多芸多能の人でも、右の手では握り飯を拵え、左の手では団子を円めるというように己れの力を分かっては、どちらも結果が面白くないということになる。だからこういうように精力を分散して、色々な事に手を出している人は、何をやっても一通りやりおおせる人であっても、一時一物に向って精力を集中することができぬので、手を出した事がそれもこれも皆面白く行かん。ましてや世間にいくらでも転がっているような人間で、それにも手を出し、これにも首を突っ込むというようなことをやっても、一事としてうまく成就せぬにきまっている。

成功せんと欲する人は、断じておのれの精力を分散してはならぬ。常に固く一時一事則を守って、今我がなしつつある一事に向って、おのれの全精力を注いでかかることが大切である。世間普通の人間でもしこの成業的約束を無視して、一時に色々な事に手を出せば、そのいずれも中途にして失敗するにきまっている。世間にこの実例はいくらもある。

ところが世には色々な事に手を出したがる人がある。やること為すこといつも失敗に終わりながらそれにも懲りず、フウフウ言って西また東と奔走している。

「オイオイ飛田君どこ行く？」

「大阪大阪」

「ハハまた何か始めるかい」

「始める始める、待ってい給え、今度は紙幣を汽車に積んで来るよ」

「今度は何だね？」

「大阪城の濠を浚《さら》える！」

「ハハハハハ妙な事をやるね、濠を浚えてどうする？」

「君、鰻やスッポンだけでも大変だぜ。しかしそんな物には目はかけん、例の大阪陣の時に、関東勢に知らせんように、夜間そっと濠に沈めて隠した軍用金だけでも、今日のあたいに積もると大変なもんだ。武器そのほかの物はどのくらい沈んでいるかも知れんよ。それは皆拙者のもんだ！　マア行って来ますさようなら……」

「ヤア飛田君、どうもしばらく！　どちらへいらっしゃいますな？」

「ちょっと東北地方まで……」

「何かまたお始めですかな？」

「多年苦心していましたが、やっとじゃがいもからパンができるようになりました。本年は東北地方が大分不作のようですから、どんな価格で取り引きができますか、ちょっとその辺の取り調べに……」

「やあ飛田さん！」

「オオこれは！」

「どちらへいらっしゃる？」

「ちょっと南洋のジャワまで……」

「あちらで何をお始めですな？」

「真珠と砂金の採取をやっています！」

「オイ飛田君じゃないかしばらくだったね！」

「ヤアその後はますます……」

「浅草の奥山などに来て何をしている？」

「聞くまでもないじゃないか、君は金は欲しくないかね？」

「相変わらずやってるな！　今度は何を始めるんだい？」

「君一口乗ろうなどと言っちゃいかんよ、近々月世界の人間をここに引っ張って来て見世物にするよ。今に見てい給えきっと当たるよ。どうかなにぶん評判を頼むぜ！」

こういったような上っ調子な人が、今日の世の中にはいくらもある。しかもことごとく失敗しつつあるのは事実である。

三十二　尻の重い人

世の中には馬鹿に尻の重い人がある。こういう人はオイそれという場合には事の間に合わぬので、とかく機会を失いやすいものである。少々はたらきのある人間でも、あまり尻の重い者は福分を取り逃すことが稀でない。いわんや平凡な人間の分際で、別に取り柄もない癖に尻まで重いと来た日には、まるでお話にならないものでない。

人間は事のできる上に、オイそれと急場の間に合う者でなければ、人に使われても決して重宝がられるものでない。目上の人に用事を言いつかる、すぐに尻軽く立って、その用事を果たすような者であれば、「あの男はなかなか間に合う」と言って人に重宝がられるので、自然地位も早く進むということになるが、用事を言いつかっても愚図愚図《ぐずぐず》しており、人にじれったがられるような人間では、「あいつはぐずで少しも事の間に合わぬ」と言われ、自然人に疎んぜられて、そのためにできる出世もできなくなるものである。

こういう人間は実に損である。自分もたまにはどうかすると、「これはよくない癖である」と自覚する場合もないでないが、さればと言って発憤して、この悪癖を自ら矯正する勇気のないのは、実に哀れむべき次第である。しかもこの悪弊は容易に直せないものかというにそうでない。少し自分で気を引き立てさえすれば、すぐに生き生きした人間に自分で随分なり得るのである。

女で尻の軽いのはよろしくないが、男は尻の軽いに限る。特に今日のせわしい世の中では、尻の重い人間は使い道がない。なぜかというと、世は一般に仕事の上において時間の分秒を争うようになって来たからである。

「小母尻君、ちょっとこの小包を今度の客車便で間に合うように出して貰おうかね」

「ハイ承知しました！」

「煙草は後に願いたいね、もう時間がいくらもないよ」

「よろしゅうございます！」

「急ぐ場合には、そんなに御丁寧に外套のボタンなど掛けんでも一寸飛んで行ってくれればいいじゃないか」

散々人に世話を焼かせる。停車場の待合に入って火にでも当たっていたと見えて言いつけた人が忘れた頃にぶらりと帰って来る。

「君どうだ間に合ったかね？」

「一汽車おくれました！」

「急ぐ事はいつでも君にゃ頼まれんね！」

人の気持ちを散々悪くした上に、つまらん事で信用まで失ってしまう。こういう質の人間は、人に一度か二度ひどい事を言われた分では何とも思っていない。

「小母尻君、ちょっと銀行まで行って貰おう！」

「承知しました！」

「承知しましたと言ったらすぐに椅子から尻を上げる事にしようじゃないか。アアそこはそのままにして置いていいじゃないか」

ようやく立って外套をき、御丁寧に帽子までかぶって来て用事を聞く。すぐに出て行くかと思うと、また自分の席に帰って、茶をついで飲む。言いつけた方では驚いてもう小言を言う気力もない。

「君もう三時半だが、銀行には時間があるよ」

「ハイよろしゅうございます」

「君まだ出かけんかね、何をしてるんだ？　君を使うには別に一人、人が要るね！」

何と言われても平気なもので、ステッキでも探してゆっくり出て行く。こんな人間はどこへ行っても長くは勤まらん。イヤこちらは勤めても向こうで使わぬ。すぐにお払い箱にしてしまう。誰の損でもない。自分の損だ。

三十三　とかく口数の多い人

世にはとかく口数の多い人がある。こういう質の人は下らん事にも口上をならべ立ててむやみに知ったふりをしてうるさく喋るものである。こういう人の口は実に達者なもので、何事につけてもいちいち口上をならべ始めると、実に水も漏らさぬようにいうが、

「言葉多きは品少なし」で、こういう人は概してその内容は極めて貧弱なものである。また世渡りの道

にかけて初心な人は、こういう人に出くわすと、得てして初めはその人を買いかぶりやすいものであるが、少し人間にかけて場数を踏んだ人になると、

「ナニこやつは下らんおしゃべりだ」とただちに真価を看破してしまうから堪らない。しかし御本人はどこまでもえらい気で、何でも事件があれば憶面なくどなたさまの前であろうと口を出してむやみに喋る。少し腹のある人の目からこういう浅はかな人間を見たならば、どんなに浅ましく見えるであろう。

こういう人は下らん事にも口を出して喋りたがるのが、もはや治すべからざる固執になっている。実に気の毒なものである。自分には何の関係もない事であっても、人が何かわきで話していると、すぐにもうそこに出かけて行って口上を述べ始める。実に困ったものである。

幸いその席にこちらの腹を看破する人がおらねば助かるが、万一運悪くして胸の早い人にでも出くわすと、散々骨を折って喋った上に馬鹿にされ、おまけにとんだ赤恥を掻かされてグウの音も出ぬことになる。

しかしこういう因果な人は、一度か二度人に強く鼻柱を折られたくらいでは眼が覚めぬ。すぐにまたその人の前でもとかく口数をならべたがるものである。そうすると人はもう相手にせぬ。少し気の勝った人になると、皆までは喋らせずにすぐに頭からやっつける。

「何だきさまは生意気な、何にも知っておりもせぬ癖に聞いたふうな口を利きたがる。すっ込んでいろ五月蝿《うるさ》い奴だ！」

実に忍ぶべからざる恥辱であるが、こういう浅はかな人間になると、一向平気なものである。何と人に言われても、やはり何とか口上をならべて見ぬことには生きている甲斐がないような思いがする。頭

からやっつけてくれる人はまだ親切な人で、中にはどうかすると腹の中ではわらっていながらうわべではひどく感心したようなふりをして、散々こちらをおもちゃにするような人の悪い事をする人もある。「ハハアそういうもんですかな、始めて承りましたが面白い理屈のものですな！　へへエなるほどフン」人のおだてに乗って御苦労にも価値なき事を喋る方こそ実にいい面の皮である。こういうお人よしは陰で人に何と言われるかというと、

「ナニあいつは何にもできる奴ではない、ただもうベラベラ喋るだけの話で、何一つ心得ている事はない！」

人間が人にこういわれるようになっては、どこへ行っても誰に会ってもまた何をしても何を言っても、我れながら誠にたのみ少ない次第である。何一つ実行せずにただ口上ばかり多い人間と見たならば、あまりその人に重きを置かぬことである。内容の充実している人は、決してむやみに口数を利くものでない。

三十四　元気のよい人

おとこは元気に手足のついたような人間でなければ役に立たぬ。人間をしてすべての事業を大成せしめるものは元気である。

元気のない人間を見たならば、瓦斯《がす》の抜けた軽気球を見るような気持ちがするであろう。瓦斯を入れねば軽気球は上がらぬ。元気がなければ人間は働けぬ。いくさをするにも元気、商売をするにも元気、

学問をするにも元気、そのほか何をやっても元気の力を借りずにできる事は何にもない。早い話が元気のいい人間でない事には屁を一つひって も人なかでは音のいい奴は出ぬ。イヤそんな失礼な事をしてはよろしくないが、人間は己れの元気を活用して、大いに働く者でなかったならば、生涯他人に握り屁ばかり嗅がされて、青い顔をしておらねばなるまい。

元気が身体中に充ち満ちた時は、火の中にでも飛び込む事ができる。しかも髪の毛一筋焼かぬ。これと反対に元気の衰えている時は、人がくしゃみをしてもびっくりして飛びあがる。細君が夜中に袖を引いて、「あなた賊が入りましたよ」と言えば、元気のない男であればすくみあがる。元気に富んだ男であれば、ヨシと跳ね起きて引っ捕らえねば承知せぬ。貧乏しても貧乏に怖れぬ。貧乏を踏みにじってきっと得意な境遇を造る。困難が来ても困難に屈せぬ、障害が起っても障害に怯まぬ。困難が来ようと障害が来ようときり払いなぎ倒して万難を征服し、神木として幹に注連縄を張られた社頭の杉のように、人から高く仰がれぬ事には断じてやまぬ。

人間はこの元気があって、事は始めて成就するものである。僅かな負債ができてもびくびくし、軒の瓦が一枚落ちたくらいの事が家に起り身に起っても、青くなってふるえ上がるような元気のない人間には、大事はおいて飯も食えたものでない。

元気のない人間は人に馬鹿にせられるばかりでなく、おのれの運も開かない。どぶの中に住んでいる鼠を見たように、生涯寒い思いをして暖かい春の日光は拝まれぬ。「おのれ何か一事してくれよう」と思う者は、常に元気のいい人として世に立つ事が肝要である。「男は気で持て、家は梁で持て、天秤棒は肩で持て、台所はかかあで持て」というのはすなわちここである。

元気がないと借金取りも怪しむが、元気が充実していれば、借金取りも信用して行く。元気は実に万業の資本である。

「今晩は！」

「いらっしゃい…何の御用かね？」

「御勘定を願います！」

「金なら無いよ。春になったらゆっくりおいで……」

「御冗談を……」

「冗談じゃ無いよ。嘘だと思うなら私のがま口を開けて御覧！」

「金庫の中から出してちょうだい！」

「金庫はおととい売っちゃったよ」

「旦那困りますねえ…」

「俺の方がなお困るよウ！」

「じゃア何ほどか願います！」

「それじゃ百円持っておいで！」

「五百円のところにタッタ百円だけですか」

「大晦日の金にそんな事をいうと眼がつぶれるよ！　それでも高い利息を払って高利貸しから借りて来たんだよウ！」

「じゃア春は早々願います！」

「それはこちらで言う事だよ。ひと夜明ければまたそうそう借りに行くから帰って旦那にそう言って置きなさい！」

「払って下されば品物はいくらでも持って上がりますよ！」

「借りる方は確かだが、払う方は当てにゃならないよ！」

「こちらの旦那は面白いお方ですなア！」

「ナニ苦しいお方だよ…嘘だと思うなら金を持って来て貸して見なさい！」

「ハハハハハ」

「ハワワワワ」

「ありがとう！」

「さようなら……」

こちらに元気があれば人はけむりに巻かれて行く。しおしおしていると大晦日の晩などは「こいつは今夜は首でもくくりはせぬか」と怪しまれる。「おとこは死んでも桜色、鳥肌立っても寒さにゃふるえぬ」人間にはこの元気があって欲しいものである。

三十五　自分で道を開く人

世間大多数の人は、他人の力によって己れの運を開こうとする。言いかえて見れば、誰かに引き立てて貰って物に不足のない身になろうと、ただ人の袖に取りすがる工夫ばかりして、おのれの力や己れの工夫で己れの運を開こうとはせぬ。実にとんだ了簡違いである。

おのれの工夫や努力に重きをおかず、ただ人の力を頼みにするような独立心の欠乏した人間は、たとい救ってやろう助けてやろうと思う人があっても、そんないく地のない人間は救いようも助けようもないものである。人を頼んで己れをたのまぬような人間は、人間の力をもって救うことのできぬばかりでなく、神様の力をもってするもやはり救いようのない人間である。人間は自ら助ける人にして、人も始めてその人を救うことができ、神仏も始めてその人を救い得るものである。

されば人間として大成せんと欲するものは、人の力を当てにせず、自ら奮って工夫し努力して、我が運命の開拓に努めることが肝要である。この実行なくして他人の力ばかりを当てにし、貴重な時間を浪費して、あちこち人の門を数え、「どうか何分お頼み申します」と頭をさげて廻ったところで、「あいつはいく地のない奴だ」と言われるくらいのところが落ちで、他には何にも獲物はない。こんな人間にはいつまで経っても運は来ぬ。生涯失意の地位に立って、おのれ一人が面白くないばかりでなく我れゆえ妻子にまで生き甲斐のない思いをさせねばならぬようなことになる。

しかれども自分で自分の運を開き、自分で自分の運命を造って行く人は、断じて人の力は頼まぬ。こういう人は自分の力の足らぬところは、自分の力で補って行く。自分には学問がないために仕事がし辛い、そのため十分働けぬと思えば下らなく苦しんでいる隙で、すぐに学問をして己れの足らぬところを補って行く。自分には貯蓄がないので、常に不利益な地位に立たねばならぬと感づけば、自分で稼いですぐに貯蓄を拵える。酒が過ぎると思えば酒を節する。身体が弱いと思えば身体を丈夫にする。人に信用が薄いと気がつけば、努めてその行いを篤くする。すべてこういうように自己を造り改え、おのれを強くしつつ進むので、何びとの力をもかりず、自分一個の力でどこまでも自己を完全にし、同時に自己を強くすることができる。

こういう人は、誰に向っておじぎをする必要もない。おのれ一個の力をもって立派に世に立つことができる。こういう人はこちらから人の袖にはすがらぬが、人は大勢こちらの袖に取りすがって来るようになる。こうなれば占めたものだ。男一人前になり得た時だ。こういう活動家にして、神人共に始めて大いにその人を救い得るものである。言い換えて見れば、こういう自助的人物にして、始めて人に救われ神仏にもまた救われる資格があるのである。なぜかというと、自分で自分を助け得る人でなくして、ただ人に向って哀れみを乞うようないく地のない人間は、我れにいかなる同情者があっても、こちらに何のはたらきもないので、向こうで使い道がない。すなわち救いたくも救いようがない。しかしながらはたらきのある人間になると、いかようにも救いようがある。資本を貸して商売もさせられる。会社の社長にも推薦することができる。自分で自分の運を開く人になると、すなわち自分で自分を助け得る人になると、他からも自由にその人を助けることができる。人間はここに到って大事は始めてなし得べきものである。しかるにその順序を取り違えて、自分で自分の運命を開拓することは工夫せず、ただ他人の力ばかり便りにして、哀れみを乞うようないく地のない人間は、いつまで経っても人によって幸運の求められそうな道理はない。おもうべきことである。

三十六　自分の福を破る人

人間に二通りある。一は自分で自分の福分を育てて行く人で、他の一は自分で自分の福分を破る人である。

自分で自分の福分を育てて行く人は、一度人に信用を得れば、その信用を大切に保って、毫もその信用を毀損せぬばかりでなく、ますますその信用を厚くする。また金銭が手に入れば、決してそれを濫用せず、ちゃんと貯蓄して置いて、大切に利殖の方法を図る。また職業を得れば、大切にその職業を守って、断じて己れの職業を軽んずるようなことはせぬ。またたとい金銭に窮するようなことがあっても、みだりに人に金を借りるようなことはせぬ。行けば必ず貸してくれるところがあっても、福を惜しんで取って置く。その代わりにこういう人は、いざという急場な時には、どこへ行っても必ず金を借りて来ることができる。

ひとり信用や職業や金銭上のことばかりでなく、おのれの福分を愛し、おのれの福分を育てる人は、何から何まで大切にして、たとい一滴の水といえども無益に使い棄てるようなことはせぬ。だからこういう人のもとには、福が自然と集まって来て、その人の身を温める。人間としては誰も皆この心がけがなくてはならぬものである。おのれが四囲のすべての事物にわたって、この心がけのある人は、決して物に不自由するものでない。たとい現在においては、物に不足を感じていても、久しからずして必ず裕福な身分になる。人に物を貸す力はなくとも、せめては人に物を借りず、常に自主独立の人として世に立とうと思う者は、常によく自分の福分を愛して、自分の福分を大切に育てて行くことが肝要である。

しかるに世には自分の福分を自分で破って、そのためひどく苦しんでいる人がある。また現在においても、我れと我が福分を惜しまず破っている人がいくらもある。こういう人は久しからずして、何とも言えぬ切ない境遇に陥って、おのれの過去を怨まなければならぬ。

よく自分で自分の福を惜しむ人になると、名家の子孫に生まれれば、よく身の行いを慎んで、わが家の名誉を汚さぬばかりでなく、おのれの力でますますその家名を上げるようにする。ところが自分で自分の福を破る人になると、ひとり我家の名誉を傷つけるばかりでなく、果てはまったくその家を滅ぼすようなこともしかねぬ。また財産家の子孫に生まれれば、大切に我が祖先の遺産を守るばかりでなく、己れの工夫と努力によって、ますますその富を殖やして行くが、自分で自分の福を破る人になると、祖先の富を湯水のように使い棄てて見る影もない身の上になる。世にその実例はいくらもある。

自分で自分を大切に守る人になると、昼飯と夕飯の御馳走を朝の一食に食い尽くしてしまうようなことは断じてせぬ。必ずそのいく分を大切に保存して置くものである。こういう人は人に金を借りる時でも、「あの人にはもう百円くらい借りる信用はあるがな」と思っても、その百円の福分は惜しんで置く。ところが自分で自分の福を破る人になると、その百円も借り尽くした上に、まだ無理を言って借りるようなことをする。だから再び必要な場合があっても、もうその人から借りることはできぬ。すべてこういうように、自分で自分の福を惜しまず破ってしまうような人は、すべての事すべての物に福の種を失い切って、もはやどうすることもできなくなる。世間多数の人は、皆かくの如くして、自分で自分の身を滅ぼしつつあるものである。

三十七　人の睾丸に糸をつけて引っ張る人

三十七　人の睾丸に糸をつけて引っ張る人

世には人の睾丸に糸をつけて置いて時々引っ張る人がある。恐らくこれほど陋劣《ろうれつ》な人間はあるまい。人の睾丸に糸をつけて引っ張るというのは、他人の秘密の急所を押さえて置いて、ちょうど向うの睾丸に糸をつけて置いて、どうだいどうだいと引っ張るような塩梅《あんばい》式に、痛くば出せと口止め金を時々ゆすりに出かける人間をいうのである。

芝居などで見ると、こういう人間のやり方はたいてい筋がきまっている。物蔭に隠れていて人の話を立ち聞きし、すぐに向うの睾丸に糸をつける。つけられた方では堪らない。

「さては今のを……」

びっくりすればニッタリ笑い、

「聞いたでもなし、また聞かぬでもなし、魚心あれば水心……」

地獄の沙汰も金次第と来られては已《や》むを得ぬ。いくらか紙に包んでやると開けて見て、少ない時はほうりつけ、

「人を馬鹿にしやがるない。これっぱかしの目腐れ銭で黙っておれとはひどい了簡、どうしてくれるか見ていやがれ」

散々凄い文句をならべて、向こうの痛い急所を押さえ、ゆすれるだけゆすって取り、これくらいな口止め料では安いものだなどと恩にきせながらヌクヌク己れのふところに入れて行く。

こういう事は芝居よりほかにはないかと思うとそうでない。今日現在政界にも実業界にも、または個人間にも往々行われる事実だそうである。しかしそのやり方は芝居とは違う。人の睾丸に糸をつけて引っ張るような奴は、相手は政治家であれ官吏であれまたは個人であれ、巧みに向うの手先になって密事

にたずさわって運動し、その間にしっかりと相手の睾丸に糸を結びつけて置き、事の成就した暁には、どうだいどうだいとこちらから引っ張る。

引っ張る方は楽だが、引っ張られる方は痛い。初めは知らん顔をしていても、あまり強く引っ張られると一命にも関係しそうになって来るのでやり切れん。事件の大小によって、それ相当の引っ張り賃を出すと、一時は糸を緩めるが、食うに困って来るとまた引っ張る。

ある時代において、時の総理大臣の睾丸に糸をつけた政治ゴロの親分の一人は一引き五万円ずつとめていたそうである。またある大金持ちの睾丸に糸をつけた会社ゴロの一人は、これも一引き五万円ずつ取ったそうである。こうなって来ると睾丸はいかにも金玉である。

個人の間にもこれがあって、一引き百か二百にはなる。中には拾円二十円くらいのところもあり、また二、三円くらいのところもある。ズット下がっては二、三十銭くらいから一円くらいのところもある。これは妾宅の女中の余得になっているそうである。そいつはおかしい、妾には睾丸はあるまい。なるほどこれは言葉が足りなかった。女の方は首っ玉である。

近頃滑稽な話を聞いた。ある一人の悪徳記者が、近所の坊さんが寺にこっそり妾を入れた事を知り、さっそくその和尚の睾丸に糸をつけて、時々引っ張りに出かけると、和尚は顔をしかめて痛がり、「どうか頭に面じて一回一円ずつに願いたい」と言ったそうである。

もちろんおのれの睾丸に糸をつけられるような人間はよろしくないが、それをゆする事を商売にして飯を食う人間に至っては、さらにいっそう劣等である。都会にはこんな事を商売にして飯を食っている者が無数にいる。今日では地方にもぜんぜん無いとは言われまい。人の睾丸に糸をつけて引くような奴は、他の方面においても悪事にかけては実に八宗兼学である。こんな人間と見たならば断じて油断をしてはならぬ。

三十八　人をただで使う人

人間は何びとも金無しには一日も生きていられぬものである。されば人を使う場合には、何びとにも限らず相当の報酬をするのは当たり前の事である。ところが今日においてもこの道理をわきまえぬ人間がある。ナニわきまえぬ訳ではないが、銭を惜しんで横着をきめ込み、高い米を食って生きている人間をただで使って、おのれの便利や利益のみを図ろうとするような横着者がある。

「オヤ八百屋さん、明日大掃除で困るが、一日手を貸して貰えまいか」

「かしこまりました」

「朝飯を食ったら、どうかすぐに来て貰いたいね」

「よろしゅうございます」

八百屋はおとくい先の事であるので、一日商売を休んで来て働いた。御馳走でもするかと思えばそうでない。今日は取り込んでいるからどうする事もできないと言って、昼は茶漬け、おやつには蕎麦でも取るかと思うとなあに塩煎餅でまずい番茶、夜はどうかというと、南京米の混じった飯に豆腐汁くらいが関の山で、酒などは薬にしたくも出さぬ。夕飯が済むと、人を一日散々使って置いて、

「どうも御苦労さまでした。お蔭できれいに掃除ができた。この次にもまたどうか手を貸しておくれよ。

八百屋さんだけあって、植木屋さんもできれば大工さんもできる。お前さんは実に器用だから大掃除などには持って来いだ」

「いいえ、何にもお間に合いませんで……」

「間に合わぬどころの話でない。お蔭でたいそう早く片づいた。サア帰ってどうかゆっくり休んで下さい」

礼はいくらくれるだろう？　この様子じゃ一円はむずかしいなと思っていると、一円どころかいくらもくれぬ。いくらかくれんではなくまるでくれぬ。とくい先の事であるので、まさか催促もできんので舌打ちをして帰って行く。盆が来たらくれるかと思うと盆にもくれぬ。暮にはどうかと思うと、向こうではまるで忘れたような顔をしている。八百屋は一日使われ損になってしまった。

こういう質の人間は、合う人来る人誰でもただで使おうとする。

「アア君気の毒だが、ちょっとこの用事を頼まれてくれんか」

仕方がないのでしてやると、茶の一杯も出さぬ上に、

「君相済まぬが、帰りにこれをちょっとどこそこまで届けて貰われまいか」

誰彼の差別なく年中こうして使って置いて、盆が来ようと正月になろうと、知らん顔をしている人間がある。こういう人間は、ただ己れ一人の便利と利益とを図る一方で、他人のためには決して便利を図るものでない。人のために尽くすはいいがそれも相手を見ての上でないと、尽くした後でとんだ馬鹿を見なければならぬことになる。

人をただで使う人間と見たならば、一度切りで後は突っぱねてしまうがよろしい。こんな人間の食い

物になるよりは、人は我が身を守ることが大切である。また同じく人のために尽くすとしても、こんな横着な人間のためにただで使われるよりは、世の貧困なる人、または病者のために力を添えてやった方がましである。またこういう不幸な人びとを助けることは、人間相互の義務である。よく区別しなければならぬ。

三十九　むやみに人を疑う人

世にはむやみに人を疑う人がある。もちろん「人を見たら泥棒と思え」という諺もあるくらいで、人は容易に信じられるものではないが、さればといって一から十までの人の言う事やする事を疑い始めた日には、そのため自分で余計な苦労をしなければならぬばかりでなく、「あいつは狐のような奴だ」と言って、人にも自然愛想を尽かされるような事になる。

人の言う事は、あまりに軽く信じてもならぬ。あまりに軽々しく信ずるというと、往々馬鹿を見なければならぬ。さりながら万事に疑い立てをした日には、誰の顔つきを見ても狐のように見えて来るものである。

ところが世にはむやみに人を疑う人がある。こんな人は、常に人を疑って、ひとりで余計な苦労をして、下らん事に気を揉んでいる。実に馬鹿げきった話である。こういう調子っぱずれの人間になると、人が自分に親切にしてくれると、はやその親切を疑って首を捻る。「あの男は馬鹿に自分に親切にしてくれるが、こちらに油断をさせて置いて、今に何かひどい目に遭わせるのではあるまいか。あんな人間にあまり近づいては危険だ。大いに警戒しなければならぬ」などと実にとんだ了簡を起こす。また人が自分に辛く当たれば辛く当たるで、一概にその人を疑って、向うは厚意でした事でも、こちらはこれを逆に取って、色々にその人を疑い、そのため向うには面白くない感じを与え、こちらではまた余計な苦労をする。実に下らん話である。

疑心暗鬼を生ずで、人は疑い始めた日には、仏の顔も悪魔に見えて来るものである。疑い深い人になると、何から何まで人の言う事やなす事を疑ってばかりいる。こういう人にはうっかりと口も利けぬ事になる。

こういう肌合いの人は眼つき顔つきからして、何となく淋しい陰険な人に見える。だから人も自然とその人に近づかぬようになる。なぜかというと、こういう人に向ってじょうだんに、「君はもう大分金ができたろう」とでも言おうものならそれこそ大変な事になる。「ハテナあの男はあんな事を言ったが、どうかして自分の貯金をしらべて見たんじゃないか知ら？　油断はできん！」とふるえあがる。

また人がじょうだんに、「君の細君は別品だね」と一口言おうものなら夜も寝切らぬ。先方ではそんなじょうだんを言った事は忘れてしまった頃に、ひょいと遊びに来て、細君の顔でもちょっと見ようものなら、大将どのくらい気を揉むかも知れぬ。話しているうちに飯時になる。蕎麦の一つも取って出す。先方ではあんなけちな奴の物を食い逃げにしたようでは気持ちが悪いというので、ついでの時何か物でも持って行って返すと、大将いよいよ物騒がり、「ハアこいつはいよいよもって油断がならぬわい」と言うような気を起こす。それを向こうで感づかねば幸いであるが、知ったら大変いまいましがり、「何だ馬鹿野郎、ふざけるにもほどがある」と立腹し、表を通ってもその家には寄らぬようになる。

またこういう人間は、人の噂などをしきりに気にするものである。人が何か話していると、すぐ耳を傾けて、「何か自分の事でも話しているのではあるまいか」と疑う。人がこちらに向いて欠伸でもすると、「あいつは俺に食らいつく積もりではあるまいか」と怖れる。

こういう疑い深い人間は、実に取り扱いにくいもので、金を貸そうと言えば、「貸してくれるのはありがたいが、後でまた何か難題を持ち込んで来はすまいか」と疑い、金を貸してくれろと言えば、「貸すのはいいが、後で返さぬような事はあるまいか」とすぐに疑う。何につけてもすべて皆こういうように疑うので、自然人から厭がられて、ついに孤立しなければならぬような事になる。

四十　人の物を欲しがる人

世にはまたむやみと人の物を欲しがる人がある。これも実に卑しい癖で、世の人から厭がられる。

「君の家のこの沢庵は美味いなア、帰りに二、三本貰って行こう！」

「くれてやるから持って行け！」

何と言われても恥とは思わぬ、貰えさえすれば満足する。

「君の家のこの酒は美味いなア、どこから取る？」

「酒は酒屋から買うにきまってるよ」

「そりゃそうだが実にいい酒だ！　少し取り置きがあるかね？」

「あればどうする。また二、三合も分けてくれかね？」

「あるなら少し貰って行きたいね！」

人間もこう下卑て来てはおしまいである。しかしこういう劣等な人間になると、真の乞食よりもなお根性が汚い。人の物を見れば何でもすぐに欲しくなる。

「君のこの外套はあたたかそうだね、古くなったら僕にくれないか」

男の口からこんな情けないことを言う人間が少なくない。

「君のこのステッキを僕にくれんか」

「やるから持って行き給え」

「ありがたい、じゃア貰って行くよ」

ステッキでも一本貰えれば、大将嬉しがってニコニコしている。

「君のあの古い袴を僕にくれんか」

「アアどこか突っ込んであるから持って行き給え」

「ありがとう！」

「君のこの巻き煙草入れはいいね、いらないいなら僕にくれないか」

「いらないならって、昨日買って来たんだよ」

「そうかねしかしいいね、君はまだいくつもあったじゃないか、どれでもいいから僕に一つくれないか」

こんな人間はどこまで押しが強いか知れぬ。根負けして一つほうり出し、

「じゃアこれをやろう」

「これでもいいや、ありがたい！　買う時アよほど出したろうね？」

どこまで下等な人間かも知れぬ。

「君の家のあの掛け花いけはいいね、どこで買って来たの？」

「あれは人から土産に貰ったんだ」

「じゃア僕にくれないか」

「僕が貰ったんなら君にやらねばならぬ義務があるのかい？」

「そうじゃないがくれ給え！」

「そんなに欲しけりゃ持って行き給え」

「ありがとう、じゃアさっそくはずして行くよ」

こんな人間は、どこまでもずうずうしくできている。

「君には蝙蝠傘が二本あったようだが、一本僕にくれないか」

「色々な事を覚えているね？」

ヒヒンと鼻で笑っている。さらば当人は窮しているかというとそうではない。金はしっかり溜め込んでいる。ただ人の物を見ると欲しくなるのが病気である。こんな人間はたまに料理屋に行くと、盃や座蒲団などを盗んで来る。ちょっとビヤホールに行っても皿の一枚やナイフの一挺ぐらいは必ずふところに入れて知らん顔をして帰って来る。友達の家に行っても、何か袖に入れて来る。身分のある人にもどうかするとこの病気のある人がある。こういう人間は生涯人から卑しまれてどこへ行ってもつまはじきされる。実に苦々しい話である。

四十一　食物に卑しい人

世には食い物にかけて馬鹿に卑しい人がある。人の家に行くと何か食わぬことには承知せぬ。これも一種の病気と言わば言うべきであるが、こういう人は人に厭がられて、「ウンまたあいつが何か食いに来た」と卑しまれる。たとい物はできてもこういう劣等な人間は、断じて人に尊敬せられるものでない。人の家に出かける時は、なるべく食事の時は避けるべきものである。しかるにこの種の卑しむべき人間になると、そんなことには少しも頓着せぬ。否むしろ人の家の食事時を狙って押しかけて行き、箸を持たぬことには気が済まぬ。

多少考えのある人間であれば、人の家に行っていても、もはやそろそろ食事時になったと思えば、こちらで遠慮して帰るものである。しかるに食い物に卑しい人間になると、食事時が来ても坐り込んで動かない。家人は迷惑して帰るのを待っている。けれども平気で動かない。まさかおい立てる訳にも行かぬので、何にもございませぬがと言って膳を出すと、平気で何でも片っ端から食ってしまう。こんな人間には御馳走があっても人が出さぬ。また御馳走を食っていても、こんな人間の姿が見えると、「ソレあいつが来た」と言って隠してしまう。実に苦々しい次第である。

こんな人間に限って、自分の家に人の来た時は何にも出さぬ。こちらが向うへ行って御馳走になるから、こちらも向うの見えた時には御馳走しなければならぬというような人間臭い根性などは少しもない。ただただひとの物をただで飲もう、ただで食おうと心がけるばかりである。

気の弱い人間は、こんな食いしん坊に度々ただで食われるが、気の強い人間になると、仏の顔も二度三度という格言で、そう度々はいわれなくただでは食わせぬ。たとい食事時にやって来ても、「マア御免なさい」と平気で食う。

人が食事などしているところに行き合わせた場合には、人の食事をしているところなどは見るべきものでない。万一そんな場合に出合ったならば、向うの食事の終わるまで他に向って新聞でも読んでいるべきものであるが、劣等な人間になると、そんなことには頓着せぬ。

人が西洋料理の一皿も食っていると、犬が地に尻を据えて前脚を立て、尾をふりながら首を傾げ、鼻をヒクヒクさせながら人間の物を食っているのを見ているような塩梅で、向うがナイフをとって肉を切る手つきから口に入れて食うところまで御丁寧によだれを垂らし垂らし見ている。物を食っている方でもこんな厭なものはない。食っている方はどうでもよいが、人の物を食う口元に目を止めているなどは、実にこの上もなく野卑賤劣なるものである。

こんな人間は、ひとり食物の上に卑しいばかりでなく、他の点においてもまたことごとく卑しいものである。「オイこれをやろうか」と投げ出せば人の古ふんどしでも貰いかねぬ人間に相違ない。

こんな人間に鯛の一きれも食わせようものならば、人の家に来て御馳走になりながら骨湯《こつゆ》までして飲んで、「アアもうこれで思い置くこと皿に無し」というまでは箸や器を手から放さぬ。こんな卑しい人間は、生涯人の上には立てぬ。少々物はできるにしても、やはり生涯人にこきつかわれて、人の食い残した飯や菜を貰って食い、それに満足して腹鼓を打ち、我れも男子に生まれて来ながら、口惜しいとか情けないとかいう味は、ついに知らずに世を果てるいく地無しである。人の上に立って男らしく働こうという了簡のある人間は、食い物に口綺麗でなくてはならぬ。人の物を貰ったり飲んだり食ったりする事を喜ぶような卑しん坊には、断じて大事はできぬものである。

四十二　世話の仕甲斐の無い人

これも自分で自分の福を破る一人であるが、世には世話のし甲斐のない人がある。こちらには十分同情があって、「どうかしてあの男を飯の食えるようにしてやりたい」と思い、色々目をかけて、およぶだけ親切に世話をして見ても、向うはそれほど感ぜずに、一向世話の仕甲斐のない者がある。

「君酒を節しなければいかんよ。君の失策はいつでも酒から来るじゃないか。禁酒しろとは言わぬからせめて我れを忘れぬ程度に節酒し給え」

「ハイいや承知いたしました！　今後は断じて酒はやりませぬ」

なるほどあまり飲まなくなったようであるので、これならば仕事をさせてもよいと安心し、少し重く用いるというとすぐにまた飲んで持ち前の病気を出す。そうして自分で自分の福運を打ち毀す。こういう質の人間は、いかに進んで世話がしたくも世話のできぬことになる。ひとかどの能力をもっていながら、こんな事から自分で自分の福運を打ち毀してしまって、生涯草間に頭を没して果てる人間がいくらもある。

「君もう少し仕事を懇切にやろうじゃないか、君のやったことはどうもぞんざいでいかん。それじゃこちらが安心して仕事を頼む訳に行かぬ。もう少し仕事に身を入れるようにし給え。そうすれば出世のし

「ハイかしこまりました！　今後は万事忠実にやります」

言うには言うが、やはりその行いを改める勇気がないので、向こうをいくら引き立ててやろうと思っても、こちらで自分の運をそぐ。

以上は単にその一例に過ぎぬが、目上の人にいい同情者をもっており、その人がどうかして、こちらの身を引き立ててやろうと思って、親切にこちらの欠点を指摘して忠言を与えても、その忠言に身を入れて行いを改めず、向こうに愛想を尽かさせるような事をすると、いかに同情深い人であっても、「あいつはとても望みがない」と見棄てずにはいられない。人間の至宝は我れに対する我が目上の同情に越すべきものはない。人が我れからこれを破った時には、いかにはたらきのある人間でも、世に出たことはむずかしい。ましてやそれほど仕事もできぬ身の上でありながら、我れから目上の人の同情を破るような事をした日には、その人間はすでに自殺したも同様な時である。

論より証拠世の中に、我が目上の人から愛想を尽かされて、「あいつは到底世話の仕甲斐のない奴だ」と言われるような人間に決して末路をまっとうする者はない。「あの男は心がけのよいまことに感心な人間だ。一番大いに肩を入れてやろう！」我が目上の人にこう思われるような人間であれば、我がはたらきは少々人より劣ろうとも生涯失意の地に立って身の不遇を泣く憂いはない。

現代の青年中に物のできる者を求めたならばいくらもあろうが、「あの男は真に世話の仕甲斐のある男だ！」と、我が目上の人をして賞讃の声を発せしむる者を求めたならば、いずれの社会においても、その数あるいはいくばくもないかも知れぬ。

成功せんと欲する青年は、何はおいてもまず第一に、世話の仕甲斐のある人物たらんことを期することが大切である。この実質要素を欠いている者は、たとい少々人より勝れた手腕を有しておろうとも、その手腕たるや人間処世の上においてはあまり強味のないものである。

四十三　人好きのしない人

人徳が薄いとでも言おうか。イヤただそうばかりとも限らぬ。どうした加減か何となく俗にいう虫の好かない人がある。一人が好かないだけでなく、万人共にその人間を嫌うような人がある。言い換えて見れば、会う人毎に誰にも好かれぬ人がある。

こういう人は世の中に立つのに損である。取れる福も取り逃がせば、できるべき立身出世もできぬような羽目になる。しかしけむりの下には火の在るもので、すべての人から嫌われるには、何かそこに原因がなくてはならぬ。何か曰くのない事には、人がそんなに人に嫌われるべきものではない。

無口であっても人は嫌わぬ。またおしゃべりであっても、人はあながちその人を忌むべきものではない。顔が可笑しかろうと厭わぬ、背が低くても厭がりはせぬ。しかしながら陰険な人や、薄情な人や、おべっか者や、おしの強い人間や、軽薄な者や、口と腹の違う人間や。おのれの勝手ばかり言うわがまま者や、むやみに人に突っかかって来るような奴や、悧巧ぶる人間や、人を腹の中で笑うような癪に触る奴や、人の福を羨むような卑しい者や、男の癖にいつも泣き言ばかり言っているような意気地なしや、とかく人の噂ばかりしているような人間などは、概して世上の人に嫌われるものである。

このほかにも人から厭われ嫌われるような人間は沢山あるが、もし人に嫌われるような人があったならば、「自分はなにゆえに人からこうも嫌われるか」という原因を自分の身についてとくと考えて見るがよろしい。必ず何かその原因を発見するに違いない。

いつもあまり打ち湿っているがために、自分は人に嫌われるのだということがわかったならば、ただちにその性癖に打ち勝って、生まれ変わったように快活な人間になるがよろしい。また自分はあまり人に不親切なので、嫌われるのだという事に気が付いたならば、翻然その行いを改めて人に親切にするがよろしい。人間はその心意気が変わって来れば、顔つきから言葉までいっしょに変わって来るものである。

自分はあまり食い物に卑しいために人に嫌われるのだと思ったならば、慎むがよろしい。また自分はあまり身を不潔にしているので人から厭がられると見て取ったならば、身を清潔にして人に接するがよろしい。また自分はあまり人の事ばかり言うので人に厭われるのだと気が付いたならば、下らんことなど言って廻るのはやめるがよろしい。また自分はあまり強情な性分であるので人からにくまれるのだと思ったならば、少しは心を和らげて、たまには快く人の言うことも聞いたがよろしい。

すべてこういうように、おのれが人に嫌われる原因を自分で発見して、それを自分で改めて行くようにすれば、人に嫌われる人間であっても、ついには衆人の愛を引いて、自然と人から好かれるようになる。

人好きのする人間は、すべてにわたって得であるが、人好きのせぬ人間は、どこへ行っても、誰とつきあっても、また人を相手に何をしてもうまく行かぬ。人間はどんなえらい人であっても、一人で仕事はできるものでない。早い話が釈迦や孔子のようなえらい人でも、やはり人間をのけものにしては世に立つことができなかったではないか。

絵描きになろうと書家になろうと、政治家、軍人、実業家、学者であれ医者であれ、そのほか何でも人間の仲間はずれになって世に栄えられよう道理はない。人間として大成するには多くの人に好かれなければならぬ。人に好かれる方法は、追従軽薄を言って人に取り入ろうと思っていると間違っている。曰く「おのれの欲せざるところは人に施すなかれ」常にかくの如くしておれば、少なくも人に嫌われる気遣いはない。

四十四　女の尻ばかり追っかける人

世には女の尻ばかり追っかけ廻す人がある。甚だしきは身分も忘れ職業も忘れ親を忘れ妻子を忘れ、果ては己れ自身の上まで忘れて女と見ればいのちがけになって追っかけ廻すような人がある。これも一種の病気と見れば見るべきであるが、実に厄介千万な次第である。

劣情をもって生命とするような遊冶郎は論外であるが、世に相当な地位を占めた人物で、しかもひとかどのはたらきを具えた人でありながら、女にかけては塩を食らった菜っ葉のようにいく地のなくなる人間がある。またせわしいせわしいといって、不断せわしがって働いている人で、首の白い奴を見るとすぐに新田左中将をきめ込んで、当の敵を逃がしてしまうような無分別者もある。また女にかけては目の無いために、親譲りの身代を棒に振るくらいのことはありがち、おのれの名誉や信用はおろか、果ては取り換えのないいのちまで投げ出して散々に馬鹿をし尽くし、世の物笑いになって首をくくるような不心得者もある。また女ゆえには親を泣かせ妻子を泣かせ、おのれ自身も手を焼いて泣いているような人間を求めたならば、世間にいくらも御親類筋の人があるであろう。

総じて女に目のない人間は、実に無鉄砲なことをやる。親の金を女のために湯水のように使うのはまだ安全であるが、それが高じて来るというと、人の物まで使い込んで、自分で暗いところに行く。世にはよくある奴である。女に目のない人間は、ひとり金銭上に失態を来すばかりでなく、時としては人倫を破って、人の女房をそそのかして心中もやりかねぬ。

女の尻ばかり追っかけ廻すような人間には決して金銭は托されぬ。人を見損なって、もしそんな男にうっかり金銭でも托すると、たちまち使い込まれるにきまっている。女に甘い人間は、たとい身分のある人でも、あらゆる非倫の行為をやる。こんな人は得てして女に手を焼いて、そこからもここからも尻が来る。

長者であろうと学者であろうと、または高位高官の人であろうと、こういう人の家庭に入って見ると、実に醜態極まるものである。夫が非倫の行為によって家庭の温か味は滅却せられ、夫婦の情合いもなければ親子の恩愛もなく、一家のうちには怨嗟の声と叱咤の叫びが闘っている。

妻の心ににぶい者は、親の食を奪い子の食を削いでまでも女に貢ぐ。否、おのれの名誉幸福のすべてを挙げて女に贈り、こちらが向こうをおもちゃにする積もりで、あべこべにおもちゃにせられ、それで鼻毛を伸ばして喜んでいる。世に馬鹿の標本を求めたならば、おそらくこの種の人間であろう。

非凡と言われる人間にも、昔から女に手を焼く人は多い。いわんや骨のやわらかい人間で、これに引っかかって助かろう筈がない。世にその手本はいくらも見ながら、つい手を出しては生きる死ぬの思いをする。ただ思いをするばかりでない、女ゆえには怖ろしい罪を犯して、結果は碌なことにはならぬ。

しかれども世の色情狂者は、何の因果かそんなことには頓着している余裕がない。彼等の女に対する振る舞いを見ると、何となく女の犠牲になるために、男としてこの世にわざわざ睾丸を下げて出て来たように見える。

こんな人間は、少々手腕をもっていても、女のためにやり損なって、ついには世間に顔出しもできぬような始末になる。おなじく人を使うにしても、女に目のない人間と見たならば、決して大事を托してはならぬ。少し金でも自由になるようになると、長くおとなしくはしておらぬ。きっと女の為にしくじるにきまっている。こんな人間とは仕事を共にせぬがよろしい。そんなだらしのない人間を当てにしていると、とんだ馬鹿を見るようなことになる。はたらきものには女人禁制、首の生白い奴を見て、決して目尻を下げてはならぬ。論より証拠青年の失敗は、皆これに原因する。青年ならばまだいいが、もう孫の一人や二人はありそうな年をして、女の尻を追っかけ廻す人間ほどお芽出たい者はない。

四十五　間の抜けた人

世にはどことなく間の抜けた人間がある。俗にこれを「間抜け」とも「頓馬」ともまたは「拍子抜け」ともいう。こんな人は普通の人とはどこか調子がちがっている。顔つきからして少し妙だ。いつ見ても締まりのない顔をしている。目鼻立ちからして顔に統一がない。笑う時には人の前に大口をあいて、「アハハハハ」といかにも馬鹿臭い笑い方をする。上方辺では阿呆らしいという。

こんな人間のやることとは、普通の人とはすべて調子がちがっている。渡し船に乗ったが生憎客が多いので船あしが重い。連れの男が相棒に向い、「馬鹿田君、馬鹿に船がおそいじゃないか」といえば、大将大奮発で機転を利かした積もりで、「ヨシ来た、じゃア少し手を貸してやろう」といって、片肌ぬいで船の内側からえいえい押す。

「オイオイそんなことをしてどうするんだ?」

「船があまり遅いんで……」

「馬鹿っ、君はよっぽど間抜けだねえ、外から押さずに内から押して何になる!」

家に帰って来た。足元を見ずに歩いていたので、にえ湯の入っている鉄瓶をひっくり返した。大将驚いて、大急ぎで手桶を提げて来て畳にざんぶり水をかけた。細君は驚いて、

「あなた何をなさるんですねえ?」

「だって火事になったらどうする?」

大将ある時羽織袴で出かけた。道で友達に会った。

「ヤアどこへ行く?」

「葬式に行く!」

別れて友達は振返って見ると、何だか袴の格好が妙だ。おかしいなと見ると、袴の一方に脚を二本突っ込んで、さも窮屈そうに歩いている。

大将近頃トラホームにかかった。眩しいので色眼鏡を買った。眼鏡を買ったはいいが、かけたぐあい

が何だか妙だ。妙な筈ださかさまにかけている。

細君の留守によそから菓子折りを貰った。友達の家に病人があった。大将機転を利かした積もりで、包みかえもせず向うの名前の書いてあるのをそのまま持って行って出した。

「アアこれは合田さんからでございますか。どうかよろしく御伝言を願います」いかな間抜けも、「イヤそれは私からです」とも言えなかった。

細君はある晩急に産気づいた。産婆が来て、「急いでお湯を沸かして下さい」と言った。「承知しました」でさっそく火鉢に炭をつぎ、火鉢の縁の焦げるほど火を起こし、薬罐で一杯湯を沸かして待っていた。

あかんぼの泣き声が聞こえた。産婆が襷がけで出て来て、

「お湯は沸きましてござんしょうか」

「ハイこの通りよく沸いております」

「あかんぼを洗うんですよ。それっぱかしじゃしょうがないじゃありませんか」

「じゃアその辺へ行って買って来ます」

手桶を提げて飛び出したはいいが、湯屋にでも行くかと思いのほか、氷屋に駆け込んで、

「湯はありませんか湯は?」

世にはこういったような人間がある。こんな人間に事を頼んで安心していると一つとしてろくな結果は得られない。

「オイ出かけるからちょっと車を呼んで来ておくれ」

「ハイかしこまりました」

しばらくして、

「車は来ましたかい?」

「ハイ参っております」

出て見ると荷車であったりなどする。世には時々こうした人間がある。事を頼むには、よくその人を見なければならぬ。

四十六　無精な人

昔二人の旅人が途で出会った。折りしもちょうど昼めし時であった。一人の男は宿で握り飯を貰って持っていたが、何しろ非常の無精者で、腹は空いても握り飯を出して食うのが面倒なので、「誰かおれにこの握り飯を出して食わせてくれる者があるといいな」と思い思い空き腹を抱えて歩いていた。ところが世には渡りに舟といったようなことがおうおうにある。何もそんなに気を揉んだものではない。何という間のいいことであろう。折りしもちょうど向うから笠を被った一人の旅人がやって来たが、その男はひどく腹が空いたと見えて、口を一杯開いていた。

昔から世の中に「開いた口にぼた餅」という事がある。あまり腹が減ったので、「こうしておれば何か口に入って来ぬとも限らぬ」と、あるいは万一を僥倖したものかも知れぬ。握り飯を腰につけている方は、向うから口を一杯開いてやって来る男を見て喜んだ。「これは工合のいい奴が来るわい。あいつに相談したら喜んで、この握り飯を出して食わしてくれるかも知れぬ。うまいうまい」と思って喜んで歩いている内に二人は段々近づいて、もうその間が二、三尺になった。握り飯を持った方は占めたと思い、

「モシモシ少々御相談がありますが……」

一人は口を一杯開いているので、「ハイ」とは言えず、口を開いたまま、

「アア」

施術を受けながら歯医者にでも返答するようで、その声はいかにも妙だった。けれどもこちらはそんな事には頓着せず、

「失礼ながらお前さまはよほど空腹のようにお見受け申す。物は相談ということがござるが、拙者は握り飯を腰につけている。もしお前さまがこの握り飯を出して拙者に半分食わせて下さったならば、残る半分は報酬としてお前さまに進上いたすがいかがでござるな？」

さっそく相談に乗るかと思いのほか、相手はそんな様子もなく、おなじく大きな口を開いたままで、馬鹿とははっきり発音ができず、

「アカ言うな、ホンナことをするようなら、この笠の緒を締めるぞ！　おれもこの通り握り飯は腰につけている」

口を開いたまま蛇のように舌をペロペロ動かしながらこういって、後ろ向きになって見せると、なるほど腰に握り飯をつけていた。そうして見ると相手も非常な無精者で、口を一杯あいていたのは不思議はない。笠の緒が緩んだが、これを締めるのが面倒さに口を一杯開いて顎で支えていたのだということがわかった。

無精者の鉢合わせというのはこのことだろう。なるほど無精者同士が寄り合ったならば、世にはこれ以上の喜劇があるに相違ない。

ある一人の無精者が途を歩いていると、腹のいたむほど小便がしたくなったが、前を開けるのが面倒なので、誰か人は来んかと立ちすくんでいると、来た来たいい塩梅に向うの方から人が一人来るには来たが、股に腫れ物でもできた為か、それとも大睾丸でもあるか、両股を踏みひらいて、尻を後ろの方に出し、いかにも不快そうな顔つきをして歩いて来た。けれどもこちらはもう小便が漏りそうになったので、そんなことに頓着している余裕はない。腰を屈めて、

「もしはなはだ願いかねますが、ちょっと小便をいたしたいによって、拙者の前を開けて頂く訳には参りますまいか」

「馬鹿な事を言わっしゃるな、人の小便をする世話をするようならば、今そこで糞をたれた時、自分の尻を拭かずにはおらぬ」

そうして見るとこの男は、まだ御用済みの上尻も拭かずにいたものと見える。

お話はつい下卑て参ったが、世には実に愛想の尽きるほど無精な人がある。ちょっとやれば雑作もない事に無精をきめて、後で後悔するような事が稀でない。たとえば燃えかす一本の吸い殻でもその棄《す》てどころによっては、大都府を一夜の間に焼野ヶ原として退けるような事も無いとは限らぬ。けれども無精な人になると、わずかの手数を嫌がってそんな事には頓着せぬ。無精者の癖に夜中に眼を覚まして煙草をのんだ。煙草の吸い殻が枕元の火鉢の向こうに飛んだ。ちょっと起きてそれを拾って、火鉢の中にほうり込めば何でもないのに、冬などになると無精者にはそれが非常な骨折りである。いいさ今に消え

るだろうぐらいの考えで寝てしまう。もちろん推測通りに消えてしまえば問題はないが、生憎火鉢の向うには羽織が脱ぎ棄ててあった。その上に新聞のあった事を忘れていた。火が消えずに新聞についた。段々燃え広がって羽織に移った。次は畳という工合に火の手が次第に大きくなる。それも知らずに寝ていると、僅かの無精がとんでもない事になる。

朋友知己の間に病人でもあるとする。ちょっと見舞いに行けば何でもないのに、無精をきめ込んで顔出しをせずにいる。そのうちに向こうは運が強くて本復するか、運が弱くて亡くなるような事でもあると、「あの男は誠に不人情な人間で、おれがあんなに大病していたのに、とうとう一度も見舞いに来なかった」と言う事になる。また向こうが死にでもすると、「あの人は不人情な人だ、死者の病中に一度も見舞いにも来てくれなかった」と怨まれるようになる。

またある場合にはちょっとその人のところに行って直接に話をするか、手紙の一本も出して置けば、事はそれで無事に済むのに、僅かの手数を厭うがために、「あの男は誠に投げ遣り主義の人間で、決して当てになる男ではない」という事になる。

物に骨惜しみせぬ男になると、たとい妻女のある身にしても、羽織を脱いでもきちんと自分で畳んでおくようにする。ところが無精者になると、自分はやもめぐらしであるという事を承知しておりながら、一枚切りの大事な緋縅《ひおどし》を釘などに引っかけて置き、また取って着る時もつい無精をきめ込むので、かぎ裂きなどにして、「ヤアこいつはしまった」というような事になる。こんな無精者はすべてがことごとくこの調子で行くので、万事結果がよろしくない。

例えば会社・商店などの帳簿掛りにしても几帳面な人になると、その日その日の帳簿を、いつ誰が見てもはっきりわかるように記入して置く。こういう人は、余儀ない事があって、いつ欠席するような事があっても他の人がその人に代わって、「ハア昨日はこうなっていたな」という事がすぐにわかり、少しも差し支えなく事務を執る事ができる。ところが無精な帳簿掛りになると、その日その日に己れの為すべき事を忘れているので、他の人が代わって帳簿を見ても、昨日はどうなっていたかまるでわからぬ。さっそく執務上差し支えを生じて来る。こんな無精な人間を使っていると、商店ならばきっと商売をし損なう。

「オイ昨日は向うにいくら品物をやったんだろうね？」

「サアいかがでしたろう？　帳簿に上がっておりませんでしょうか？」

「生毛は今日どうしたね？　こんな帳簿のつけ方じゃ、何をいくらにしてどこへやったか全くわからん」

「困りましたね、今日は風邪を引いたとか言って休みましたが……」

「これじゃいかん、別に人を雇う事にしよう」

世にはおうおうこうした事も出来する。こういう無精者を亭主に持った細君は、一生人の知らぬ苦労をする。

「あなたちょっとその辺まで買物に行って参りますから御飯の下の火を見て頂きます。お客様がありましたんで、つい夕方の仕舞いが遅れました」

「行っておいで……」

細君は出て行った。無精な亭主は炬燵に入ってヌクヌク寝ている。女の足はとかく遅いものである。亭主は起きるのが億劫なので動かない。

「おっ母さん御飯はまだ?」

五歳になる男の子が帰って来た。

「坊や、台所に行ってごらん火が燃えてるか?」

自分では決して動かない。細君は急いで帰って表の潜り戸を開けると、御飯の焦げる匂いがする。驚いて火を引き、お釜の蓋を取って見ると、御飯は黒焦げになっている。

「あなた御飯が焦げてしまったじゃありませんか、ちょっと見て下さればいいのに!」

「ウン何だか俺も臭いと思ったよ」

細君が不足を言っていると、赤ん坊が眼を覚ました。

「御飯にしますから、ちょっと抱いていて下さいな」

「坊や赤ん坊を抱いてやれ」

五歳になる児に子守を言いつけて、自分はやはりヌクヌクと寝ている。

「この子にそんな事ができましょうか?」

細君はブウブウ言いながらねんねこ半纏で子を負ぶって台所をする。

「サア召しあがって下さい。今夜の御飯は黒焦げになりましたよ」

「いいから膳をここに持って来てくれ」

「ちょっとここまで出て来て下さいな、病人じゃあるまいし」

「かぜでも引いたかひどくさむけがするよ」

「今夜寒いのはあなた一人じゃありませんよ」

「マア持って来いったら持って来い、おれが寝込んだらどうする？」

こんな亭主ならいっそ死んで貰ったほうが楽かも知れぬ。

「あなた、赤ん坊の身体が大変熱くなって参りました。かぜでも引いたんでございましょうよ。申しかねますが金だらいに水を頂けますまいか、少し冷やしてやってみましょう」

「面倒臭いよせよ、朝になれば冷めるよ」

こんな人間は、ただただ己れの身ばかりいたわって、我が子の面倒さえも見ぬ。

「あなた、私は何だか急に差し込んで参りましたが、お医者さまにそう言ってお薬でも一包み頂けますまいか」

細君は腹を押さえて寝床の上に坐り、あぶら汗を流し流し頼む。亭主はお前の腹の痛いのをおれが知るかというような顔をして、

「夜中にそんな事を言ってもしょうがないね、朝まで辛抱するがいい！」

無慈悲な人だと一人は怨む。怨まれても平気なもんだ。亭主めぐうぐういびきを掻いて寝ている。

「あなた今朝はどうしても起きられませんから、一朝だけどうかお願い申します。お米は仕込んで置きましたから、火さえたいて下さればいいのです」

「一朝ぐらい食わんでもいいじゃないか」

「私は頂けもいたしませんが……」

「おれは我慢するよ」

「だって子供が可哀そうじゃありませんか」

「なあに一朝ぐらい食わせんでも死にはせんよ」

「じゃアちょっと雨戸だけでも開けて頂きます。近所の方の手前もありますからね……」

「おれも何だか工合が悪い。今日は一日寝ているさ」

こんな無精者を亭主に持っては女も助からぬ。末路はどうなるかというと、こんな無精者に長く連れ添っていると、まずもって乞食となるしか見当がつくまい。

四十七　物惜しみをする人

人間の第一の義務は自給の資を蓄えること、第二の義務は、おのれの余財をもって、我れより天福を受けることの乏しい人々を救い助けるにあるという世の中に何の因果か人に非常に物惜しみをして、どんな難儀をしている人を見ようと、おのれは腐るほど物をもっていながら、一碗の飯、一銭の銭といえども恵み得ないような因業な人間がある。

こんな無慈悲な人間は、ただただおのれの腹を太らせる算段をするばかりで、人がどんな悲境に陥っていようとも頓着せぬ。他人の難儀を平気でよそに見るばかりでなく、こんな強欲無慈悲な人間になると、たといおのれの親兄弟が生くる死ぬるの難境に迫っていても、自分で手を出して救おうとはせぬ。いわば一種の業である。

昔一人の貴人があって、ある目下の者に貴重な物を与え、

「どうだ、そのほうは定めて喜ばしい事であろうのう！」

「イヤ人に自分で物を恵んだようには喜ばしく思えませぬ！」

この返答は、実に人間の情けの声である。古人もすでに言った通り、「善を為すこと最も楽し」で、人は人に物を施したほど愉快なことはない。

日常多数の人に接して、この快感に接することのできぬような人間は、長く人の長上に立つべき資格はない。殊に人の上にでも立とうというような人間は、我より天福を受けることの乏しい人をよく哀れんで、おもい切って慈善施与のできるような人でなかったならば、決して人をして己れに心服せしめることはできぬ。

これに反して、人の物を欲しがり、人に物を貰って、それを嬉しいと思うような心の卑しい人間は、断じて目ざましい出世はできぬ。与うるは喜ぶべし、受けるは実に人間として悲しむべき事である。

男児、人に物を受けんや。我れより大いに人に向かって物を施すべきである。この大抱負のない者は、断じて人の上には立てぬ。論より証拠、人に物を貰って嬉しがっている人間よりは、多くの人に向かって多く与えている人の方が、人は確かに強いであろう、偉いであろう。人は人に物を与え得るようにならねばいかん。貰って喜ぶようになっては、その人間の価値はすでに知れている。

ところが人間は性分性分のもので、手元に物が腐るほどあっても、本人の性分によっては、前に言ったように、人に一ぱいの飯も食わせ切らぬような浅ましい人間もあれば、自分は生血の滴る高利貸しの金を借り、その切ない金をもって人の難儀を救うような人間もある。

しかし、今日世間多数の人は、おのれさえよければ人のことなどには頓着せぬ。他人のことには気も止めぬ筈だ。現在おのれの兄が困り困って金に苦しんでいるのをよそに見て、知らん顔をしているような冷酷無慈悲な弟もあれば、また我が肉親の弟が金に困り、おまけに大病にかかって、妻子も養いかねているような切ない境遇をよそに見て、ろくろく寄りつきもせぬような残忍酷薄な兄もある。

意地きたなく物惜しみをする人間になると、何か物でも食っているところに人が来るとすぐに隠す。幸い向うに見られなければいいが、こんな所を人にでも見られると、人に愛想をつかされて、非常に卑しまれるようになる。そんな人間と見たならば、断じて親しまぬことである。こんな人間に限って、おのれに利益のある間は、毎日毎日うるさいほどやって来るが、こちらが落ち目に臨んだが最後、さっそく御不沙汰になってしまうものである。それでは友達甲斐がない。世にはよく出くわせることである。

四十八　情け深い人

それかと思うと世にはまた極めて情け深い人がある。この節の人間は薄情になった薄情になったという中にも、身を殺して仁を為すというような人も全くないという訳ではない。

こういう人は非道なことをして人を苦しめ、おのれのふところを肥やすようなことは断じてやらぬので、概して金銭には富む訳には行かぬが、人の同情と尊敬には必ず富んでいるのである。

だからこういう人は滅びない。いざという場合になって来ると、どこからか必ず期せぬ助けがやって来る。

しかし人間がここまで陰徳を積むには、多年の間安くない犠牲を支払わなければならぬ。二年や三年正直にしていたところで、また人にまことを尽くしたところで、人はただちにその人を信じ、その人を尊敬するものではない。「あの人は情け深い人だ、あの人には何とかして報いなければならぬ」と人に思われるまでには、少なくも五年十年変わらぬまごころをもって人に接しなければならぬ。一度か二度人に情けある行いをしたからといって、その人に向かってただちに報いを求めるのは間違っている。もしこうした質の人があるとすれば、それは真に情け深い人ではなくて、情けをもって人に恩を着せようとする人である。実に卑しむべきことであるが、世にはこうした偽善者も少なくない。こういう質の人間に限って、こちらが一度御馳走すれば、向こうも一度御馳走せねば、すぐにその人を捕らえて彼は義理知らず、または恩知らずなどと傷つける。実にもってのほかの話である。

しかるに真に情け深い人になると、決してそんな浅ましい根性はもっておらぬ。真に情け深い人は、報酬などを求めて、人に情けある行いをする訳ではない。ただ人に対して己れの情けを尽くす事をもって、世にこの上もない快事とするのである。人は己れの情けを覚えていようと忘れようと、そんな事には頓着はない。ただ己れは己れの情けを人に向かって尽くすのを、世にこの上もない楽しみとして尽くすのである。

かくのごとき人にして、人は始めてその人に同情もすれば、また尊敬も払うようになるのである。すなわち真にその人の美徳に心服して、事ある時は何時でも、その人の手と為りまたは足とも為って。その人の為だとあれば、身を粉にしても尽くすようになるのである。

多数の人にあくまでも心服せられるような人は、いかなる場合においても人のためにその心情が春の日のように暖かい。人の難儀をしているのを見ると、我れを忘れて躍りかかって救う気になる。世間普通の人には断じてできることではない。欲心の強い人の目からその人の為すところを見れば、まるで非常識な人間としか見えぬものである。

こういう人は、人が寒い思いをしているのを見ると、おのれの数少ない着物を出して着せてやる。ある場合になると、おのれの着ている物を脱いでも着せる。また人が食に飢えているのを見ると、何か工夫して快くその人の腹を満たさせる。もしいよいよ与える物のない場合になると、おのれの食の半分もしくは全部を挙げて与えても、決して惜しいなどと思わぬ。人は物が手元に有りあまるからといって、その人の性分によっては決して人にわかち与えるものではないが、真に情け深い人になると、人の難儀を救う為には己れの温かい肉も削ぎ、おのれの温かい血もしぼる。人は人に対して何びとも実はこうこそありたいが、今日の世間大多数の人はそうでない。おのれの都合さえよければ人はどうでもかまわぬというのが、今日の人の処世法の心髄である。しかしながらこういう人が一朝逆境に陥った時は、実にみじめなものである。誰あってつばきをひっかける者もないが、そこに行くと、真に人に情け深い人は強いものである。いかなる悲哀もいかなる障碍《しょうがい》もその人を断じて滅ぼす事はできぬ。「仁者に敵なし」古人もすでに言っている通りである。

四十九　強欲非道な人

おのれの真っ正直な心をもって人を計り、うっかり気をゆるしてかかると、実にとんだ痛い思いをする事がある。なぜかというと、世には常識をもって判断しがたい強欲非道な人間が随分いて、狼が羊の皮でも被っているようにうまく化け、おまけに猫なで声で人に物を言っている。今日の世の中は、実に油断も隙もあったものでない。

人を使うにも人に使われるにも、または人と共に仕事をするにも、うっかりこんな人間に引っかかったが最期、裸にされた上に皮まで剝かれるような事になる。

こんな人間はどこまでも質が悪い。怖い顔つきでもしていれば、こっちもその気で警戒するが、狼の正体をうまく羊の皮で隠して、さも優しい人間のように猫なで声で物を言い、相手に油断をさせて置いて、いざとなると身を翻して飛びかかり、身体に爪を打ち込んで、いきなり喉ぶえに食らいつくから堪らない。

こんな奴はかおかたちこそ人間に見えるが、全身に野獣の血が流れているので、おのれの利益と睨んでは、いかなる残忍酷薄な事でも進んでやる。こういう野獣の気をおびた人間になると、独り他人に対してひどいばかりでなく、おのれの骨肉に対してもまたひどい。獣類でさえ己れの妻子に対しては温かい愛情をもっているが、こんな人間には己れの親子妻子に対する愛情さえない。この点においては獣類の方がまだまだ遥かに始末がよい。実に強欲非道な人間ほど世に困るものはない。

「どうだい、君の内の細君は、素人目にもよほど大病のように見受けるが、奮発して病院にでも入れる事にしては」

「病院に入れて物をかけて見たところで、治らんもんならしょうがねえじゃないか」

「しかしやるところまでやって見ん事にゃ治るか治らんかわからんじゃないか」

「こんなよけいな事をせんでも、医者にかけてあるんだから沢山だよ」

こんな人間にとっては女房よりも金が可愛いものだ。友達も愛想を尽かして口を利かなくなる。そのうちに病人の方は手おくれになって、もはや到底助からんという事になると、可哀そうだとは思わずに、「どうせ死ぬものならば早く片づいてしまえばいい」と祈る。世間普通の人情から言えば、「たとい費用がかかろうと、またどんなに手数を要しようと、一日も長く生かして置きたい」と思うのが、夫たるべき者の情であるが、強欲非道な人間になると、もうどうせ治らないものだと見れば、傍で突き殺したいように思う。

息を引き取れば、「アア早く形がついてよかった」と安心する。涙などはこぼしたくも出ない。イヤ悲しいなどというこころはまるで起こらぬ。近所の人達や親類共が集まって、これから野辺の送りを営もうという段になると、なるべく物のかからぬように死人の枕もとで胸算用をする。世間普通の人情からいえば、「夫婦一世の別れであるので、せめては葬式でも少し立派にしてやりたい」と思うのが夫たるべき者の情であるが、こんな人間になって来ると、そんな人間らしい考えは、まるで腹の底から沸いて来ぬ。親が死んでもその通り、子が先立ってもその通り、欲よりほかには腹の中には何にもない。こんな無慈悲な人間は世間にありそうにも思えぬが、その実いくらも世にはこうした奴がいる。現在おのれの親や妻子に対してさえもこんな無慈悲な人間で、独り他人に対してのみ人の道を全うしそうな筈がない。人を見るにはその人の家族に対する態度を篤と見るがよろしい。これも一種の人物鑑識法である。

五十　人を言いたいように言う人

人の生き身には誰しも栄枯盛衰がある。もちろん心がけの悪い人間には、生涯頭の上がる時はあるまする人がある。

いが、さもない人であって見れば、たとい一時は沈んでいても、時を得て頭を上げ出すとメキメキ立身

「人は打ってこなすも見てこなすな」という諺があるが、人は決してみだりに人を侮辱すべきものでない。今日現在においては人から何と言われてもいたし方のないような弱い地位に立っていても、はたらきのある人間であって見れば、明日はその男が一躍して、どんな強い地位を得ぬとも限らない。

人間は自分が失意の境涯に立っている時に当たって、人から侮辱せられたことは死ぬまで忘れられるものでない。必ず身に沁みて永く記憶しているものである。胸の広くない人間になると、おのれの強くなる日を待って、その人間に向かって怖ろしい復讐をすることがある。今日でもこの事実は時々世間に行われていることである。

ところが己れの今日を頼んで、明日の事は思わぬような浅はかな人間になると、一時の怒りに乗じて誰彼の見さかい無しに暴言を吐き、人を甚だしく侮辱するものがある。こういう乱暴な人間はある一人に限らず、現在において我れより弱いものに向ってはすべてこの流儀でやり通すので、衆人の怨みを己れの一身に集めるようなことになる。おのれの強い間は別にたいした祟りも来ぬが、こんな人間が一朝浮世の舞台から脚を踏みはずして、我れながら情けない境遇に立つようになると、そこからもここからも侮辱の復讐がやって来て、誰のところに相談に行こうようもないような事になる。失意の人には情けを加えていたわって置くのがこちらの身の強味である。

世の中に人の身の栄えほど当てにならぬものはない。よく己れの身の明日を思う人になると、いわゆる弱いもののいぢめをやってみだりに人に侮辱を加えるようなことはせぬが、浅はかな人間になると、お

のれの今日の強さを頼んで、少しの道理を笠にきて、はなはだしく人を侮辱して、自ら心地よしとするものである。

「何だと、お前さんは今日私のところに来て、よくもそんな男らしくない口が利けますな！」

「イヤ誠にもって相済みません！　こういうことを申せた義理ではありませんが、頼みにし切っていましたことが今日急に手違いになりまして、何ともいたし方がございませんので、どうかここ十日ばかりの御延期を願いたいと存じまして……」

「いけませんなア、元来お前さんの言うことは根が正直でない、何とかして人を騙そう騙そうとかかっている。よくない了簡だ。身の為によくあるまい！」

「決してそういう訳ではございませんが……」

「決してそういう訳でないようならば、約束通りなぜ今日金を持って来なさらんか」

「それがつい手違いになりまして……」

「なあに、確かな話なら手違いなどになりそうなことはないが、始めからその下心だったんだろう！よくない了簡だ、お前さんのような人間はこちらがウンウンと言っておれば、しまいには借りた物も踏み倒すに違いない。気をつけて見ると、どうもお前さんは質がよくない。泥棒でもしたことはありませんか」

「あなたはただ今私に何とおっしゃいました？」

「質がよくないという訳さ！」

「じゃアいのちに換えても今日中にきっと金を持って上がります！」

「遠慮は要らぬ持って来なさい。いつでも受け取ってやる!」

世にはその人の事情を察せず、こんな暴言を吐く人間もある。それで自分はいい気になっていると、いつかまたあべこべに、今度はこちらが向うから血を吐く思いをさせられる事がきっとある。

五十一　心に落ち着きの無い人

いつも何となくそわそわして、少しも心に落ち着きのない人がある。これもまた実に困ったもので、仕事にも身が入らぬ。人と話をしながらも心はひょいひょいほかに向かって飛んでいる。こんな人には、とかく失敗の多いものである。

今便所に入ったかと思うとすぐに出て来て、

「オイオイ誰か私を呼んだかい?」

「いいえ」

「そうか」

そわそわ入って行ったと思うと、大将またじきに出て来る。

「今お前私に何とかいったようだったね?」

「アアどうなすったんですね、何とも申しはいたしませんよ」

「アアそうか」

またそわそわ入って行く、急いで用をたして出て来て、

「オイオイ硯に水がないぞ水が……」

「ただ今持って参ります。アレあなた、まだお手をお洗いなさらないじゃありませんか」

「アアそうだったか」

手を洗って来て墨をすり、手紙を書きかけたと思うと、すぐにビリビリ裂いてしまい、

「オイ着物を出せ着物を、これからちょっと出かけて来る」

兵児帯をくるくる腰に巻きながら帽子も被らず出かけて行く。細君は呼び止めて、

「あなたお羽織を出しましたよ」

「アアそうか」

そわそわして出かけたと思うと、道で急に気変わりがして戻って来る。

「オヤ大層お早うございましたね、どちらまで行らしたんですか」

「イヤやめることにした。わざわざ行かずとも手紙で沢山だ！」

また巻紙を出して書き始めた。大分書いて読んでいたが、また手紙を破ってしまって、

「イヤやはり行って来た方が早い！」

出かけようとしていると人が来た。

「アアいらっしゃい」

「先日お頼みを受けたことで出ましたが……」

「イヤそれはどうもありがとう！」

客は熱心に報告しているのに、こちらはそわそわして一向話に身が入らぬ。あちらを見たりこちらを

見たり、そうしてとんだところに「イヤなるほど」などと間の抜けた返事をする。「この男は何というかわからぬ、相手になっては馬鹿ばかしい」と腹の中で見切りをつけて、客はいい加減にして帰ってしまう。後でこちらは気がついて、

「アア飛んだことをした、大事な話を聞き落とした！　ちょっとあの人のところに行って来なければならぬ」

第一の用事は忘れて、第二の方に向かって急ぐ。帰って来たのはもう昼飯時だ。

「飯を食うぞ飯を……」

「召しあがって下さい、もう用意はできております」

お膳の前に来て座ったかと思うと、箸も取らずにさっさと出て行く。

「あなたどちらへ？」

「ちょっととなりに行って電話を借りて来る」

そわそわして帰って来て、急いで箸を取ったと思うと、何か考え考え御飯ばかり食べている。

「あなたおつゆが冷めるじゃありませんか」

「アアそうか」

箸をおくとすぐに出かける。いかにもそわそわしているので細君は心配し、口ではウンウンと言っているが、心はほかにそわそわと動いている。この男が何かの話の結果、ある人のところに事を頼みに行かねばならぬ事になった。手ぶらで行く訳にも行かぬので、途中で菓子屋へ入って行った。

「いらっしゃいまし」

「折りをくれ折りをくれ」

何だかそわそわしているので、菓子屋では妙なお客さまだと思った。

「折りは何にいたしましょう?」

「そうさな、急いでくれ!」

「かしこまりました! お品は何にいたしましょう?」

「何がよかろう、何がよかろう?」

「いかほどぐらいの物にいたしましょう?」

「手土産だ手土産だ、いくらでもいいや」

「一円二円、イヤ一円五十銭と、都合三通りになりますでございますね」

「イヤ一つ一つ」

言う事からして要領を得ぬ。気が浮いているからだ。ようやくこちらの意が通じて、急いでカステラの折りを一つ拵えさせて、風呂敷を出して包んで貰うが早いか駈け出した。菓子屋では驚いて、

「アアもしもし……」

呼んでもこちらに向きもせず早足で歩き出した。菓子屋ではてっきりよくない奴だと思って、店のものが二、三人で追っかけた。大将知らずに急いでいると、こちらはすぐに追いついて袖を捕らえ、

「畜生ふざけるない、人を馬鹿にしやがるか、交番に来い!」

「何だ?」

「物を買って代金を払わぬという法があるか」

大将始めて気がついた。

「イヤこれは済まなかった！　つい急いでいたもんだから……」

ようやく無事に解決して、つかい物を持って行ったはいいが、生憎主人がいなかった。細君に会ってつかい物を出し、

「いずれまた御在宅の時に改めて伺います。お帰りになりましたならばどうかよろしく……」

早々その家を出たはいいが、一軒間違って先どなりの家に行った事には気がつかずにいるのは滑稽だった。

家を出る時細君に頼まれたので、帰りに葉茶屋に寄って三十目の茶を一斤買った。前に菓子屋で懲りたので、今度は最初に五円札を出してから茶を注文した。

「どうもお待ちどおさま……」

茶を受け取ると、またそわそわそこを去った。すると今度もまた後から店のものが追っかけて来た。

「もしもし」

大将今度は安心して歩いていると、こちらは追いついて前に廻って立ち塞がった。

「何だい、代はやったじゃないか」

「イエこちらでまだお釣りを差し上げませんでした」

受け取ってふところに入れ、またそわそわ歩き出した。こんなうかうかした人間には、少し込み入った仕事はできぬ。できぬ癖にやろうとすると、とんだ間違いが出来して、後で取り返しのつかぬようなことになる。世にはこうした人があって、人の言うことを聞き違えたり、またこちらの言うべきことを

間違えたりして、直接に間接にみすみす損をしている人が少なくない。人間は気の落ち着いているものでなくては駄目だ。そわそわしている人間に大事のできる気遣いはない。気のそわそわしている人間と見たならば、決して信頼してはならぬ。こんな人間を当てにしていると、後でとんだ事になる。世にはよくある事である。

五十二　好んで人の世話をする人

世の中には人の為にははがき一枚も書かないような人がある。こんな人には何を頼んでもおのれの利益にならぬ限りは動かない。やる気になれば訳もなくできる事であっても、人の為に面倒を見るのを厭がって、人の為とあっては一切尽くさぬような人がある。これもまた実に因果な話である。

「我れ人につらければ人また我れにつらし」で、こういう人の為には、人もまた本気になって尽くさない。つまりは自ら愛する事を知らぬ人のやることである。

それかと思うと世にはまた、人の為になると思えば、おのれの用事は棄てて置いても、一生懸命になって奔走するような世話好きもある。こういう人は欲得を離れ、人の事をもって我が事のように思い、馬鹿に熱狂して奔走するので、冷酷な人の目から見れば、まるで狂人のように見える。そのやり方があまりに厚きに過ぎるので、よくその人の気心を知らぬ者は、自分が今その人の世話になりながら、かえって向こうの心事を疑うようなことがある。

「あの人は馬鹿に自分の為に尽くしてくれるが、後で何か難題でも持ち込んで来はすまいか?」などという疑いが起こる。そんなことが向うに知れようものならば、世話好きな人は怖ろしく腹を立てるものである。これはこちらでよく心得ていなければならぬことである。うっかり向こうを疑うと、それこそとんだことになる。世話好きな人は、何も報酬などを望んで人の為に奔走する訳ではなくて、ただ世話の仕甲斐があって、先方に満足を与えることさえできれば、こちらに取ってはそれが何よりの報酬であり満足である。こういう人と見たならば、事の成就した後で、こちらがただ誠意をもって、「お蔭さまでどうもありがとうございました！」と、一言感謝の意を表すれば、向こうはその一言に何より満足するものである。金がなければ一寸も人は動かぬ世の中にも、どうかするとこんな人も世間に全くないという訳ではない。よく心得て置くべきことである。

こんな人になると、さほど長く交際して来た間というのでもないのに、欲得を清く離れて、実におのれの骨肉も及ばぬほど、しん身になって厚く世話をしてくれるものである。そうしてまたどこまでも、実に同情の深いものである。もしこちらで病気にでもかかるとさっそく見舞いにやって来る。額に親しく手を当てて見て、

「フンまだ熱があるようだな！　大切にし給え、何にも心配することはない。どうだ医者に診て貰ったかね？　イヤそいつはいかんよ。よろしい、私が帰って家のかかりつけの医者にさっそく来て貰うようにしよう。どうだ、小遣い銭はあったかね。イヤそれは心細い話だ！　じゃアまあここに五円ある。これだけ置いて行こう。何か食べて見たいとおもう物はないか。これじゃ蒲団が薄い寒かろう。行火に火はあったか、炭がなければ持たせてやるよ。不自由な物があったら何でもそう言いなさい。人はお互いさまだ。私がいつまたどこで君の世話にならんとも限らぬ。決して遠慮することはないよ」

すぐに帰って自分で医者をつれて来る。自身の身内かなんぞのように心配して容体をきく。後で細君にいろいろな物を持たせて見舞いによこす。いそがしい間を割いて、自分もまたちょいちょい見舞いにやって来てようすを見る。

こういう親切な人も世の中にはおうおうある。こういう心に温か味のある人は、一時窮するような事があっても、誰かが必ず救い上げるものである。決して長くは困っておらぬ。これと反対に、人の為とあっては、その常不断においてはがき一枚も書かぬような薄情な人間は、自分が窮したとなって来ると、実にむごいものである。誰一人振り返って見る者もない。その時に到って始めて、おのれが不断人に対する振る舞いのよくなかったという事を身に染みて思い知らずにはいられない。きっと自分で自分の身を怨む時があるに違いない。「情けは人のためならず」である。

五十三　得手勝手な人

世には誠に得手勝手な人がある。さらばその人間は不正直な人かというとそうではない。人間は正直であるが、その平生が誠に得手勝手な為に、とかく人に悪感を与えて、ひとかどの芸能をそなえていても人があまり相手にせぬというような人がある。これもまた実に損な話であるが、当人の性分とあればいたし方がない。もし自分でここに気のついた人は、努めてこのくせを矯正すべきである。

得手勝手な人というはどんな人であるかというと、おのれの事だとあればきちがいのようになって騒いで人をわずらわし、人の身の上に事のある場合には、こちらは知らん顔をしていて、その家に顔出しもせぬというような不義理不人情極まる人間のことである。

こんな得手勝手な人間は、おのれの家に何か事があるというと、さっそく人を呼びつける。人は皆遊んでいて飯の食えるもののように心得ている。

「オイ誰か鈴木さんと甲田さんの家に行って早く来て下さいと言え、どうも病人のようすが悪い！」

ほかにもこういって諸方に使いをやる。おやじさんが危篤だと言うので、友達は皆しかけた仕事をやめて飛んで来る。するといちいち奉公人でも使うように用事を言いつける。場合が場合なので皆働いてやる。

病人はとうとう本復しなかった。君もいてくれ、君もいてくれで皆を返さぬ。用事のある間は使って使いまくる。用事が済むとろくろく礼も言わず、酒の一口も出さぬ。「アア疲れた」と言って、自分は先に勝手に寝てしまう。一同呆れて、

「あんな勝手な奴はない！　人を呼びつけて散々使って置いて、用事が済めば勝手にしろで先に寝るとは不埒な奴だ！」

友達は皆ブウブウ言いながら帰って行く。それもいい、こちらに尽くして貰った代わりに、今度向こうに事のあった時に飛んで行って、向こうがこちらに尽くしてくれたように働いてやれば、向こうは別に心持ちを悪くして愛想を尽かすようなことはないが、得手勝手な人間になると、決してそんな人間らしい事はせぬ。

留守中に使いが来たので、細君は戻って来るのを待って、

「あなた、鈴木さんのおっ母さんがたいそうお悪いそうですよ」

「そうか」

見舞いに行くかと思えば行きもせぬ。知らんかおをして自分の用事をやっている。ついに死んだというしらせが来た。それでもまだ行こうとせぬ。こちらに不幸のあった時は、病中にも呼びつけて散々迷惑をかけ、二晩も夜伽《よとぎ》までさせて置きながら、こちらはちょっと顔を出しただけで夜伽にも行かぬ。葬式にも急に差し支えができたからと言って会葬せぬ。後で一度訪ねて行って詫びでも言えばまだしものこと、それ切りまるで寄りつかぬ。甚だしい時になると、こちらに不幸のあった時は、散々厄介をかけた友達の一人の細君の死んだ場合に、弔いに一度も出かけて行かぬばかりでなく、葬式の日を忘れて会葬しなかったというようなこともある。

これでは人が愛想を尽かさずにはいられまい。独り葬式の場合ばかりに限らない。万事にこの得手勝手流を振り廻すので、友達は一人減り二人減りして、ついには孤立せねばならぬような事になる。世にはどうかするとこんな人間も時々ある。

五十四　とかく人を悪く言う人

世にはとかく人の事を悪く言いたがる人がある。別にこれという欠点のない人でも、こういう人間の口にかかると、何か必ず難癖をつけられるものである。

人に何と言われようと、こちらの心に後ろ暗いことさえなければ、言われた方はその為にこちらの値打ちをおとすことはないが、好んで人に難癖をつける人に至っては、そのたび毎に己れの値打ちをおとすだけの話で、人を悪く言ったが為に己れを利するところはない。

こういう悪い癖のある人間は、ただある一人の事を悪く言うばかりでなく、どんな善良な人のことでもその人間の口にかかればどこまでも悪く言わねば承知しない。甲のところに行けば乙の悪口を言い、乙のもとに行けばまた必ず甲の悪口を言うものである。

そこでもし己れのもとに来て、ある人のことを悪しざまに言う人間であれば、決してその男に油断をしてはならぬ。おのれのもとに来てある人のことを悪しざまに言うような人間であれば、その人のところに行ってはまた必ずこちらのことを悪く言う人間にきまっている。

人間として誰しも自己の名誉と信用とを尊重せぬものはない。もしある人が己れの名誉と信用とを毀損したということを聞いた場合には、その人は自己の名誉と信用とを傷つけた人に対して、どんな感情をもつであろう。たとい口には出さぬまでも、我が名誉と信用との毀損者に対して、隠然敵意を含んで立つに相違ない。

人間は顔では皆笑っているが、心の奥に復讐の念を宿していない者はない。こちらは無雑作にその人の噂をした積もりであっても、おのれの事を人にとかく言われた方では、何びとにせよ快く思いそうな道理はない。

そうならこういう人間には到るところに敵がある。人を悪しざまに言って置いて、誰も知る者はあるまいなどと思っていると大違い、こういうことは、案外早く向こうの耳に入るもので、下らぬことを喋った為に、さっそく一人の敵を造らねばならぬことになる。

人を呪えば穴二つで、人のことを悪く言う人間は、人にもまた必ず悪く言われるようになるものである。いたるところで人の名誉や信用を傷つけていると、こういうことはいつしか一般に知れ渡って、「ウンあいつか、あいつのいうことならば当てにはならぬ。あいつは誰のことでも決してよくは言わぬ男だ」と、我れを知るすべての人に言われるようになる。

人間がこうなった時は、もはや孤立の地位に立たなければならぬ。人をとかく悪く言うような人間は、決して人に愛せられるものでない。我がもとに来て人のことを悪く言うような人間ならば決してその男に気をゆるしてはならぬ。彼は実に劣等な人間で、そんな者に交わることは、大いに心に恥じなければならぬ事である。

人の値打ちを上げるような話であればしても別段差し支えはないが、仮初めにも人の名誉や信用を毀損するような噂は断じて口にしてはならぬ。人の噂とあれば善悪共にせぬような人であれば、その人は万事に謹慎深い人である。こういう質の人であれば、まずその人を信用してかかっても間違いは無いものとしなければならぬ。

これに反して、好んで人の噂をし、しかも人の噂をする度に人のこととあればとかく悪しざまに言うような悪癖のある人間だと見たならば、こちらもその積もりで警戒してかからぬというと、しばしば迷惑しなければならぬような事が出来する。人に交わる上において日常心を用うべきことである。

五十五　欠伸ばかりしている人

毎日火のようになって働いてさえ飯の食えぬ世の中に、おのれも一個の人間として生まれながら、父祖の富によって徒食し、毎日遊び疲れて退屈し、欠伸《あくび》ばかりしているような不心得者がある。

人間のこの世に生まれて来た約束は、自他共に働くにある。いかに富貴な家に生まれた人間であろうとも、己れは毎日遊んでいて、父祖の遺産によって徒食し、それをもって人生の光栄のように思っている人間は、たといどんな立派な邸宅に住んでいようと、またどんな美事な服装をしておろうと、またどんなに生活を飾っておろうと、彼は人間としての価値もなければ光栄もなく、世に何らの必要も感ぜぬ一個の穀潰しに過ぎぬのである。

この種の人間は、誠に非生産的生物で、言うまでもなくその日稼ぎの貧乏人にも劣ること万々である。じっと座っている王様よりも、立って働いている農夫の方が人間としては貴い道理で、たといその日のことに困らぬからといって、毎日空しく遊んでいるような人間は、外面から見た時は、誠に仕合わせな人間のようであるが、人間の人間たる真価の上よりいう時は、誠に哀れむべき者で、何らの価値をも認める訳には行かぬ。またかくの如き人間は、我れとしては誠に恥ずべき人間である。

たといその日は貧しく暮らしておろうとも、毎日働いてさえおれば、我れは人生のつとめをまっとうしつつある人で、何びとに対しても少しも恥ずることはない。

これに反して、いかにその生活を飾っておろうとも、父祖の産によって毎日徒食している人間は、日日人生の義務に背いて、世にいくばくの害毒を流しつつあることを思わなければならぬ。

しかしながらこの種の人間は、毎日空しく遊んでいることをもって人生の光栄と心得ている。さもない限りは自分は生活に困らぬからといって、毎日空しく遊んでいられる筈はないが、この種の人間は父祖の資産によって、我れは毎日空しく遊んでいられることをもって、おのれの誇りのように心得ているので、他の人々のように自分で稼ぐことをもって恥辱のように心得ている。イヤそればかりでない。こういう人間には労役の快味がわからぬので、働くことの快感を解する事ができぬ。それで何か仕事をして見ようという気にならぬ。それにもう一つはこういう人間の筋肉はだれ放題にだれているので、箸を取って自分で飯を食うくらいがようやくで、ついそこかしこに出るにも車か馬車か自動車に乗らぬことには動けぬようになって来る。

こういう人間はどこまでも怠けるようにできている。朝起きれば寝床も人が片づける、顔を洗う湯も人が取って来てくれる。何から何まで人の力で事を足すので、おのれ自身では何をする必要も感じない。朝起きて顔を洗えば牛乳が来る。牛乳を飲めば飯が来る。飯が済んでも別に為すべき仕事を作らぬ。夏ならば涼しいところに寝転がって新聞でも読み、冬ならば火の傍を離れ得ずにごろごろしている。

人間は働いていれば時の経つのを覚えぬが、毎日空しく遊んでいる人に取っては時間は一つの苦痛である。彼らは毎日退屈して、続けざまに欠伸をしたり鼻糞をほじったりして貴重な時間を潰している。人間がもはやこうまで惰弱になってしまっては、身にはいかなる美服をまとい、口にはいかなる美味を含もうとも、人間の真の快楽を己れの心身に受け取ることは断じてできぬ。いかなる良家の子弟であろうと人間が毎日欠伸ばかりしているようになっては、もはや地上の地獄に落ちた時である。

五十六　困りながら怠けている人

たといその日の事に不自由のない身分の人であっても、毎日空しく遊んでいるという事は人間の道に背いている。ましてやその日の事に困りながら空しく遊んでいるような人間は、箸にも棒にもかかったものでない。こういう無分別な人間は、トドの詰まりはのたれ死にでもするか、さも無ければ泥棒でもしなければ追いつかぬ事になるにきまっている。

困るからと言って働くのは上等の人間である。昔はともあれ今日の人間は段々に横着になって、困りながら怠けている人間が少なくない。実にとんでもない心得違いである。怠け者の隊長根手九翁は、今日もまた食に困って友達のところに無心に来たが、もはや毎度の事であるので、そう無雑作には言い出す訳にも行かなかった。金でももっているだけあって、一方は誠に心がけのいい男で、今日もまた相変わらず切切と仕事をしていた。

「ヤア相変わらず稼いでいるね！」

「お前さんはまた相変わらず怠けているね！」

「どうしてそんなに稼げるんだい？」

「どうしてそんなに怠けられるんだい？」

「ハハハハハ」

「ハハハハハ」

「よくもそんなに稼がれたもんだね？」

「よくもそんなに怠けていられたもんだね？」

「全くもって呆れるよ」

「こちらも全く呆れるよ」

「ハハハハハ」

「ハハハハハ」

人間は働こうと思えばどこまでも働けるもの、また怠ければどこまでも怠けられるものである。働くにも人を驚かす事ができれば、また怠けるにも人を驚かす事ができる。おなじく人を驚かす以上は、おとこは思いさま働いて人を驚かしたいものであるが、怠けて人を呆れさせるに至っては、実に言語道断である。

怠け者は空き腹を抱えて、驚くほど働いている友達の側に空しく座って見ていたが、ついに口を切って無心を言った。

「毎々誠に相済まぬが、少しばかり金を貸して貰われまいか」

友達は働きながら答えた。

「金は手元に無いでもないが、お気の毒さまながら空しく遊んでいる人に貸して上げる金は一文も無かったね！」

怠けものは頭を掻いて、

「そう出られては一言もないが、友達の慈悲をもって少々ばかり願われまいか」

「お前さんのように怠けてばかりいる人間に金を出すのは友達の慈悲でないよ。下手にそんな事をすると、却ってますます友達を怠けさせる事になる。私はそんな事はもう今年からやめにした。どこかほかを聞いて見なさい！」

怠けものは当てがはずれた。

「お前さんにそう出られては何と返す言葉もないが、実は昨日から飯も食わずにいる。何とか今一度だけおたすけは願われまいか」

「それは誠にお気の毒千万なお話ではあるが、ただ今も申した通り、人を怠けさせる為に贈る兵糧は私はもたぬ。どうか外を探して貰いたいね」

「それじゃもう二度と再び無心には来ぬによって、どうかほんの少々ばかり……」

「イヤ一銭たりとも御依頼に応ずる事はできぬ。不具廃人であればともかく、そんな無病息災な身体をもっていながら、勝手に怠けて勝手に貧乏するような人間に与える金は一銭たりとも私には無い。金は一銭たりともやる事はできぬが、金を取る方法だけは友達甲斐に教えてやろう。イヤ教えずともお前さんは知っているだろう。早く帰って自分で金を取ったらいいではないか」

「ところが取れんから困るんだよ」

「ナニ取れんのではない、取らんのだ！」

「イヤ全くそういう訳ではない！」

「だって人間は怠けるばかりが能ではない。お前さんだって働く気にさえなれば何かできんことはあるまい？」

「ところが私にはこれという芸は何にもない！　つまりこう困るのもそこからで、実にはや何とも仕方がない！」

「ナニお前さんの困んなさるのは芸のない為ではなくて怠ける為だよ」

「だって何にも芸がなければ稼ごうにも稼ぎようがないじゃないか！」

「イヤそいつはいかん！　己れ一番稼いで飯を食おうという気にさえなれば、身に芸がないからといって、人間は食うぐらいなことに困るものではない！　お前さんの困るのは怠ける為で、決して芸のない為ではない！」

「だって稼ごうといっても、稼ぐ道を知らなければ、何とも方がつかんじゃないか」

「どこまでも考え違いをしていなさるわい！　人間は誰しもあること、毎日空しく遊んでいては飯は食えぬよ。その代わりに何か仕事を工夫して稼げば必ず生活には困らぬものだ！　お前さんだって心から稼ぐ気にさえなれば、何かできる事があるだろう？　よく考えて見なさい！」

「学問はなし、ほかにこれという芸はなし、稼ぎたくも稼ぐ道のないには誠に困るね！」

「そんな下らん考えを起こしなさるのが間違っている！　その屈強な身体をもっていて、何かして金の取れぬという道理はない。それでも自分にはいよいよ何にもできぬということになると考えものだよ。そんな人間でも生きている以上は毎日飯を食わぬという訳にはゆかぬ。空しく遊んでいて飯を食うのは穀潰しだ。そんな人間は生きていても役には立たぬ。いっそ死んでしまった方が世の中の為になる。しかし死ぬにも死に切れぬというならば、何か仕事を見つけて働きなさい、何か仕事を見つけて働きさえすれば、いかにはたらきのない人間でも、決して自分の力で飯の食えぬという筈はない！　生きていたいと思うならばよく考えて見なさい、お前さんだって何かできる事があるだろう！」

「じゃア何を始めたらいいだろう？」

「人にきくのは間違ってるよ。自分で智慧を出さねばいかん！」

「だって自分にゃわからない？」

「困った人だね！　どうだい、車は曳けるだろう、その身体だもの」

「曳けるにゃ曳けるが骨が折れるね！」

「じゃア土方はどうだい！」

「これもなかなか力仕事だね！」

「どうだ、やってみようという気はないかい？」

「おれにゃできんね！」

「ハハ困りながら遊んでいる人というのはお前さんの事だね！　じゃア屑屋はどうだい屑屋は？　屑籠を担いで、屑屋屑屋と言って、紙屑を買って廻るくらいのことはできるだろう！　あれでも毎日一心不乱にやっていれば、人間は飯の食えるもんだよ」

「だっていくらかもとでが要るじゃないか、金のかかることなら何にもできんよ」

「お前さんに今日ただちに始めるという気があるならば、それくらいのことは何とかしてやろう」

「じゃア食わずにゃいられんからやるよ。お前さん資本は出してくれるね？」

「きっとやるなら出してやろう！」

「ありがたい！　じゃアきっとやるから取りあえず百円ばかり出して貰いたいね！」

「馬鹿な事を言いなさんな、紙屑買いを始めるのに何で百円ももとでが要るもんか、金の三円か五円もあれば沢山だよ」

「今日そんなことでできるかねえ！」

「できなくて！　どうだ、いよいよやる気があるかね？」

「もう幼なじみのお前さんにまで見棄てられるようになっちゃ、どうにかせんことにゃ生きていられないよ」

「じゃアおれと一緒に来なさい！」

「どこへ行くんだね？」

「来て見ればわかる」

友達は仕事を休んで、紙屑問屋に根手九翁を連れて来た。

「御免なさい！」

「お出でなさい！」

「さっそくだが、私の友達のこの男が屑屋を始めようというんだが、古籠や古車がお宅にありますかね？」

「ハイございます」

「それは損料で借りることができますかい？」

「お貸し申してもよろしゅうございます」

「一日どんなものですな？」

「五銭ずつでございます。しかし初めの方のことですから三円だけ保証金を頂かなければなりません」

「よろしい、三円置いて行きましょう。じゃア明日から始めさせますからなにぶんよろしくお頼み申します」

「よろしゅうございます」

「こちらに来なさい」

次は区役所に連れて行って、すっかり営業手続きまで済ましてやって、「じゃア明日商売に出かける時に家に来なさい。もとでを貸してやる」「じゃア今日一円ばかり貸してくれ給え！　昨日から家でも皆食わずに弱っているよ」「そんなことで人間がどうする？」

一円貰って戻って来た。しかたがないので翌日友達のところに行くと、「なぜ車を曳いて来なかった。車を曳いて来なければ金は貸してやらん」と叱られた。しかたなしに問屋に行って車を引っ張って来た。

「じゃアこれだけ持って行きなさい！」

金を二円出してくれた。

「これじゃ心細いね！」

「馬鹿な事を言いなさんな！　お前さんが今日一日の間にこれだけすっかり紙屑を買ってしまって、これこれの利益があったという事を私に明らかに見せたならば明日はまた明日の相談にしよう　晩方帰りにきっと私のところに来て、今日はどれだけ買っていくら利益があったという事を私に言わなければいかんよ」

こんこんと言って出したがどうするかと思っていると、夕方空車を曳いてやって来た。

「どうだった？」

「一生懸命にやって見たが車の損料を五銭引かれたんで、たった八銭にしかならなかった。こんな事じゃ飯の食いようはないじゃないか」

「馬鹿言いなさんな、働いたからこそ八銭にでもなったんじゃないか、寝ていれば一銭にもならんじゃないか。じゃア今日は働き賃に五十銭金をやる。これで明日まで食うことにして、明日もまた早くから出かけなさい！」

翌日は朝から生憎雨が降った。大将朝早くやって来て、

「これじゃ商売に出られんがどうしよう？」

「しかたがないから家に来て手伝いなさい、いくらか金をやることにしよう」

その翌日は雨が上がった。大将早く出かけて行ったが、夕方おそくに帰って来た。

「今日はどうだったね？」

「今日は二十五銭になった！」

「ソレ見なさい、稼げば稼ぐだけの事はあるだろう！」

その翌日は二十八銭になったと言って来た。

「どうだ、ますます成績がいいじゃないか。じゃア今日はもうその二円を家に持って行って、朝早く出かけるがいい！　でも帰りにゃ家に寄りなさいよ」

大将家に帰って来たが、不断怠けていたのに、もう三日も車を曳っ張って歩いたので夥しく身体が疲れて、金は手元に二円あるし、すぐに持ち前の怠け癖を出して、今日は一日休もうという気になった。小人閑居して不善を為すで、働いているうちはそうでもなかったが、遊んでいると飲みたくなった。飲めば何か食いたくなった。一円ついに食い尽した。これじゃ商売に出られぬというので、翌日も怠けた上に飲んで食った。友達は怒ってついに彼を見棄てた。ただ一人の益友を失っては、もうどうすることもできなくなった。間もなくどこかの店さきでかっぱらいをしたとかいうので、とうとう暗いところに

行かねばならぬ事になったそうである。困りながら怠けていると、まずこの辺が落ちである。

五十七　恩を仇で返す人

人間は己れ一人が幸福に過ごせばそれでいいというものではない。さらに進んでは己れの余力と余財とをもって、我れより天福をうけることの薄い人を救うのが人間の道である。

されば何びともでき得る限り人に力を分かたなければならぬ。しかしながら同じく人の世話をするにも、よくその人を見て力を添えぬというと、飼い犬に手をかまれる世のたといで、恩を仇で返すような人間が世にはある。

高士研蔵はその郷里の北国で商業に手痛く失敗し、何とも法がつかなくなったので、妻子をつれて夜逃げをし、東京に出て来たのは今より七、八年前の事であった。

東京に出たのちもとかく物事が思い通りに行かず。見るかげもなく落魄していたが、彼は素人にしてはちょっと碁の打てる男であった。芸は身を助けるで、彼はある夏のこと碁がなこうどをして、家主のなにがしと知り合いになった。

家主はかなり資産のある人で、至って人にあわれみ深い人であった。懇意になるに連れてだんだん事情を聞いて見て、それは気の毒なことだというので、ついに自分の家作や地面の差配人に使うことにした。

高士は誠に奸才にたけていて、人に取り入ることが上手であった。二、三年も差配人をしている間に、すっかり主人の信用を得て、一家の人を己れの手のうちにまるめてしまった。

彼にしてもし恩義をわきまえる人間であれば、主家のために身を粉にしても尽くすべきであるが、少し尻が温まって来ると、もうそろそろいい時分とひそかに爪はあらわして、己れのふところに掻っ込み始めた。

主人はきわめて鷹揚な人で、差配人が内証でどんな仕事をしているとも知らず、実印などを托することも稀でなかった。彼はときどき主人に勧めて、地所や家屋を買わせていたが、双方の間に立って、彼がこっそりふところに入れた金は少なくなかった。

そののちわずか七、八年の間に、彼は小一万の資産を作った。世間の噂が高いので、主人も始めて感づいて来たと見えて、ついに彼を放逐した。

間もなく二人の間に訴訟が起こった。結果はどんな事になったかというと、主人はみすみす一口三万円からの地所を彼にただで捲き上げられるような事になったが、彼は巧みに法網を潜って、もはや何とすることもできぬ下地を作ってあったので、主人は口惜しがってついに発狂し、首をくくって死んでしまった。

死後に親類の人々が立ち会って、その財産を調べてみると、わずか十年足らずの間に、そのうち五、六万円だけは、こちらの手から差配人の手に移っていたが、いずれも立派な法律上の理由があるので、彼に向って一指を加えることもできなかった。

世にはこうした怖ろしい奴がある。人はうっかり決して信用のできるものでない。むかしから「人を飼うより犬を飼え」という諺もあるが、おなじく人に肩を入れるにしても、よく先方の人物を見定めた上でかからぬと、我が飼い犬に手を食われて、こうした馬鹿な目に会うことがおうおうある。

さて一方はどうだと言うに、恩を仇で返すようなことをして、一時不義の利益を得てみたところで、断じて長持ちのするものではない。必ずいつか食った物を引き出されるような目に会って、おもい知らずにはいられない。しかもよろしくない人間になると、そんなことは思わずに、恩ある人でも蹴倒して、不正の富を得んことを狙っている。こうした質の人間は、必ず眼色がちがっている。人を相手にする時には、まずその人の眼を見ることを忘れてはならぬ。

五十八　恩を忘れぬ人

恩を仇で返すような不都合な人間があるかと思うと、世にはまたささいな恩恵を受けたことでも永く記憶していて、かねて自分の受けた恩恵のいく層倍にもして返さねばやまぬような義理堅い人もある。

それかと思うと人は実に十人十色のもので、なみなみならぬ恩恵を人に受けながら、諺にいうのども と過ぐれば熱さを忘れるで、その場を過ぐればいっとなく忘れてしまって、知らぬ顔をしているような横着者もある。世には実にこうした質の人が多い。イヤこれがむしろ世間普通のようであるが、鳥獣類でさえ恩は忘れぬものだとすれば、それでは人間の人間たるあたいは認められぬことになる。人間として人にいくぶんの恩恵でも受けたならば、永く記憶していて、我がかねて人より受けた恩恵のいく倍にもして返すようでなくては、人の人たる道を守る人間とは言われまい。

しかし今日の世の中には、こういう義理堅い話は段々すたれて来て、こちらに便利のいい時にはうるさいほど訪ねて行って向こうをわずらわし、もはや御用がないと見ると、門先を通っても知らん顔をして過ぎるのが当世風となっている。人間相互の交際もこう利己主義になって来ては、実に心細い話である。これが段々進んで来た日にはいわゆる弱肉強食で、強い奴は弱い奴をおさえつけて、おのれの腹を肥やす為には、向こうの温かい肉をくらい血を吸うようになって来ずにはおらぬであろう。

けれども人間は本来そうしたものではなくて、人は情けの持ち合いというからには、ある時は人から情けをかけられたならば、これを忘れぬようにしていて、向こうに事のある場合には、かねて自分のこうむった恩恵のせめては十倍百倍にもして返したいものである。

ある一人の若い男が職を失って困っていた際に、ある一人の有力者が口を利いて、去る会社の事務員に世話をしてやった。するとその男はひどく心から喜んで、爾来五ヶ年の間盆暮れには、必ずその人のもとを訪ねることを怠らずにいた。

一方では実に感心な男だといって褒めていると、人の上には誰しもあること有為転変は免れがたいもので、そのうちにこちらは事業に失敗して、実に見るかげもない身の上になった。人は誠に薄情なものでこちらの身の富み栄えていた時は、他人もみうちのようにいって来たが、一朝浮世の舞台をふみはずしたとなると、みうちの者も他人のような顔をして、我がもとに寄りつく者は日一日と段々少なくなって来た。

失意のうちに年が暮れた。栄えていた去年と変わって、今年はもう歳暮などに来る人もわずかになった。そんな中で、前の男は相変わらず歳暮にやって来た。こちらはいよいよ感心していると、年始にも来れば翌年の盆にも来た。盆に来た頃はこちらはひどくわずらっていた。たびたび見舞いにやって来て、

「もし私にできます御用がおありでしたらば」といって、何かとこちらの面倒を見てくれていた。

その後三年ばかりこちらは失意の地位に立っていたが、ふとしたことが動機になって、一陽来復またふたたび世の中に出て、人のかしらに立つことのできる身の上になった。同時にその男を抜擢して、これまで三十五円取っていた人に、八十円の給料を与え、自分のそばに置いて使ってみると、第一人物といい執務ぶりといい、非常に立ちすぐれた人間で、二人はあい依って大いに働くことができた。

今日では共に成功してますます盛んに活動している。当時の青年執務家とは誰ぞ。今日の深川染工会社の専務取締加藤勢之助氏で、当時の有力者と仮に前にいったのは、今日の同会社の社長奥井興三氏の事である。

五十九　強いようで弱い人

人はあながちみかけによらぬものである。ちょっと見たところではいかにもいく地のない弱そうな人間でありながら、それが非常な意志の剛堅な人物で、何か事のある場合にはたちまち見違えたような強い人になって、いかなる大事も物の見事にやってのけて、人にあっと口を開かせるような人もあれば、平素は馬鹿に強そうな人間に見えながら、それがほんのみかけ倒しで、何か事のある場合に臨むと、たちまち弱くなって顔色を変え、歯の根も合わずがたがたとふるえ上がるような臆病者もある。

人はみかけばかりで決して信ぜられるものではない。独り勇気の点ばかりでなく他の事もすべてがそうで、正直そうに見えて不正直な人間もあれば、また悪人のように見えて、その実虫も殺し切らぬような人もある。また平生は極めて不愛想な人間のように見えながら、こちらに何か事のある場合には、「待ち給え、君金がなくちゃ困るだろう」というような情けにとんだ人間もあれば、不断は極めて優しい口を利いておりながら、いざという場合になると、三度が三度、五たびが五たび、上手に逃げてしまうような薄情な人間も世にはある。

体軀が大きくて鬚髯《しゅぜん》でもはやしていると、その男は馬鹿に強そうに見えるものであるが、世には「うどの大木」という諺もあって、強そうに見える人ばかりが決して強いものではない。不断弱そうに見えている人間に、却って弱くない人間がある。人は決してみかけばかりによるものでない。

ある一人の事業家がしごとを始めて、一時はだいぶ盛大になって来た。人も大勢寄って来て、皆その事業によって衣食するようになって来た。しかるにいかなる事業でも、その時その時で盛衰は免れぬ。右の事業家の経営も一時は誠に調子よく行ったが、ある時非常な難境にぶつかって、もはや事業をやめてしまって、後の解決をつけるよりほかに道を見出だすことができなくなった。時も時ちょうど歳末に差し迫っていたので、経営者は途方に暮れたが、また新しい思考を得た。「もはや何とも出す手はないが、膝とも談合ということもある。一番幹部の者を集めてその意見をきいて見よう。彼らの意思のいかんによって、踏みとどまって戦うとも、または城を枕にうち死にするとも、二つの一つに決定しよう」と考えて、幹部の面々を十人ばかり事務所の二階に呼び集めた。

経営者は一同の顔の揃ったところで、「すでに諸君も御承知の通りの始末であるが、ここで寄せ手に城を開け渡したものか、それともまた踏みとどまって戦ったものであろうか、一同の御意見を伺いたい」と切り出した。

何しろ非常な難境であるので、皆それぞれに頭を煮つめて考えたが、そのうちの過半数は言葉を揃えて、「もはや悲運また悲運で事ここにおよんだ上は、何とも手の下しようもない。無理をすれば血が出るということもある。いっそ無事に開城して、善後の策を講じた方がよかろう」と言った。

事業主はそのいうところを聞いて失望した。同時に実に意外な思いがした。なぜかというと非戦論者の面々は、かねて自分が勇気ある人々とたのみにしていた面々ばかりで、主戦論者の人々は、かねて自分があまり重きを置かなかった面々であった。日頃の想像と事実がちょうど反対に行ったので、「人はみかけによらぬものだ」と、事業主は今日始めて今さらのように驚いた。

しかしこちらの心はいろにも見せず、「しからば多数の御意見に従おう」と言って、非戦論者七名には即日いとまをやってしまい、翌朝さらに残る三名の主戦論者を事務所の二階に集め、今日は十分に善後策を講じてみることにした。事業主は三人の主戦論者を集めて、自分の心の奥底を打ち明けた。

「実を言えば私が今この仕事を棄ててどうする。まったく棄てる気はないのだ！」

三人はじっとこちらの顔を視た。しかしまだ一言も発しなかった。事業主は椅子にドンを腰を下ろして、

「戦意のない人間をいくら集めて置いてみたところで、ただこちらの足手まといになるだけの事だ。それで昨日の幹部会議は、実は一同の気を引いて見るための会合であった。その結果私は今日ここに君達三人の同志を得た。知らるる通りの悲境には陥っておるが、世の中の事はそう一概に悲観したものではない。人間の智慧で考えて見れば、これは大いに見込みがあると思ってかかった事で案外物にならずにおわることもあれば、また人間の想像では、これはもう到底助かるべき道はないと断念した事であって

も、それが不思議と成就してよい実を結ぶようなことも世間には往々ある。そこで私は運を天に任せて、ここ一番で踏みとどまって、最も勇敢に奮闘して見ようと思うが諸君のお考えはどうだ？　まかり間違えば四人いっしょに腹を切らねばならぬような結果に陥らぬとも限らぬが、イヤむしろそうなる方が事実に近いが諸君はこの事業のために私といっしょに死んでくれるかどうだ？　まずその御決心を伺いたい！　万事はその上の御相談にしよう」

「よろしいあなたといっしょに死にましょう！　どこまでもいのちがけになって戦いましょう！　その辺りは決して御心配下さるな！」

三人いっしょに断々乎たる決心の色をおもてに見せて答えた。かねて強そうに見えた人間は強くなくて、弱そうに見えていた三人の顔には勇気が充実して、眼には希望の光がおどっていた。事業主はこれまで自分が人を見損なっていた事を心に恥じた。しかし三人の決死的人物を得たので、彼の勇気はにわかに盛んになって来た。

人間はこうなって来ると、人あって教えるごとく、ひょいとよい智慧も動いて来るものである。「機智は必要の子なり」というのは実際である。

「それではやろう、神仏の助けによってこの難関を突破しよう。諸君どうか十分に決死の覚悟をもって働いてくれ給え！」

「どういう方針をお取りになります？　もはや今年も後一週間しかありませんが……、五万八千円これだけは是非共なくてはなりません！」

「よし！」

こちらはじっと考えたが、事のなる時はこうしたものか、すぐにある物があたまの中にひらめいた。「じゃア君は今日すぐに起って大阪に行け！　君は新潟に向って飛べ！　君はさっそく横浜に行け！　我輩はこちらで必死に奔走する！　その方法はかくかくしかじか……」

四人ひとしく蹶起して、四方に向かって出発した。こうなっては皆いのちがけであるので、実弾同様にあて方がひどい。効力も一通りでない。その晩まず横浜方面から吉報を得た。翌日東京方面の運動も確実な手応えがあった。晩には大阪から一大吉報が飛んで来た。その翌日のひる頃に新潟からも吉報が入って来た。五万八千円あればいいところに六万八千円金ができた。この間の四人の働きは、まるで神のようであった。

これでその事業は復活して、翌年からまた利益を見られることになった。強そうで弱かった人々は、眼を円くしていた事業は再び盛んになったが、もはやもとの古巣にヌクヌク帰る訳にも行かず、「あんなに持ち直すようだったら暫く我慢しておればよかった」と後悔した。弱く見えても強かった三人は、非常に主人の信用を得て今では皆結構な地位にありついている。これはある特殊の機械を製造している某工場において、四、五年前の歳末に演じられた活劇談であった。

六十　仕事に身を入れぬ人

人間は働く時は火のようになって働き、遊ぶ時は仕事を離れて、愉快に遊ぶ人でなければ、到底十分に働くことはできぬ。

ところが世には仕事をしながら遊ぶことを考え、また遊びながら仕事のことを考えなどして、働いているともつかず、また遊んでいるともつかぬような人がある。

こんなことをして毎日日を送っているような人は、到底仕事の上によい成績を挙げることはできぬ。人に使われてもこういう人は決して重く用いられるものではない。

そんな意地きたない事をせずに、遊ぶ時は思い切って十分愉快に遊び、精神の再造をやって、新鋭の気力をもって、働く時は全力を挙げて事に当たらなければ決して十分に働き得られるものでない。「常に働くのみをもって勝つと思うは大いなる誤りなり。人間時に娯楽なかるべからず」で、大いに働こうと思う者は、また大いに遊ばなければならぬ。

しかしながらこの考えをもっておらん人は、遊びもせねば働きもせぬ。常に意地きたない仕事の仕方をしているので、働く時に当たって全身仕事の人となって目覚ましく十分に働くことができぬ。こういう人は思い切って時々気をぬかぬので身体も精神も疲れている。だから仕事にかかって見ても、思うようにあたまも利かねば身体も利かぬ。そのために手には仕事をしておりながらこころは疲れて休んでいる。その結果はどうだというと、一向仕事に身が入らぬ。言い換えて見れば、働いているとも遊んでいるともつかぬような形になって、いつ人に見られてもその人間はぐずぐずして、物の役に立ちそうにも見えぬ。

毎日こんな気の利かぬことをしている人は、少しも働き栄えがせぬので、あんな人間はあってもなくてもいいという事になって、人に使われても無能視せられ別に地位も進まなければ給料なども上がらない。そうして自分では散々愚痴をこぼしている。世の中にこれぐらい馬鹿な話はあるまい。

仕事にかかった時は手と頭とがヒタと一致して働かなければ決していい結果は得られるものでない。手には何か仕事をしている。同時に頭は何かほかの事を考えているというような不熱心なことでは、何をしても結果のよかろう道理はない。

こういう仕事のやり方をする人を称して、「あいつは愚図だ！」ともいえば、また、「仕事に身を入れぬ人」ともいう。これに反して、仕事に身を入れる人、言い換えて見ようならば、おのれの手と頭とがヒタと一致して、一時一物に向って己れの全精力を集中して働いている人は、仕事がズンズン進んで、しかも極めて結果がいい。こういう人は、わずかの時間に多く働くことができて、しかもその成績がいいので、おなじく人に使われても、「あの男は働きものだ。なかなかよくことの間に合う」といって重宝がられる。

こういう人はこちらから催促するまでもなく、向こうから地位もズンズン進めてくれれば給料も増してくれる。おなじく人に使われるにしても、人から重宝がられるのと無能視せられるでは、そこに大した相違を生じて来ることになる。

人間は仕事に身を入れる人であれば、どこへ行っても使い手は大勢あるが、仕事に不熱心な人間では、どこへ行って、いく度口を求めて見ても、己れの満足するような地位は得られるものでない。おなじく人を使うにしても、仕事をしながらわき目をふったり、欠伸をしたりいねむりをしたり、机の上に頬杖をついて、片手の小指の爪で鼻糞をほじりながら、下らんことをぼんやりと考え込んでいるような人間は決して使わぬことである。

六十一　何でもできて取柄の無い人

人間は妙なもので、これという技能を具えておらんでも、正直であるとか、勤勉であるとか、何か一つその人にこれというとりえのある人間であれば、決して人には見棄てられぬものである。人が人に見棄てられぬ以上は、どこへ行こうと少なくもその日の衣食に困るような憂いはない。おなじく人を使うにしても、何かこれという取柄のある人間でなければ使って見ても役には立たぬ。されば世の中に出て独りで飯を食って行こうという人間は、何か一つの取柄すなわち長所をそなえて世に立つことが肝要である。何でもよろしい己れの身に、これという長所を具え得た時は、おのれ独りの力で飯の食える時である。

世の中に何か一つも取柄のない人間ほど哀れなものはない。取柄のない人間は、たとえば柄のない鎌を見たようなもので、誠に使い道に困るものである。たとい少々錆びていようと、または少々刃が欠けておろうとも、柄さえつけておろうならば、鎌の役目をせんでもないが、いかによく切れる鎌であろうとも、柄のないことには使いようがない。柄のない鎌を見たような人間が世の中にはいくらもある。こんな人間はどんな立派な技能を具えておろうと、使おうにも使い道がないので自然に人に棄てられる。だからこういう人間はいつもブラブラして飯を食う道に困っている。棄てて置くのはおしいものだといって、たまたま拾って使って見る人があっても、肝腎な摑まえどころがないので始末に困る。やはり棄てるよりほかには道がなくなって来る。人間はどうしても何か取柄のない事にはしかたがない。

取柄は人間の処世的最良の武器である。しかるに世には何でも出来て一つの取柄ももっておらぬ人がある。たとえば手も達者に書く、算盤を持たせてもうまい。学問も相当にある。このほか何にかけても一通りできる人間でありながら、さてこれという長所のない人間が世にはある。「万能に通じて取柄のない男」というのはこの種の人間で、誠に気の毒なものではあるが、柄のない鎌で何とも使い道がない。だからこういう人間はどんないいはたらきをもっていても一定の職業の人になり得ずにいつも窮し切っている。どこへ行っても使い手がいないからである。

これに反して、たとい無能な人間であっても、単に正直という一事がその男の取柄になっておれば、早い話が人の金庫の番人にでも雇われる。またあの男はほかには何にも能はないが、使い走りや掃除をさすれば、誰よりもよく間に合うということになれば、差し当たり小使いという役目にありつくことができる。しかしながらすべてのことに達していても、何をさせてもあの男は一向間に合わぬという事になっては、どこへ行っても職を授けてくれる人はない。

とかく学問ばやりの今日の世の中には、どこへ行ってもこういう人が多い。極言すれば社会の各方面には、何でもできぬことはないが、さてこれという取柄といっては一つもない人間が大勢いる。そうして皆勝手な熱を吹いて、食うにも着るにも住むにも困りながら怠けている。無能ならば人間はむしろ無能の方がいいが、なまじっか一通り事に通じて、何一つ取柄のない人間ほど始末に困るものはない。こういう人間はどうせ碌なことはしでかさぬものである。されば人間は万能に達せんとするよりも、何か一つこれという取柄のある人間になるように心がける事が肝要である。たといどんな物知りであろうと、取柄のない人間と見たならば、その男とは決して深く交わらぬことである。そんな誠意の乏しい人間と親しくすると結果は必ず面白くないものである。

六十二　おのれの職業を卑しむ人

世にはとかくおのれの職業を卑しんで、むやみに他人の職業を羨むような不心得な人間がある。こういう不真面目な人間は、決して立身出世を遂げるものでない。

昔の人がいっている。「何びとにもあれおのれの職業を卑しんで、アアこんな事をしていてはつまらぬという考えの起こった時は、その人間はすでに自分の力で飯の食えぬ時である」これは実にさもありそうなことである。

何でもかまわぬ、現在自分の従事している職業に対して、「今自分のやっている職業ほど結構なことはない」という考えをもって尽くしてこそ人は始めてその職業によって身を立てることもついにはできるものである。さもなくして自分の日々従事している職業に対して初めから不真面目な考えをいだいて、長くこんな事をしていてはつまらぬなどと思った日には、いうまでもなくその職業に身の入りそうな筈はない。どんな職業に従事しようとも、己れの一念力を籠めずして、よい結果の得られよう道理はない。

ところが世間大多数の人は、迂闊にもここに心をとめずして、いたずらに自分の職業を卑しんで、他人のしていることを羨むようなかたむきがある。そんな人間はすでにそれだけ己れの職業に不熱心不忠実であるので、現在己れの従事している職業によって身を立てることができんのである。現在己れの従事している職業に対して、こういう不真面目な了簡を抱いているような人間は、いくたび転業して見ても、「これはいかにも結構な職業だ」と満足して忠実に働くことはできぬ。すぐにまた第二の職業を卑しんで、他の職業を羨むようになるにきまっている。

総じて職業という観念の乏しい者は、常にこうして己れの職業を卑しんで、他人の職業を羨んでいるが、それは大した心得違いで、いかなる職業に従事しようとも、汗をかかずに大成することは世の中に一つもない。しかるに人間が己れの職業のために一汗かこうという気にさえなれば、どんなひくい職業に従事しようと、熱心に己れの職業に尽くせば尽くすほど、励めば励むだけ効果の挙がらぬという道理はない。いかに職業ばかりを選んで見たところで、己れの至誠と努力を尽くして当たらぬことには、断じて大成するものではない。

各人の職業は何れも皆神聖なものである。職業に貴賤の別は断じてない。ただおのれの職業とよく一致して働く人が、人間としての大成功者である。何びとも一様に期せねばならぬところは、常によく己れの職業と一致して働くことで、その職業の種類いかんはもとより深く問うべきところでない。論より証拠、職業に不熱心なお座敷商売のお医者さまより忠実に労働している土方のほうが遥かに見上げたものである。どんな結構なお座敷商売をしようとも、怠けていては何にもできぬが、たといそのくらしの草鞋家業をしようとも、おのれの職業に忠実な人間には、必ずそれだけの果報が見舞って来ずにはおらぬ。要するに事の成否はその職業のいかんによらずして一に己れの努力如何によるものである。早くここに気のつく人は、おのれが最初に得た職業を重んじて、それによって大成する。こういう職業的観念に厚い人は、断じて他人の職業をみだりにうらやむようなことはせぬ。どこまでも己れの得た職業によって身を立てる。こういう真面目な了簡の人ならば確かである。決して風来坊になるような憂いはない。しかしながらこれはいかん、それは面白くないといって、むやみやたらに職業選びに日を送り、それからこれへと次々に絶えず転業転職するような気の浮いた人間は、ついには何にもできぬ事になって、腰は屈み眼は霞んで来るものである。

六十三　物好きな人

世には随分物好きな人がある。変名君はある時小さな壜をいくつも持って友達の家を戸ごとに廻り、主人に会って、

「君誠に申しかねるが、この壜に君の小便を少々貰う訳には行くまいか」

主人がおらねば細君に会って、

「奥さん誠に御無心ですが、こちらの旦那さまの小便を少々この壜に頂いて置いて下さいませんか」

「あの人は人の小便を貰って歩いて何にするのだろう?」

どこでも皆疑っていたが、別に深い仔細はなかった。本を見て小便の分析法を覚えたので、知らぬ人の小便では興味が少ないというので、友達の小便を貰って歩いて、それをいちいち試験管に取って、御丁寧に試験をして見て、友達の小便の分析表を作って見るのだということがわかった。

ある時はまた瀬戸物屋を一軒ごとに尋ねて、

「お前さんとここに溲瓶がありますかい」

「ハイございます」

「ちょっと見せておくれ」

出して見せると、握り拳を口のところに持って行って、

「ハアこれは口が小さいな！　もっと口の大きいのはありませんかい？　拳が楽に出入りするくらいの」

店員は驚いてお客様の鼻に眼を止め、

「御案内の通り、溲瓶の口の大きさは大概きまったものでございまして……、これではお間に合いますまいか」

「どうも口が小さ過ぎる。この拳が自由に出たり入ったりしなければ使えない！　それじゃまあほかを探して見るとしよう」

「どうもそんな口の大きいのはお生憎さまで……」

後で店の者は皆笑い、

「よほど一物のでかい人だと見えるねえ！　拳の大きさほどあるとさ、ハハハハハ」

いく軒尋ねて見ても、そんな大きな口のついている溲瓶はついに見当たらなかった。ついに探しあぐねて瀬戸の窯元に十ばかり注文して作らせた。さてそんな大きな口のついた溲瓶を何に使うかというと、小便をするためではなくて、自分の座の傍に置いて煙草を入れて置くためであった。友達が怪しんで、

「何でそんな物に煙草を入れて置くんだ？」

問えば笑って、

「乾かず湿らず、煙草入れには学理上、これが一番理に適っている。我輩の新発見だ。君にも一つこの

口の大きいのを割譲しようか」

皆いやな顔をして、一人も貰って行く人がなかった。

ある時道を歩いていると、二、三年前家に使っていた女中にひょいと出くわした。

「オヤ旦那さまではいらっしゃいませんか？」

「オオ松じゃないか珍しいな！」

女はへその飛び出すほど腹が膨れていた。仔細を聞くと女は顔を紅くして、男に棄てられた由を語り、「誠にお恥ずかしいことでございますが、もう今夜にも知れぬお腹を抱えて、差し当たり行き場がないので困っております！」

どこまで物好きな男かも知れぬ。細君に内証でさっそく一家を借りて身ごもったおんなをそこに置き、一週間も傍についていて、自分が産婆の代理をして、身二つにしてやったはよいが、いつしかこのことが知れて細君に怪しまれ、大悶着を引き起こしたとのことである。

六十四　遊んでいて金を儲けようとする人

金儲けというのも結局は一生懸命に働いた上の話であって、毎日空しく遊んでヌクヌクと握り睾丸をしているような怠けものに金の儲かろう道理はない。

ところが毎日汗水垂らして働くよりは、手足を休めている方が楽なので、どうかすると考え違いをして、遊んでいて金を儲けようとするような横着者ができる。実に不心得千万な話であるが、いずれの時代においてもこんな無分別な人間を世間からおっぱらってしまうことはできなかったに違いない。

総じてこんな肌合いの人間は、いつも手足を休めていて、何かうまいことはないかと、麦飯を餌にして、鯛でも釣ろうというような虫のいいことを考えている。麦飯の餌で見事鯛が引っかかれば一しおのお慰みであるが、鯛はおろか鰯も引っかかるものでない。

その結果はどうなるかというと、これはよかろう。今度は当たりそうだなどと山気を出して張って見るたびに、それもはずれこれもまた見事にはずれたというような形になって、何とも方法がつかなくなる、ここで一番反省して、

「人間は山では行かぬ。どうしても地道に稼がなければ勝利は得られぬ」ということに気がつけば結構であるが、本来山気に富んだ人間の大多数は地が怠けものと来ているので、いく度手を焼いても目が覚めぬ。

大山が利かなくなると小山をやる。それもできなくなって来ると、空相場にでも手を出して見ぬことには生きていられぬような気持ちがする。そんな事をしたからとて、人間は決して頭の上がるものではない。自分もそこにまったく気のつかぬ訳でもないが、持って生まれた因果の糸に引かれ引かれて、その悪縁を断つことができぬ。もう何に向かって手を出すことができなくなっても、毎日空しく手足を休めて心はやはり一攫千金を夢みている。

こういう質の人間は、三日も飯を食わずにいても、地道に働いて飯を食おうというような人間臭い根性にはどうしてもなり得ない。腹は背中にひっつくほど減り寒さに胴ぶるいする境涯に身を置いても、「どうかしてここに一つあるこの五厘銅貨を二十円の金貨に化かす工夫はないか」というようなうわっ調子

な考えを起こしている。人生を真面目に解釈している人の目から見ると。馬鹿かきちがいのようにしか見えぬが、本人はそんな切ない境涯に迫ってもやはりどうにかして山で一当て当てようと考えている。実に浅はかな了簡ではないか。

人間がもはやここまで横道にそれ込んでしまっては、たとい神仏の手をもってしても救うべき道はあるまい。ましてや親兄弟や友達の意見ぐらいでは耳にこたえぬ。すでにすべての手段がつきてしまうというと、こういう質の人間は、道を歩くにも人が何か落としてはないかと、足下を見廻して行くようになるものである。こんな人間には死ぬまで僥倖心はその身体から離れない。

人間として人間のつとめを果たさずに遊んでいて、何かうまい金儲けをし、それで贅沢をして暮らそうなどという不真面目極まる考えを抱いているような人間は、生涯決して自主独立の人間にはなり得ない。なるほどこんな無意義な生活を希望する人間でも、一時はともかく当てることもないとは断言できないが、よしや当たったにしてもその華やかさは虹のようなもので、たちまち痕跡もなく消えてしまうにきまっている。断じて長く続くべきものではない。世間にその実例はいくらもあることである。

されば、こういう肌合いの人間と見たならば、決して深く交わってはならぬ、こんな無分別な人間には、こちらが使われても損をすれば、またこちらで使っても手を焼くにきまっている。永久的勝利を得んとする者は、山気を出さず正直に、根気よく地道に稼ぐことが肝要である。

六十五　煙草入れのような人

人間は常に己れという気をもって、自主独立で仕事のできる者でなくては、我れも一個の睾丸の所有者としてこの世に出て来た甲斐がない。

ところが我れもおとこに生まれて来ながら、独立しては仕事ができんので、煙草入れのように、始終人の腰の廻りに、ブラブラして生きている人間がある。こんないく地のない人間は、生涯人の握り屁のにおいばかりを嗅いで過ごさなければならぬ。決して自分の智慧と自分の力で飯の食える気遣いはない。こんな意気地のない人間は、たとい人に使われて見ても断じてたいした働きはできぬ。だからいつまで経って独立することができずに人の腰の廻りにぶらついて、月給が安いとか、使い方がひどいとか、口には散々愚痴を言いながら、やはり人にこき使われている。

しかし世にはこれ以下の人間もある。それはどんな人間かというと、世には火吹き竹のような連中がいる。言い換えて見ると、人の息の力を借りねばまったく人間の用をせぬ。こちらのほうは煙草入れのような人間よりも更にいっそう始末が悪い。こういう人間は、いちいちどうしろと人の指図を受けぬ事には、手も足もまったく動かぬ。

「オイ、ちょっと飛んで行って来い！」

「どこへ行きます？」

「どこへ行くといって、炭が切れたら切れたとなぜいわぬ。この寒さに火が無くていられるか」

「じゃアまき屋に行くんですか？」

「あたりまえよ」

こんな男は金を持ってまき屋に行きながら、炭を小僧に担がせて来る智慧も出ぬ。自分で担いで帰って来た。それはいいが、俵から粉炭がこぼれて襟首に入ったので気持ちが悪い。帰るが早いか、俵をドンと投げたので、すぐに主人に小言を言われた。

「馬鹿者め、そんなことをしちゃ炭がこわれてしまうじゃないか気をつけろ！」

いきなり怒鳴られたので呆れて立っている。

「早く炭を出さんか」

渋々炭取りに少しばかり出して、またぼんやりと立っている。

「出したら早く火鉢につがんか」

「旦那、火種がありませんがどうしましょう？」

「どうしましょうって、そんな奴があるか、少しは智慧も出して見ろ！」

「どうしたらいいでしょう？」

「瓦斯にちょっと火を点けて、その上に炭を三つ四つ載せて置けば訳はないじゃないか」

「旦那、炭に火がつきました」

「じゃア早く瓦斯を消して、その火を火鉢に取るさ」

「旦那、これでよろしゅうございますか？」

「それだけで何になる？　早く炭をつがねばせっかく起こした火が消えるじゃないか」

「旦那、炭はこれくらいでよろしゅうございましょうか？」

「そんなに炭をついじゃや、今に火鉢の縁が焦げるじゃないか」

「これじゃどうでしょう？」

「それっぱかし炭をついでどうするんだ！」

「これくらいならいいでしょうか」

「早く火を起こして茶を沸かせ。もうかれこれ一時じゃないか」

「旦那、昼飯はありませんでした」

「朝炊いたじゃないか」

「私が食べてしまいました」

「それを今まで黙っている奴があるか」

「じゃアどうしましょう?」

いちいち指図を受けぬことには何にもできぬ。こんな人間を使っては、それこそどんなに世話が焼けるかも知れぬ。

六十六　働いて貧乏する人

怠けていて貧乏するのはあたりまえであるが、世にはどうかすると、日を通じ年を通じて、一生懸命に働いている癖に、いつも物に不自由しているような人がある。

己れの職業を大切にして、精一杯稼ぐという事は、人間にとって最も大切な事ではあるが、ただ稼ぐばかり稼いだからといって、その割合に効果の挙がるものではない。おなじ仕事に向かって、おなじく力を用いるにしても、工合よく働かなければ、その労力は得てして無駄骨折りに終わり易いものである。

切々と働いている癖に、いつも貧乏しているような人間は、その不断において必ず無駄骨を折っているに違いない。さもない事にはその効果の挙がらぬ道理はないが、その欠陥を発見せずにむやみと力を用いるので、結果はいつまで経っても挙がらず、たとえば底のない桶に向って切々と水を汲み込むような事になる。こういうように無駄骨ばかり折っている人は、いかに力を用いても、生涯決して黄金の色は見られるものでない。

たとえば箱を作るにしても、むやみに釘を打ち込んでばかりでは、決してしっかりした箱のできる気遣いはない。確かな箱を作ろうというには、その要所要所に向かって、一本一本利く釘を打ち込む事が大切である。常に工夫の功を積んで、なるべく効果の挙がるように働く人は、余計な骨折りを省いて要所に向かってウンと力を用いるので、ズンズン働き栄えがするが、これに反して工夫もなければ手順もきめず、言わば無茶苦茶に働く人は、いつも無駄骨ばかり折っているので、労多くして効少なく、日を通じ年を通じて、絶えず忙しい思いをしている癖に、その得るところは甚だ少なく、不断怠けている人と何らの異なるところもない。

こういう愚かな人の働くところを見たならば、どこかに恐らく間の抜けたところを発見するに違いない。おなじく力を用いるにしても、雨の降る日に山に出かけてたきぎを伐り、天気のよい日に家にいて、切々と縄をなっているような事をしているに違いない。おなじく働くは働くにしても、すべてにこういうような働き方をする人は、生涯断じて労働の光輝ある効果を発見する事はできぬ。

いかに力を用いてみたところで、急所に向かって利き釘を打ち込む事を知らぬ者は、朝から夜まで働き通しに働いていても、いつも相変わらず貧乏ぐらしをしていなければならぬ。世の無惨なる貧乏人には、得てしてこんな働き方をしている人間が多い。その愚は実に哀れむべき次第である。

されば人間は働くにしても、大いに工夫の功を積んで、ちゃんと予めその日の仕事の段取りや筋道を立てた上で、なるべく我がほねおりの結果を有効ならしめるように実行しなければならぬ。そうでないといわゆる「馬鹿の粉骨」に終わって、底のない桶に向って切々と水を汲み込むような結果になる。

この点から推して考えてみれば、「あの人間はよく働くから」といって、決して信頼せられるものでない。「彼は真によく働く人間であるかどうか」を確かめるにはまずその働きぶりのいかんを見ることが大切である。人間には日をもって計る時はあまりあるが如く見えて、年をもって計る時は何物をも有せぬ人もあれば、また日をもって計る時は何物をも有せぬごとく見えて、年をもって計る時は実に驚くほど多く貯えているような人もある。人を使うにしても、よくその人を見わける能のない人は、決して人を活用することはできるものでない。

六十七　遠慮深い人

人の家に黙って上がり込んで、催促をして飲んだり食ったりして行くような横着な人間があるかと思うと、世にはまたどこまでも内気な、どこまでも遠慮深い人がある。

なにがしは有名な正直者で、同時にまた有名な遠慮家であった。ある時用事があってよそに行き、丁度昼飯時に主人と話をしていたので、細君が御飯拵えをして二人の前に御膳を出し、「ほんのあり合わせでございますが」というと、客は御膳を見て飛びあがるほどびっくりし、話を止めていとまごいもそこそこに飛んで帰ってしまった。

そののち細君は懲りてしまって、この人が来ても一切物を出さぬことにした。菓子を一つ出しても後に寄り、非常に気の毒がるのが、こちらはまたその人に対して気の毒で堪らなかったからである。一、二年も経ってのち、向こうにまた何か急用ができて、ちょうど昼飯時分に来合わせたので、細君はどうしようかと思った。また突然出して逃げ出されると、向こうも迷惑こちらも気の毒、後でとりかえしのつかぬことになる。今日は一つ予め向こうさまの思し召しを伺って見た上にしようというので、

「何にもございませんが、ちょうど御時分時でございますからお昼食を差し上げたいと思いますが、いかがでしょう、召しあがって頂かれますでしょうか」

主人は叱った。

「そんな余計な口上を述べる暇があるなら早く持って来い。それじゃ君一緒に飯を食ってさっそく出かけることにしよう」

「ありがとうございますが、私はもう食べて参りました」

主人は笑って、

「馬鹿言い給え、君の話の様子じゃ、昼飯を食っている暇などはなかったらしいではないか。御馳走はないが毒は入っておらんよ。マア一杯一緒に食って出かけようじゃないか」

さすが遠慮家の隊長も今日は逃げ出す訳に行かなかった。モジモジしていると、細君が御膳を持って来た。客はいかにも恐縮のていで箸を取ったが、わずかに一杯食べただけで、「もう十分です、もう沢山です」と茶碗を抱えて後ろに引き、訴えるように御容赦を歎願した。それっきりもうこの家では、この

人が来ても断然ものは出さぬということにきめた。

この遠慮家先生がある年の夏の夕方に、また用事があってある人の家に訪ねて行った。主人が面会して、

「サア君、どうかズッとお先に」と言えば、こちらは「ハイ」と言って後ろに引く。また「そこじゃお話ができません」どうかズットこちらへお進み下さい」と言えば「ハイ」と言ってまたズット後ろに引く。肝腎な用談に先立って、主人と客とで、まず席の問答をしているうちに、客はだんだん後ろに引いて、ついに縁先まで後ずさりしたはいいが、最後に「ハイ」と言ってまた後ずさったはずみに、主人が何より大切にしていた青磁の水盤をせり落として、見事二つに割ってしまったそうである。

この人が人に電話をかける時は面白い。まず電話口でしきりと丁寧におじぎをする。そうして向こうの一件一件に対し「ハイハイ」とすこぶる慇懃に頭を下げる。その様子を見ていると馬鹿げてもおれば気の毒でもあり、またふきだしたくなるほど滑稽にも見えるそうである。

あまり不遠慮極まる人間は、得てして人から嫌われるものであるが、遠慮するにも場合と程度のあるもので、こういう極端な遠慮家は、初めから不遠慮な人間と同様に、人に不快な感じを与えて、遠慮したがために、却って愛想を尽かされるようなことになる。総じて人間は何事にも素直なのが、一番人から可愛がられるものである。

六十八　妙な癖のある人

人間に何の癖も無いものは無い。一面から言えば、癖に手足のついたのが人間だと言っていいくらいなものだ。

人と話をしながら鼻糞をほじくるような不体裁なことをする人もあれば、それが一歩進んではほじくった鼻糞を指さきで丸めて、客の顔に弾きかけるというような人もある。

またお客さまと応対しながら、小楊枝で歯くそをほじり、この歯くそを楊枝の先に指して、歯くその臭気をいちいち嗅いで見なければ承知せぬような癖のある人もある。

それかと思うと客の前で握り睾丸をして、あぶらの出ている奴を摑んだ手で、お客さまの茶碗を取って、不遠慮に縁に手をかけ、お茶をついで下さるような親切な人もある。

その一方にはどこまでも潔癖で、何かいじるとすぐに一度一度手を洗い、ちょっと畳に手を突くにもじかには突き得ず、わざわざ手を袖に入れて、袖越しに畳に手を突くような人もある。こういう潔癖な人になると、決して人の一度使ったような物は使わぬ。ひとの家に行っては、物を食ったり飲んだりせぬ。けちんぼのお客さまには持って来いである。小便をする時にも自分の伜を汚がって、片足上げて前をまくりちょうど犬が小便するような塩梅式に、片足上げて用を足す。ちょっと面白い癖である。

また自分が客と話をしている傍らに細君がいると、何か一言客に言っては、その一言一言のあいの手に、ちょいちょいと必ず細君の顔を見るような癖のある人もある。

また細君が何を言っても「ウンウンウンウン」と熱心にうなずくような熱心家もある、また細君に御同伴を仰せつかって、ことのほか恐悦に存じ奉り、後ろからお伴をして行きながら、前に行って振り返り、あるいは横に廻って横顔を眺め、または遥かにおくれてその後ろ姿を眺めるような旦那さまもある。

そんなことはまず御随意であるが、世には実に奇癖をもった人がある。ある一人の若い司法官で、毎晩夜食の済んだ後で、必ず一度ずつ細君の鼻を弾いて見ぬことには承知せぬという人がある。親指と中指とに力を入れて、細君の鼻の先を思いざま強く弾く。すると一方は涙の出るほど痛いので、声を上げて、「アイタ」と言う。その声と、ピンと弾く時の心持ちが、夫にとっては実に愉快でたまらぬのだそうである。実に残忍な癖である。

それで夫婦仲はどうだというと馬鹿にいい。実に水も漏らさぬほどである。けれども夫の奇癖はやまぬ。毎日夕飯が済むと、夫はこれを日課として、否、その日一日の唯一の楽しみとして、

「オイちょっとここに来い！」

この一言を聞いた時は、細君は実にふるえ上がるそうだ。行かねば御機嫌が悪い。イヤ到底のがれられぬので、羊の歩みでたどたどと行って夫の前に坐ると、一方はにっこりして顔の相好を崩し、

「いいか、鼻を出せ！」

「あいたア！」

「も一つ！」

「オオ痛い！」

細君は鼻を抱えて涙をこぼす。もし細君が病気でもしている場合には、夫はひどく力を落とし、細君

の枕もとに行って、

「オイたった一つでいいからどうだね?」

「あなた今日は御免です!」

こういう時が、夫は何より辛いそうである。細君はまだ二十七、八ぐらいの美人であるが、毎日鼻を弾かれるので、可哀そうに鼻の先が赤く色づいて、石のように堅くなっているそうである。

六十九　物忘れをする人

世には馬鹿に記憶のいい人があるかと思うと、一方にはまた馬鹿に物忘れをする人がある。物の記憶のいい人は得をする場合が多いが、その反対に忘れっぽい人になると、損をする場合が少なくない。根は薄情な人でなくても、物忘れをする人になると、心にもなくついそのままにして人から頼まれた大切な事などを忘れていて、そのため人から悪く思われるようなことがしばしば生じて来る。去る人のごときは、実に自分でも時々呆れかえるほど物忘れをする。自分でも困れば家族も困る。親しく交際している人も、ほとんど持てあますような事がある。けれども御当人は案外平気で、どこ吹く風という顔をしているので誠に困る。だからこの人に物を頼む時は、誰も彼も念には念を入れて頼む。

「君いいかね、あさってだよ」

「アアわかった」

「君いいかね、あさってはあすの翌日だよ」

「ウンわかってるよ」

「君大丈夫かね、いよいよ明後日の晩とあいなったよ」

「ウン知ってる大丈夫だよ」

「ところが君は何でもはなはだ大丈夫でないので困るよ！　この前もあれだけ固く約束をして置いて忘れたじゃないか。そのため家にゃ執達吏がやって来る、実におれは面目を欠いてしまったよ」

「ウンあの時は実際忘れて申し訳なかったよ」

「済んだことはしかたがないが、あさっては言わば人間一生の大礼、人の一番縁起を祝う婚礼だ。それも普通の婚礼とは違って、前々からの関係上是非君でなければ都合が悪いんで、君に仲人をお頼みしたんだよ」

「今さらそんな事をくどくど言わんでもわかり切ってるじゃないか」

「ところが相手が君のことだから、よく身に沁み渡るように言って置かねば安心ができんよ！　よろしいかね聞きなさい、よく聞いて置きなさいよ。そういう行きがかりで君に仲人を頼んだんだから……」

「ウンよくわかったよウ！」

「よろしいかね？　だからあさっての晩、君達夫婦が婚礼の席に顔を揃えて出してくれんと事件だよ。もしまた忘れられでもすると、それこそほんとにおさまりがつかんよ」

「行くよきっと行く！　内のかかあにも君からよくそう言っといてくれ給え！」

「ところが君の細君曰く、私はどんなことがあっても忘れませんが、内の人はどうも当てになりませんよ。私はお受け合いすることはできませんから、前もってそのお積もりでいらして下さいと、君の細君に言われて見ると、こちらも安心してる訳にゃ行かないじゃないか。ほんとに君大丈夫かね？」

「大丈夫だよォ！」

「承知しましたかね？」

「受け合ったよ」

「万に一つも忘れるような事はあるまいね九助さん！」

「忘れようと言っても、君のようにそんなに耳の端でうるさく言われては、いかに忘れっぽいおれでも忘れようがないじゃないか、も少しお手軽に頼んで置いて貰いたいね！」

「サ、そう言ったような了簡だによって、君は人から頼まれた事はつい忘れてしまって、この前の執吏一件のような手違いを人に及ぼすことになるんだよ。それはそれとして九助さん、あさっての晩は大丈夫だね、いよいよもって確かだね？」

「アア大丈夫、大丈夫、岩崎男爵の裏書きよりも確かだよ、安心しておいでなさいよ」

たちまち大礼の当日とあいなった。細君は朝起きるとすぐに注意した。

「サアあなた、今日お忘れになると大変でございますよ」

「イヤ忘れぬ。今日はどんな事があっても忘れぬ。今日忘れちゃ大変だ。どんなに不足を言われるかも知れぬ」

「おはようございます！」

「アレもう見えましたよ」

細君は細帯姿で飛んで出て、

「おはようございます。こんにちはまあおめでとうございます！」

「ありがとう、今夜はなにぶんよろしくお願い申します！　まだお休みでいらっしゃいますかな？」

「イエもう眼を覚ましております。ただ今お眼にかかりますでございましょう」

寝てるところに来られでもしては厄介だ。ヤレ堪らずに跳ね起きた。急いで出て来て、

「ヤアおはよう、もう御催促ですかな、大丈夫、今日は決して忘れませんよ」

「おとといあれほどお願い申しては置きましたが、実は甚だ不安心なので、今朝《こんちょう》早々念のためにまたお願いに改めて出て来ました」

「大丈夫、飯を食って床屋に行って、もうちゃんと羽織袴で待っております！」

それではと、先方は始めて安心して帰って行った。細君はますます気が揉めた。

「あなた今日はいのちがけでございますよ。御飯をあがったら、すぐ床屋に行っていらっしゃいよ」

「大丈夫だ、心配するな！」

なるほど、朝飯が済むと、すぐに床屋に出かけて行った。ほどなく頭をテカテカ光らせて帰って来た。

「あなた、すぐにお湯に入っていらしちゃいかがです？」

「イヤ今日は寒いから、もう湯には入るまい」

「そうですか、じゃアもう着物を着かえていらっしゃい」

「あんまり早いがそうして置けばもう安心だな」

すぐに礼服着用に及んで、今度はこちらから逆襲に出かけて行った。

「こんにちは。いかがですな、こちらは今でもお供をいたしますよ。この通りこの通り」

「ヤアもうすっかりお身仕度ができましたな！　こんにちはどうも御苦労様でございます。しかしまだ今夜のことでありますから、どうかお宅さまで御ごゆっくり……」

「じゃア一応引き取っております。御用の節はいつなりとも！」

帰って来たが身の置き場に困る。夕方までこうしていては退屈してしかたがない。と思ってブラブラ外に出かけた。

「ヨシ今国技館に大相撲が始まっている。今日の取組は見ずにゃいられぬ」と一人の客がいっていた。

「出かけよう、中入り前まで見て来よう！」

ひょいと電車に乗ってズッと行ってしまった。

寒い日であったが、上野浅草はかなり賑やかであった。正月十五日は早日の暮れになった。細君は亭主の行方が朝から知れなくなったので、嫁の家には内証であちこち探したが、いよいよ行方が知れぬというので青くなっていると、向こうから使いが来た。

「どうかすぐにお来し下さいますように！」

儀式の場合だから切り口上だ。細君は申し訳がないので、裏の井戸の中にでも飛び込みたくなった。こちらは亭主、国技館に来て相撲を見ると仲人も糞もあったものでない。すぐに持病を出してまったく相撲に見入ってしまった。中入りどころか最後の勝負まで見てしまった。そのまま飛んで帰って来れば無事であったが、自分一人は天下泰平国土安全、今夜の事も明日の事も忘れてしまい、帰りに両国辺りで一杯飲んだ。飲むとこの男は家に帰らぬ癖がある。今夜もこれからどこへ行って何をするかも知れぬ。全く家に帰る気遣いはない。細君は今頃はどうしているだろう。細君はかまわぬとして、娘を今夜嫁にやる家ではどうするであろう。祝言に仲人が無くては妙なものだ。もし一晩延ばすとしたら貰う方ではどうであろう。不断はとにかくこんな場合にこんなことが生じて来ると、一人のために諸方で迷惑をしなければならぬようなことが出来する。世にはどうかすると、こういったような厄介千万な人間も実際ある。

七十　貯蓄を心がける人

貯蓄しない者は野蛮人だというが、文明国にも野蛮人は沢山いる。言い換えれば、貯蓄しない者は世の中にいくらもある。貯蓄しない者は、たとい貯蓄ができても貯蓄をせぬ。食い物に困らぬ間は怠けていて居食いをする。食い物のある間は結構だが、それがつきたとなったら大変だ。身体も丈夫であり家族の身の上にも幸い事変がなければ困っていてもまだまだ楽だが、食い物が竭《つ》きて身体をわるくした。おまけに家族の上にも何か事が起きたと来ては進退たちまちきわまってどうすることもできなくなる。急に貯蓄の必要を感じても、もうこうなっては野辺送りの医者詮議で、どんなに心を砕いてみても追っつかぬ。貯蓄しない者は得てしてここに落ち易いが、これはその筈で、貯蓄しない人間になると、朝飯に御馳走を食い尽くして、昼飯や夕飯のことは少しも考えぬ。万事が今日主義で明日のことなどは考えておらぬ。今日食ってしまえば明日困るというようなことは思わぬので、貯蓄などということには気がつかぬ。あればあるだけ浪費してしまう。今日ここに金が一円あるから、この内の五十銭は今日の生計費に充てて、残る五十銭だけは明日に備えて置こう。そうして今日は一生懸命に稼いで、今日一日に得たところの金は、そのまま貯蓄して置こうというような手堅い考えは起こって来ぬ。たとい起こるは起こって来ても、その考え通りに実行する勇気もなければ忍耐もない。こういう人間はどうしても、一から十まで困らねばならぬようにできている。イヤ自分から困るように困るようにとその平生をやっている。だから生涯頭の上がる時はない。人が頭を上げさせないのではなくて、自分で頭を上げぬのである。こういう人間は始終その生計に困っているので、雇って使ってみても一向仕事に身が入らぬ。生活の苦しみに気が散るので、どうしても一生懸命になって働くことができぬ。その上不正直な人間になると内証でちょいちょいよろしくない事をするものである。だから人にも自然と信用が薄くなって来る。総じて貯蓄しないような人間は、万事にどうも手都合がよくないようになって来る。こんな気の浮いた人間と親しくしていると、なにがしかその人間のためにきっとやられるものである。

これに反して、貯蓄を心がける人は、その引き締まった心に伴って日常万事が秩序的で、進取の気にも富んでいる。少しでも多く後日の準備をしようと思うので、人よりも多く働く。そうして人よりも少なく使うので、日ごとに月ごとに年ごとに段々と豊かに貯蓄ができずにはおらぬ理屈に自然となって来る。人間は貯蓄ができると自重するようになって来る。言い換えれば、常に真面目に稼ぐようになって、世の浮浪の輩とは違い、一円の元手で百円も儲けようというような気の浮いた事はせぬようになる。「あの男は手堅い」と自然世間の信用もできて来るので、こちらはますます仕事がしよいようになって来る。

人間は貯蓄ができて来ると、毎日安心して働けるようになる。人間が安心して働けるということは非常に結構なことで、ここまで来ればもう占めたものだ。独立独歩で誰の御厄介にもならずに世の中に立てる時である。「自分はこんなに貧乏では、老後は全体どうなるだろう！」また「今自分が重い病気にでもかかったら、家族はどうして暮らすだろう！」おのれの心に毎日こうした憂いがあれば、人間は決して渾身仕事の人になって脇目も振らず働けるものではない。貯蓄があるということは、人間に非常な強味を与えるものである。おのれが不断の心がけで、多少ともに貯蓄をもっているような用心深い人であれば、まず安心して交際してよいものだとしなければならぬ。

七十一　物の冥利を重んずる人

世にはあるに任せて、何でも物を粗末にする人がある。たとえば巻き煙草を半分喫って棄てる。まだ中に入っているマッチの箱を道にほうるくらいのことは誰でも平気でやりかねぬことであるが、まだまだ中には思い切ってもったいないことをする人がある。物の冥利を思わずに、総じて物を粗末にするような人間は、今に必ず物に不自由するようになって、己れが過去のおこないの甚だよろしくなかったことに思い当たるものである。たとい一本の巻き煙草といえども、ただちに人の口に喫われるまでになるには、その前にいく人の手を経なければならぬかも知れぬ。また一箱のマッチといえども、直ちに役に立つまでには、実に驚くべき手数のかかったものである。

総て皆こういうように、物のなり来たったところをたずねて見れば一筋の糸、一枚の紙といえども決して粗末にできたものではない。たとえば一粒の飯粒に重きを置く人は少ないが、その出所をたずねて見ると、籾を苗代に蒔いて苗を育て、それを田に植えつけて夏の暑いころにいくたびか草を取り、秋になって刈り取ってしごいて乾して挽いて始めて玄米にし、それを精米して研いで炊いて人の食膳にのぼせるまでには、いくたび人の手をわずらわしているかも知れぬ。その労苦を思ったならば、たとい一粒の飯粒といえども決して粗末にできたものではない。いやしくも物の冥利を思う人であれば、たとい一粒の飯粒といえども、おそらく無駄に打ち棄てるようなことはできぬであろう。

しかるに世には物の冥利を思わずに、御飯の中に稗が一粒混じっていたからといって、その稗を棄てるがために、稗と一緒に御飯粒を一箸ほども棄ててしまうような人がある。こういう人間は物の冥利という事を思わぬので、すべて何でも皆物を粗末にする。例えば汽車に乗って弁当を買って見ても、これは不味い飯だと思えば、二口三口食べただけで、汽車の窓からほうってしまう。こんな不心得なことをするような人間は、現在においては物に不自由な思いをせずにいても、遠からずして必ず窮迫し、日に三度の飯もろくに食えぬように自然となって来るものである。

これに反して、常に物の冥利を思い、すべての物を大切にして、たとい一本の古手拭い、または古下駄古足袋の類に至るまで、何かその使い方を考え出してこれを利用し、決して物を無益に棄てぬような心がけの人であれば、その人はたとい現在においては物に不自由していても、今に必ず遠からずして、自然と裕福な身分になり得るに違いない。

ある一人の金持ちの隠居さんが、秋の暖かい日に隠宅の庭に出て、その辺に落ちている柿の葉を一枚ずつ拾っては、根気よく串に刺していた。ちょうどそこに一人の男が尋ねて来て、これを見たが不思議で堪らぬ。ついに思い切って尋ねて見た。

「御隠居さん、その柿の葉は全体何になさるんです?」

隠居は笑って、

「このまま棄てて置けば腐ってしまうが、こうして乾して置けば焚きつけにでもなろうじゃないか」

客は聞いて驚いた。

「ヘエ、細かいところにお気がおつきになりますな！」

「物の冥利ということを思えば、たとい一枚の木の葉でも、私にはどうにも無駄にする事ができぬ！」

この心がけがあったればこそ、隠居は空手で田舎から東京に出て来て、ついに今日の巨万の富を積み得たのであった。物の冥利を思わずに、あるに任せて物を粗末にする人間と見たならば、その人は長く栄えておらぬ人と見て、まずもって間違いはないものである。

七十二　金持ちの真似をしたがる人

地道に稼いで稼ぎ出したような金持ちは、決して金持ちのような風は人に見せぬものである。「良賈《りょうこ》は深く蔵して虚しきが如し」で、こういう人は何事にも貧乏人のようなふりをするものである。家も贅沢な家には住まぬ、着物も贅沢な物は着ぬ。食物にしても決して奢るようなことはせぬ。何事も皆物の冥利を重んじて、極めて質素倹約に暮らすので、ちょっと見たところでは貧乏人と変わらない。

ところがこの間に大変な相違がある。一方は余儀なく倹約するのであって、別にこれといって目に見えることはないが、一方は真に倹約するので、懐具合がますます豊かになって来る。

されば金持ちは貧乏人の真似をすればするほど金持ちになれるが、これとは反対に貧乏人の癖に世間を偽り身を偽り、うっかり金持ちの真似をするというと、ほどなく自滅しなければならぬようなことになって来る。

金持ちの真似をしたがる貧乏人は、身のほども知らずに、実に危険千万なことをやっている。金もない癖に遊んでいて、うまい物を食い、綺麗な着物を着、立派な家に住みたがる。酒もいいのを飲めば煙草も金持ちの喫うような物を選んで喫う。

元来、茶屋遊びなどということは、金持ちでなければできる筈のものではないが金も無い癖にそんなところに出入りして、飲んだり跳ねたり唄ったり、またはとんでもないふざけた真似をやっている。たとい金があろうとも、そんな馬鹿げた真似をしていれば、ついには首でもくくらぬことには追っつかなくなって来る。ましてや金もない癖にこういう身分不相応な贅沢をきめ込んでいると、詐欺か泥棒でもせぬことにはおさまりの着きそうな筈はない。

金があっても贅沢をせず、万事控え目にして貧乏人の真似をして暮らす人は、どこまでも間違いはないが、貧乏人の癖にとかく金持ちの真似をしたがって、たとえば自動車に乗って金を借りに行くような気恥ずかしいことをする人間は、ほどなく首でもくくらぬことには生きていたくても生きていられぬような始末になる。これは誰に訊いて見るまでもなくわかりきっている道行きであるが、どうした訳かこの節はどこへ行っても金持ちの真似をしたがる貧乏人が誠に多い。そのため一つは監獄も繁昌する、世間も至って物騒である。

おなじく人を使うにしても、金持ちの真似をしたがる貧乏人と見たならば、決して安心して使わぬことである。こういう気の浮いた人間は、決して仕事に身を入れて働くものではない。仕事に身を入れぬばかりでなく、帳尻などを胡魔化すのは、得てしてこんな人間に多いものである。ただ友達として交わっても、こんな人間に引っかかるときっと碌なことはない。

昔から決して衰えたことはないという家の家憲を見せて貰ったら、「我が家の子孫は決して金持ちの真似をすまじき事」というのが、その第一箇条にあったとのことである。人間は貧乏ならば貧乏人らしくして、多く働いて少なく使って暮らしていれば、決して長く貧乏はしておらぬ。そのうちには必ず豊かな身分になれるが、身分不似合いな了簡を起こして、返す当てもない金を借り、きものを無駄に光らせてみたり、あるいは手足を休めてみたり、または飲んだりうまい物を食ったりして、金持ちの暮らしの真似をしていると、報いはてきめんで、誰でも七顛八倒して、この世にいながらこの世の光の見られぬようなことになる。

七十三　着物ばかり飾りたがる人

何はおいても飲みたがる人、何はおいても食いたがる人、何はおいても見たがる人、世は十人十色であるが、中にはどうかすると、何は差し置いてもまず着たがる人がある。

婦人は皆たいていそうであるが、男にもどうかすると、世にはこうした人間がある。こういう人は婦人と同様うわべをもって生命として生きている人で、たといどんな苦しいやりくり算段をしてまでも、何か一枚肌触りのいい物を着て見ぬことには生き甲斐のないように思っている。だからこういう人間は金を得れば、まず何は差し置いてもすぐに着る。ちょうど酒飲みが金を得ればまず何は差し置いてもすぐに飲むのと同じことである。

こういうように衣服をもって生命としている者は、金を得れば何は差し置いてもまず着る。金がなければ借りて着る。借りる方法がつかなければかたりやどろぼうをしても着る。かたりやどろぼうぐらいは何でもない、身を綺羅に着飾るためにはいかなる高価な犠牲を支払うことも躊躇せぬ。昔から着道楽というのは、まったくこの種の人間の異名で、明けても暮れてもどうかして着よう着ようとただ着飾ることばかり考えている。

なぜかというとこういう人は、食うよりも飲むよりも着るのが一番愉快である。だから着るためにはどんな辛い思いをすることも厭わない。どうしても思う物が着られぬということになると、己れの名誉や信用や場合によってはいのちを差し出してまでも着ようとする。口が二つに裂けて血が出ても、執念深い蛇が物を呑もうとするのと同じことである。

呉服屋の万引きは婦人に多い。婦人は勝れて己れのうわべを大切にし、みえを飾りたがるので、自然とこんな浅ましいこともやるようになるのである。男子にもこれがある。そんな人間を見るというと、男性よりも女性の方に偏していて、身に着物でも着飾りたがるような男であれば、その人間は概して柔弱に出来ているものである。女子のように長い着物を着てゾロゾロしている者であれば、決して奮闘的人物ではない。

綺麗な着物でも着ていれば、見たところは体裁はいいが、これもやはり金持ちでないことにはできそうもないことで、碌な稼ぎもできぬ人間で、いつ見ても領土のない王さまのように、着物ばかり光らせている人間であれば、内証で何かくらいことをしているに違いない。少なくも呉服屋を泣かせるか、友達を借り倒すか、もしくはそれ以上のことも必ずやっているものである。

こういう質の人間は、男であっても女のように、道を歩いていても、じろじろと、常に人の着物の柄などをきっと見ているものである。そうして何か己れの気にいった物を発見すれば、何とか無理工面をして着て見ぬ事には夜が寝られぬ。実に因果な話であるが、これももって生まれた業で、自分で自分の欲望を制し切れぬ。その日の飯も食いかねている分際で、いかに着物ばかり光らせて見たところで、誰もほめてはくれないのであるが、自分一人はこれが愉快でたまらない。立っていても坐っていても自分のうわべが喜ぶようで、その愉快さと来ては何ともいえぬ。だからこの欲望を満たすためには、つい万引きもしかねぬようになるのである。こういう人間は一種の精神病者である。決して普通の人間をもって律する訳には行かぬ。だからこういう人間に接するには、こちらもあらかじめその積もりでかからぬと、とんだ馬鹿を見ることがある。

七十四　尻の落ち着かぬ人

世の中には、何をさせても相当に間に合う人間でありながら、一向尻の落ち着かぬ人がある。気が多いといっていいか、物に飽きっぽいといっていいか、こういう質の人間は、ものの一年と同じことはしておらぬ。始終転び廻っている石には苔の生えぬと同じように、こういう風に色々なことに手を出して、少しも尻の落ち着かぬ人間は、いつまで経っても身体に沽券はついて来ぬ。

人間は何か一定の仕事に向かって全精力を注いでかかれば、何をやっても飯の食えぬということはない。どんなに物のできる人間でも、あまりに商売替えをしては、いかに骨を折って見ても、結果は精力の濫用に止まって、いつまで経っても、「どうも困りましたなア!」と言っていなければならぬ。実にこれほど馬鹿げたことはないが、これは才気の乏しい人間はあまりやらぬことで、何をさせても結構一人前に間に合うというような、どちらかといえば才気の勝った人間に、こういう質の人が多いのは妙である。

一つところに尻の落ち着かぬような人間は、物はできても心に着実なところがない。だからいつも気が浮いている。何をやっても一生懸命にやる気になれぬ。そのため勢い仕事がぞんざいに陥るので、結果は才気のない人間にも劣るようなことになって来るのである。たとい小才は走るにしても、また仕事が器用であっても、生涯あぶれ通しにあぶれて暮らさなければならぬ。

けれども御当人は平気でこの放浪生活をやっている。しかも得意そうな顔をして髭でも生やして一向実行せぬ月賦払いの洋服でも澄ましている。そうして、相手があればすぐに飲む。呑気だかやけくそだか気が知れぬ。こういう人はちょっと合っても、実に調子のいいものである。途中で見かけても、こちらが知らん顔をしてはずそうとしても、向うは実に目が早い。

「ヤアそこに行くのは酔興君じゃないか」

目をつけられてはしかたがない。こちらもうまく調子を合わせる。

「オオ飯田君か、この節何をしてるね?」

「生命保険に入ってる。どうだ君千両もつけとこうじゃないか」

「御免だよ、そんな余計な銭はねえや!」

「ハハ人間は死んだ後のことも少しゃ思わにゃいかんよ」

「人にする意見を聞けば一人前かね、君がおれの分もつけとくさ！」

ひと月後にまた会った。

「ヤア大将……」

「オオ、やはり生命保険にいるのかね？」

「イヤもうあすこはよしたよ」

「何してる！」

「広告取りをやっている。どうだい、君の家の商品を少し広告しようじゃないか」

「不景気だからまあ見合わせとこう」

「そんなことで商売ができるかい！」

十日ばかり経つとまた会った。

「どうだい、こう不景気じゃあまり広告も取れまい」

「イヤもうよしたよ」

「じゃア何してる？」

「この節は弁護士のところにいる。君のところに何か事件はないかね？」
四、五日経つとまた会った。
「ヤアこの節はよく時々会うね！　法律事務所の会計はうまいことがあるだろう」

「イヤもうよしたよ！」

「じゃア何してる？」

「君今度こういう重宝な電球ができたぜ、さっそく店に使ってくれないか、君のところは特別に安くしとこう」

世にはこういう人がある。使えそうでも使って見れば、決して役に立つものではない。

七十五　傲慢不遜な人

世の中には己れの強きをたのんで、人を人とも思わず、傲慢不遜なる態度に出て、好んで人の感情を悪くするような極めて愚かな人間がある。線香で岩を叩くことはできぬので、心のうちでは憎みながらも、弱い者はしかたなく、うわべだけはその人間に服従している、イヤ服従するようなふりをしている。するとこちらはいい気になって増長し、牛の糞のようにどこまでも太く出る。そうしておれは徳望が高いなどとのろけている。その実、人に心服せられるでも何でもなく、世にいうこわもてに持てているのである。己れにたのむところのある間はそれでもいいが、どうかしたはずみにこれまでの足場を失ったが最後、こんな人間はすぐに袋叩きに会うからたまらない。游泳術を心得ぬ者がブクブク深みに沈み始めたように、到底助かる気遣いはない。それこそ実にみじめなものである。傲慢不遜な人は大抵こんな風になって自滅するものである。

世に傑出した人物でも、傲慢不遜な人間は衆人の忿怒に触れて、大抵その末路は袋叩きに会って滅んでいる。世界歴史に名を留めたほどの人物でさえもそうである。いわんや反骨の能も芸もない奴で、何かの機会で僥倖に出会し、ソレソレという間に消える虹よりも脆い地位を得たために、鬼の首でも取ったような気になり、おれはえらいぞなどと買い被って、弱い者いじめの暴横、人の人たる礼儀を無視し、春の日に浮かれた雲雀のように、高く高くのぼろうとすると、危ないとんだことになって、もう人中には二度と再び顔の出されないような始末になる。

傲慢不遜の人間と見たならば、これを利用してやるには、先生、大将、閣下、御前でおだて上げるのも一つの工夫である。こんな奴に限って、膝と膝とを突き合わせての相談では、一文半銭出さん奴でも、衆人会合の席上、望むらくはそいつの前に芸者などの集まっているような時を見て突進し、

「先生！」

「何だ？」

「またどうか少々ばかり願います！」

これまでに三文出したこともない癖に、

「うるさくねだる奴だなア！　いくら入る？」

「今夜はホンの少々ばかり……十円……」

悠然としていちもつを取り出し、

「情けない奴だなア！　たったそれっぱかしでいいのか」

「じゃア先生どうかもう一枚だけ……」

「ソレ！」

「どうも相済みません！」

どうかすると、これくらいなおだては利くこともある。しかし人格を重んずる人間にはこんな幇間的

行為はできぬ。この節は、いずれの社会でも職を得ることが容易でないので、人は自然活気に欠乏して来て、腹の中では食らいつきたいように思っても、妻子のために制せられて、怨みを呑んで胸をさすり、こんな人間の前にも泣く泣くおじぎをする者が多くなったが、中にはまだ気骨のある男がたまにはないでない。己れの強きをたのんで人に対し、あまりに傲慢不遜な態度に出ると、弱いと見くびっていた人間からどうだといのちにとどめを刺されるようなことがきっとある。例を挙げればある一人の傲慢不遜な男が、ある時己れのもとに落ち合った部下の者にこの日はどうした風の吹き廻しであったか、一杯出そうとしているところに、ある用務を帯びてまた部下の一人が来た。その男は用談が済むと共に帰ろうとすると、主人は傲然として、

「オイ待て、貴様にも今夜は飯を一杯食わせてやろう」

「ありがとうございます!」

と言うかと思いのほか、開き直って睨みつけ、

「イヤ飯が食いたければ自分でいつでも勝手に食う!」

憤然として起ち上がり、咄嗟の間に決心して、

「その好意に報いるは、今日は一番おれの方から御馳走をしてやろう!」

言いも終わらず足を揚げたと見る間に突然相手の向こう面をしたたか蹴って後方に蹴倒し顔に唾をひっかけて悠々と立ち去ったが、一同事の意外に驚き、誰一人手を出す者もなかったとの事である。己れの地位が高ければ高いほど謙譲の徳を守り、好んで自ら敵は作らぬ事である。

七十六　温乎として玉の如き人

一方において、擲《なぐ》るか蹴るかしてくれたいような傲慢不遜な人間があるかと思えば、一方にはまた温乎として実に玉のような人もある。

処世の上からいうと、剛をもって人を制しようとするよりは柔をもって世に立つ方が安全で、しかもこちらの方が人を心服せしめることができる。ただしここに注意すべきことは、心のうちにまことがなく、何らの血税もかからぬ猫撫で声でものを言い、それで人を心服させようとすると、これはまたとんだ心得違いである。それよりかむしろ男らしく、強ければ強いで押し通した方が却って人に重んぜられるものである。

人は剛よりも柔がいいからといっても、偽りではいかん。儀は虚である。空弾を放って物を撃てる気遣いはない。ある物を撃とうとするには、どうしても実弾でなければいかん。誠意のこもった柔でなければ、いわゆる猫撫で声になって、「あいつは実に陰険だ！」と人に腹の奥底をたちまち見抜かれて卑しまれる。

至誠のこもった柔にして、人は始めて温乎として玉のような人に見えるものである。

澤田氏は大勢の人を使用して、ある有益な事業をやっておられるが、かつて使用人の誰をもあらい声で叱ったことのない人である。もし使用人のうちに心得違いをしている者があれば、そっと自分の部屋に呼んで、その者のよくない廉を諄々と親切に言って聞かせる。そうしてその後ではこちらから手を下げるようにして、「どうかそうして下さい！　今後そういう風にして頂ければ、あなたもよければ私もお蔭で助かります」と言う。しかもそれは人を悪くおだてあげるのでもなければ、また世間によくある猫撫で声でもない。親が我が子に諭すと同様の温か味がこもっているので、数多の使用人中誰一人として、この人にそむく者はない。

澤田氏はたとい自分の使用人といえども、皆それぞれに人格を重んじて、小使いの末に至るまで決して人を呼び棄てなどにはせぬ。必ず「何さん」または「誰さん」と正しく呼ぶ。もし使用人から何か相談でも受けるようなことがあれば、手すきな時に、その人を別室に呼んで、十分に事情を尋ね、「それはこうしたがよかろうと私は思います。そんなことにしてはいかがでございますか、そういたそうではありませんか」

というように説いて聞かせて、できるだけその人のために便宜を計ってやる。ただ口先ばかりでなく、いちいち実行してやるので、皆ありがたがって、まるで親のように思っている。

事業から上がって来る利益も決して自分一人で独占はせぬ。使用者に必ず利益を配当して、それはいちいちこちらに預かっておいて貯蓄させ、その人の身に取って必要欠くべからざる場合と見れば、何時でも快く渡してやる。だから皆浅ましい奉公人根性を出さずに、氏の事業を皆めいめいの事業と心得て働いている。

両三年前のことに、澤田氏が大病にかかって入院し、どうも容体が思わしくないというと、二百名以上の従業員は末に至るまで、皆おもいおもいに心願をかけて、氏の病気本復を神に仏に祈ったとのことである。その後氏の病いは段々快方に向かって、二ヶ月の後に退院して見ると、氏が不在中の事業の成績は、不断の成績よりも五割方増加していたということである。大きな声をしてその従業員をほしいままに罵倒する世の事業家は、この温乎として玉のごとき澤田氏に、せめてはいくぶんなりとも学ぶようにしたならば、おのれの苦痛も必ずや減じていのちが延びるであろう。

七十七　目と気と手の一時に働く人

人間は目と気と手とが三拍子揃って一時に働く者でなければ駄目だ。このうちの一つを欠いても人におくれを取らねばならぬことになる。しかるに目と気と手との三拍子がうまく揃って面白いように働ける人は、世の中に誠に少ないもののようである。

目だけ利く人は、「ハアあそこにあんな仕事があるな」とすぐに発見する。しかし目は利いても気が利かぬことには、その仕事をどういう風にしてやればよいか一向わからぬ。そのためせっかくいい仕事を発見しても、ただ発見しただけで何にもならぬ。また目と気は十分利いて、仕事を発見すると同時に、それを実行する方法は案じ出すことはできても、その人間が無精者で、手を使って仕事をすることを好まぬような怠けものであった日には、目と気のはたらきだけでは何にもならぬ。やはり仕事が逃げてしまうといったような理屈になる。

されればどうしても世の中に立って遺憾なく働いて、いちいち仕事の実績を挙げて利を己れの手に納めようというには、目と気と手との三拍子がうまく調和して働かなければ結果は何事もうまく行くものでない。世には目ばかり利く人もある。気ばかり利く人もある。また手ばかり利く人もある。しかしこの三つが孤立して連絡が絶えていては、どうしても己れ一人で仕事はできるものではない。けれどもこの三つの物がうまく揃って、何か見つける、こうすればいいと気がつく、手は待ちかねてすぐにその仕事に取りかかるというような敏捷な人であれば、何をやってもきっとうまくやりおおせるに違いない。

「何と手塚君はえらいじゃないか、今朝前の山で大きな猪を一頭撃ったとさ！　あの男はどうして猪のいることを知ったんだろう?」

「なあに前の山に猪のいることはおれの方が先に知っていたよ」

「じゃアなぜあの男より先にお前は自分の物にしなかった」

「だってどうして摑まえていいかわからなかったからよ」

これは単に目ばかり利く人の答えである。また一人の男が遊びに来たので、前の人は手塚君の手柄話をして聞かせた。

「何と手塚君はえらいじゃないか、今朝前の山で大きな猪を一頭撃ったとさ、あの男はどうして猪のいることを知ったんだろう?　またどこから鉄砲を持って来たんだろう?」

「なあに近頃前の山に猪の出ることはおれの方が先に足跡を見て知っていた。また隣村まで行けば鉄砲を借りて来られることも知っていたが……」

「じゃアなぜお前はあの男より先にその猪を撃たなかったんだよ」

「だってこの節の大雪に隣村まで鉄砲を借りに行くのも厄介だし、第一この節の寒いのに朝早く起きて山に出かけるのは骨だからよしたんだよ」

これは単に目と気だけの人である。しかるに猪を撃ち止めた手塚君だけは、目と気と手との三拍子がよく揃っていっしょに動き働く人であった。雪に猪の足跡を見止める、鉄砲の必要を思い当たる、すぐ隣村のなにがし方へ飛んで行って借りて来て置き、翌朝早く雪がやんで前の山に登って行き、いぬに追い出させてズドーンとやったので、猪は自分の所有に帰した。前の二人は指をくわえて、

「なるほどあの足跡の様子では、猪の大きさは、多分こんなものだろうと思った！」

すでに人の物になった後で、何と講釈を言ってみても、ただでは肉の半斤もこちらに寄こす人はない。人間は目と気と手とをいっしょに使って、何でもいい仕事を見つけた時は、発見、手段、実行の三つですぐに攻めねば嘘だ。ただ見つけたばかりでぐずぐずしていると、いつの間にか猪はどこへか行って、他人の所有に帰してしまうものである。

七十八　おこりっぽい人

世にはどうかすると馬鹿におこりっぽい人がある。おこるべき理由があっておこるのなら、何も別に不思議はないが、こういう人間は下らんことにも眼口を引っ張っておこり出すので始末が悪い。額に青蚯蚓《みみず》のような筋を出したり、ただ眼と口を引っ張って騒いだりするだけならばまだよいが、こんな人間はいきなり人の横っ面も擲《なぐ》りかねぬので、こちらは甚だ迷惑することがある。

こんなきちがいじみた人間と見たならば、決して相手にせぬことである。こんな質の人間にうっかり冗談の一つも言うと、とんだ馬鹿げた目に遭わねばならぬようなことが出来する。

「君の鼻は大きいね」

「何だ、こん畜生！」

「あいたっ！」

「おれの鼻がどうあろうと貴様の世話になるか」

ちょっと冗談に言ったのに向こうはすぐに本気になり、いきなりこちらの鼻を拳でぶん擲ったので、すぐに鼻血がタラタラ出て、何だか気持ちが妙になった。おこりっぽい人間に向かって、たまに冗談の一つも言うと、こんな馬鹿げた目を見なければならぬ。

「怒る者は愚人なり、怒りあたわざる者もまた愚人なり」というからには、怒るべきところを怒らねば、自然おとこの沽券にも関わる訳であるが、そうだといって下らんことにもあまりむやみにおこりちらすというと、あいつは馬鹿だきちがいだと人にいわれて、どこに行っても人が相手にしなくなる。

しかし人の性癖は妙なもので、これは悪いと自分でも感づきながら、持って生まれた癇癪は容易に治るものではない。慎まねばならぬ。よくないことだと後悔しながら下らんことにすぐにまたおこる。こんな厄介な人間は、何かことあれかし、おころうおころうと待っている。それを知らずにこちらでうっかり、

「立てば芍薬座れば牡丹……」

「何だとこん畜生！」

こちらは平気で、

「歩く姿は百合の花かね！」

すぐに顔の血相を変えて、

「このやろう人を侮辱しやがるか」

「何だこのきちがい、唄ってるんじゃないか」

「逃げるな、貴様はおれに痔があるんで、座れば牡丹と言ったんだろう！」

「貴様のけつに痔があるか田があるか山があるか畑があるかおれが知るか」

「何だこの野郎！」

憤然として飛びかかり、いきなり頭をポカポカ擲る。こういう人間は、決して常識をもって律する訳には行かぬ。人間は人に冗談の一つも言われてこそこの世は面白く送られるものであるが、こんなおこりっぽい人間には、誰も自然に口を控えるようになる。そのため交際の範囲もだんだん狭くなって、こちらの身にどんな事があろうとも世間の人が寄りつかぬ。余儀なく孤独の人になって、どんな辛い事ができようともどこへ行って訴える先もなくなって来る。そんな事はまあどうでもよいとして、人間はあまりおこりっぽいというと、ちょっとしたことでも、すぐに身体中が火になってしまうので、自分で自分のいのちを焼き棄てるような事になる。人は長生きしたいと思うならば、心も体も豊かにもって、いつもニコニコ笑っている事である。腹の立つ時はみだりに人に向かっておこらずに、鏡に向かっておこるがよろしい。そうして自分のおこった顔をじっと眺めていたら、何か思い当たる事があって、あるいはおこらぬようになるかも知れぬ。とかく物におこりっぽい癖のある人は、腹の立つ時には必ず鏡に向って己れの顔を写して見ることである。

七十九　むやみに事を気にする人

世の中には馬鹿か呑気か方図がないほど物に無頓着きわまる人間があるかと思うと、他の一方にはまた馬鹿に神経が過敏でむやみに事を気にかけて、そのため常に余計な苦労をして、言わば自分から求めて下らん苦労をしているような人もある。こういう人はまあ病的だと言ってもよいが、その人のためには実に損なことである。こういう気風の人は、何とか早く工夫して改めぬことには、そのために病気もし、また一生の間においては、何ほど損失を被らなければならぬかも知れぬ。

こういう人は、人にもよほど妙に見られまた妙に思われることが多いが、自分では少しも気がつかずに、いつも下らん事に己れの神経を悩まして苦しんでいる。こういう人の前で、何かほかの事でうっかり笑いでもしようものならば大変、向こうはすぐに気を廻して、「今あの男が自分の顔を見て笑ったが、全体何を笑ったんだろう別にあの男に笑われるような事をした覚えはないが、あの男はどう思って何を笑ったんだろう?」

こういうとんでもない苦労を求めて、下らん事を二日も三日も考えて自分で苦しむ。そうして何かとんでもない事を考え出して、

「ハアそれであの男は笑ったのだ! けしからん、おのれ覚えておれ、今にきっとこの復讐はして見せる!」

睨まれた方こそいい面の皮だ。しかしそんな人の前でうっかり笑ったということが、無理なようでは

あるがこちらの不注意である。こういう気の小さい神経質な人を見たならば、よくよく注意しないことには、どんなつまらない目に合わぬとも限らない。

こういう神経質な人は実に気味の悪いもので、よほどこちらがその人に対する言語動作を慎まぬと、すぐに向こうに気を揉ませるような事になる。こんな気の小さい人間の前で、大きなくしゃみの一つもすると、向こうはすぐにびっくりして飛び上がり、たちまち顔の色を変えて、この男は俺を侮辱しているなと憤って、すぐに含むから堪らない。

こんな神経質な人のことについて、何か人が噂でもしたというような事を御当人が聞くと大変な騒ぎになって来る。すぐに気にしてその人のところにききに行かずにはいたたまらない。さっそく出かけて行って、「君あの男は俺の事を何といった？　差し支えのない限りどうか話してくれ給え！」

こちらには実に意外なような話だ。

「イヤ君のことなど別に何とも言いはしなかったよ」

「イヤそうではあるまい！　現在俺の事を何かあの男が君に話していたと言った人がある。話してくれてもいいじゃないか」

「アハハハハそう言えば思い当たることがまったくない訳ではないよ」

「君何と言ったね？」

「君がいつか若い女と道を歩いていたと言ったよ」

「そりゃ君僕の妻の妹だよ」

「じゃアそれを見たんだろうよ」

「君ほかにまだ何とか言ったろう?」

「イヤ唯それだけの話だったよ」

じっと考え込んで眉をピリピリさせる。

「何も君そんなに気にせんでもいいじゃないか、そんなに気にするところを見ると何だか大将おかしいぞ!」

うっかりじょうだんの一つも言うとさあ大変! それからそれからと気にかけて、三年三月ぐらいは忘れ切らぬ。世にはいつもこうして下らんことを気にかけて、自分で苦しんでいる人がある。こういう質の人間と見たならばこちらもその気でつき合っておらぬというと、実にとんでもない災難を被らねばならぬようなことになる。

八十　好んで人の中口を利く人

世には好んで人の間に立って中口を利く人がある。実によろしくない癖である。中口を利くというのは、双方の間に立って相互の交情を害するような言語を発することである。言い換えると、あちらにはいいように言い、こちらにはいいように言って、双方の間を掻きまぜてどちらにも腹を立てさせ、互いに仲を悪くさせ合うようなことを言うのである。世の中にこれほど罪なことはない。もし友人間において、何か感情の行き違いから互いに仲の悪くなっているような者でもあれば、こちらがその間に立って互いに親密にしている友達同志の間を裂くなどとは、実に怪しからん話である。

しかるに世の中には好んでこういう卑劣な事をやる人間がある。甲のもとに行っては乙のことを悪しざまに言い、乙のもとに廻ってはまたただちに甲のことを悪しざまに言って、好んで人の間を裂き、それで自分は得たり賢しでいる。それならそれでこちらは何か得るところがあるかというと、ひとには害を及ぼして、己れは何らの得るところもない。それでは何のためにこういう余計なことをするかというと、それはただ一時のでき心で、多くの場合においては、別に深い了簡があってする訳ではない。言わば一種の病で、実に厄介千万な次第である。

それでなくても、人が二人集まれば、人間はとかく人の噂をしたがるものである。その上に自ら好んで人の是非を批難するような癖があれば、どんなことを喋り出さぬとも限らない。「口は禍の門」で、あまり余計な口を叩き過ぎるというと、己れの口ゆえに身の置き場のないようなことも往々出来する。もし自分にはこういうよくない癖があるということに気がついたならば、速やかにこの悪癖を矯正しないと、人が自然と己れを相手にせぬようになって来る。人の中口などを利いて、それがいつまでも人に知れずにいると思っていると、実にとんだ間違いである。今日は無事に済んでも翌日はすぐにわかる。たとい翌日は知れぬにしても、いつかきっと双方の間に知れるものである。こういう事がだんだんと度重なると人は許さなくなる。

「あいつは実に怪しからん奴だ、いつも人の中口ばかり利いて、仲を裂くようなことばかりする。断じて近づけてはならない」と人に睨まれるようになる。人間はこうなったが最後、どこへ行っても鼻をつままれて、人に憎まれ卑しまれ、同時に遠ざけられるようになる。世には口ゆえここに落ちて来て、友は失い職からは離れ、自分から世間を狭くして困り切っているような人間が時々ある。

こういう悪癖のある人間と見たならば、なるべく接近せぬ方法を取ったがよろしい。已むを得ず接近する場合には、こういう人間に向かって、うっかり人の噂でもするというと、向こうは得たり賢しで、すぐに先方へ駈けつけて耳打ちするものである。また向こうの事をこちらに通ずる者であれば、その人間に決して油断をしてはならない。向こうの事をこちらに通ずる者であれば、向こうに行ってはまたこちらの事を必ず通ずる人間に相違ない。こういう人間はどこへ行っても、断じて人には愛されない。「ソレあいつが来た。何にも言うな」と人に手をふられるようになる。人間がこうなったら、もうどこへ行ってもおしまいである。

八十一　何だか気味の悪い人

会って見て何となく気持ちのいい人もあれば、また何だか薄気味の悪いような人もある。前者は得であるが、後者は非常に損である。前者は得な人だけにこの人の性行にどこか必ず美点のあるものであるが、これと反対に後者はまた、人から薄気味悪く思われるだけに、どこかに必ず陰険なところのあるものである。

こういう人はちょっと会って見ても、いかにも陰険そうな眼つきをして、じろじろこちらの顔を見る。口を利くにもはっきりと物を言わずに、低い声で、何だか気味の悪い口の利き方をする。そうしてしじゅうこちらの気を引くような様子が見える。

こういう人は、何を訊いてもはっきり言わぬ。返事が極めて曖昧である。

「じゃアそういうことに願われますでしょうか？」

「左様でございますな、よろしゅうございましょうよ」

ちょっとこういったような風である。

こういう人間の内幕は少しもわからない。万事秘密秘密となる。自分の内状を努めて人に知らせまいとする。ほかから見ると何をしているかわからないが、何だか内証でこそこそとやっているような様子が見える。その気味の悪さといったらない。不遠慮な人間になると、大きな声でかまわずきいて見るようなことがある。

「あなたは近来どういう事をなさっておいでですか」

「いいえ別に……」

言わない。からかって見る。

「内証で金貸しをやっているような事を伺いましたが……」

「いいえどういたしまして！」

「ハハそんなにお隠しなさらんでもいいでしょう！　どうです少し貸してもらいたいもんですな。さっそくながら利息はどんなものです、やはり日歩二十四、五銭ぐらいのところですか？」

苦笑いして、

「貸すところの話じゃありません。借りる方でございます」

「じゃアいかがです、まず連帯で借りようじゃありませんか。日歩十四、五銭も払えば三千か五千は出すところがありますが……」

「どういたしまして！」

逃げる。こういう人間は、用のない人にはなるべく会わぬようにする。また人と話をすることも避ける。道を歩くにも罪人のようにうつむいて行く。もぐらじゃないが光線を恐れる傾向がある。何事も内証内証で、親が死んでも子が生まれても人に隠したがる。一切が秘密ずくめで、伏魔殿の御主人然としている。その陰気さと来ては、岩清水のポタポタ垂れる暗い岩屋の内にでも入ったようである。途中で会う。

「どちらへお出でです？」

「ハイ、いえ、ちょっとその辺まで……」

決して何でも人に明かすことを喜ばぬ。娘が嫁に行った。途中で会った人が親切に、

「まだついお悦びにも出ませんでしたが、どうやらお宅さまには近頃お悦びがありました御様子で、まあお目出とうございます！」

黙って頭を下げる。こちらは進んで、

「どちらへおかたづきになりましたので？」

「イエもう……」

決して言わぬ。そうして内証で、何だかこそこそしている。こんな人間は誰にも厭がられる。つまりは孤立しなければならぬようなことになる。

八十二　調子に乗って物を言う人

世の中には調子に乗って物を言う人がある。一名ひとの尻馬にのるともいう。つまりはどちらも馬鹿の異名ということになるのであるが、人が何か一言話をするとすぐにそのあとにつけて得たり賢しでむやみに喋る。世間ではこういう人のことを「御調子もの」というようである。調子に乗って余計なことを口走るなどという事は多少考えのある人は、断じてやらぬことである。

甲と乙とが話を始めた。

「君はあの権藤という男を知ってるかね？」

乙は答えて、

「アア知ってる」

「何だか愉快そうな人だね？」

「実に愉快な男さ！」

お調子者の丙は黙っていられない。すぐに話の尻馬にのって、

「僕も知ってるよあの男は」

わざわざ仕事をやめて来て、

「あの男の郷里は肥前の佐賀さ。としは今年四十三で、子供が沢山ある。もう長い間あの会社にいて、近頃は金もだいぶできた様子だ。飲むことは素敵に飲むが世渡りはなかなかうまいね、先月あたりは淋

病で大将だいぶ困っていたがどうしたか知らん」

実に余計なことを言う。言っても誰も褒める者はない。二人はうるさいので話を転じる。甲が先に口を切って、

「君近頃吉松に会ったかね？」

「イヤ暫く会わんね、あの男はどうしてるだろう？」

「いい男だが、どうしていつでもあんなに窮してばかりいるんだろう、ほんとに気の毒なもんだね！」

丙はそばからすぐにまたひとの話に口を出す。

「イヤあの男は困る訳だよ。しょっちゅう高利の金ばかり使っているからね！　日歩二十五銭ぐらいな金は平気で借りるそうだ。そんな利息の高い金を使って君、どうして商売人が立ち行くものか。大将この節は青くなっているというじゃないか」

二人は相手にせず、すぐにまた話をかえる。

今度は乙が甲に向って、

「君明日の日曜はどうする？」

「別にこうという名案もないね。明日は事によると降るかも知れんよ。もし雨だったら本田のところに行って碁でも打って、また奴を一番負かしてやるかね、ハハハハ」

「あれくらい碁の好きな男はないね！」

丙はまたわざわざ自分の椅子を離れて出て来る。

「あの男は碁も弱いが喧嘩も弱いね、二、三日前の晩、何か子供のことからとなりの後家さんと喧嘩を

おっ始めたはいいが、大将散々に後家さんに談じ込められて、両手を下げて平に御免候えはいく地がなかったね！　その後でまた細君に散々叱られてこれにも同じくはチト恐縮するね！」

甲は驚いて、

「君は色々なことを知ってるね！　どうだ官吏などしてるよりは興信所にでも入って見ては？」

「興信所といえば、近頃ほうぼうに怪しい奴ができてるね！　去年ここで首になった和田崎なども、近頃どこかの興信所に首を突っ込んで、内々ゆすってるというじゃないか。もちろんあの男は質はよくなかったね！」

乙はじっと顔を見て、

「マア君ぐらいのもんだったろうよ」

罵り得たりと甲は笑って、

「もうそろそろ時間になったね、片づけようじゃないか。どうしたんだろう、今日は一日課長は一度も顔を出さなかったね」

散々侮辱されながら丙はまた口を出す。

「君達は知らんのかね？　課長の妾が昨日婦人科病院に入院して大手術を受けたというじゃないか」

世にはこういう厄介な人間もある。

八十三　賑やかな人

世の中には誠に陰気な人がある。こういう人はいつも寒夜の水瓶のように冷え切って、顔つき、なりふりからしてものさびしい。こういう陰気な人に会うと、幽霊の姿でも見たように、何だかこちらがぞっとする。こういう人は初日の光を拝んでも、天外万里の旅にあって、秋の月でも眺めるように淋しがるものである。つまり自分から世の万物を悲観する。実に損な生まれつきである。こういう人は桜の花の下で盃を抱えていても、何かじっと考え込んでいる。自分一人が淋しがり悲しがるばかりでなく、人にまでとんだ御相伴をさせるのでやり切れぬ。

「あなた、おとなりに男のお子さんが生まれたそうですよ」

細君が飛んで帰って報告しても、「そうかい、それはおめでたいね！」とは決して言わぬ。大将さびしそうにして、

「そうかい、どうか今度は無事に育てばいいがな！」

「いやなことをおっしゃい。おとなりにそんなことが聞こえるとおこりますよ」

「南無阿弥陀仏、老少不定当てにゃならん！」

こういう陰気な人に会うと、あたり近所まで迷惑する。天の配剤は誠にうまくできているもので、こういう人の細君は、概して陽性な婦人である。そうでないと夫婦して、毎日ベソベソ泣くことになるからである。

「あなたちょいと出て御覧なさい、今この先の油屋さんにお嫁さんが見えますよ」

「どうか初産《ういざん》に怪我がなければいいがね！」

ほどなくこちらも婚礼の披露に呼ばれた。一座は酒で大さわぎ、踊る者もある跳ねる者もある。

「どうです今夜は少し陽気に願いたいですな！」

袖を引かれても気がつかぬ。はだかにされて雪の中に突き出されたまま子のようにじっと思案に暮れている。

「大将っ！」

突然呼ばれて、

「オオオ！」

びっくりしてふるえ上がる。こちらは笑って、

「どうだ一杯飲み給え！　何でそんなにさびしそうにしているんだい？」

「人間一生の道行きはきまってるもんで、婚礼の次は葬式だわなア！」

実に興が覚めてしまう。こんな人間は人の勇気に何ほど打撃を与えるかも知れぬ。こういう淋しい人間ばかりだとやり切れぬが、一方にはまた馬鹿に賑やかな人間がある。前のと反対に、陽性な人の細君は、概して陰気なものである。

「あなた、おとなりの小さい子が亡くなったそうです。可哀そうにねえ！」

「何を泣くんだ、またじきに生まれるさ！　ハハハハ」

「あなた早くお悔やみにいらっしゃい、角の酒屋さんの旦那が今亡くなったそうですよ」

「ハハそうか、そいつは面白いな！」

「あなた何が面白いんですか」

「人間が生きてるのは何も不思議はないが、死んだとなると面白いよ」

こういう人には何でも面白い。晩はさっそく通夜に出かけた。皆さびしそうにしている中に、こちらは独りで賑やかに騒いでいた。一座の人々は兼ねてその気風を知っているので、別に不思議がりもせずに、一同たまらずいく度かどっと笑わされた。

町内の寄合にもこの男が顔を出さんと何だか淋しい。ある家の一人むすこが洋行する時に、この男も一緒に船まで見送った。船が桟橋を離れてだんだん沖の方に出始めると、皆別れを惜しんでシクシク泣き出した。この男はいきなり越中褌をはずして紐をステッキの先に結びつけ、旗の代わりにふり廻しふり廻し声を上げ「万歳万歳」としきりに叫んだ。一同これに憂いを忘れて笑っているうちに船は沖に出てしまった。こういう賑やかな人間はほかに取り得はないにしても、悲しい席や哀れな席には音楽隊の代用になって、大いに人の気を引き立てるもので、淋しい陰気な人間に比べると、賑やかに暮らした方が己れも得、ひとにも自然と勇気を与えるものである。

八十四　至って呑気な人

世には物事にいらいらして、いつも眉に火のついたように慌て返り、自分で自分の心を苦しめている者があるかと思うと、一方には呆れるほど呑気な人もいる。笹谷君は絵描きであるが、この人は至って呑気な質の人で、頭の上に岩が落ちかかって来ても、滅多に動く人でない。ある時火事に遭ったことがあるが、自分の家の屋根に火のつくまでは平気で寝ていたそうである。

この人が細君を貰った時の話がすこぶる面白い。まだ今日のような大家になられぬ頃、場末のある町に長屋ずまいをして、男世帯で暮らしていた。ある時一人の友だちが訪ねて来て、

「どうだ君も一人じゃ困るだろう、細君を貰っちゃどうだね?」

「ウン貰ってもいいな」

「じゃア僕が仲人になってやるから見合いをし給え、君の都合はいつがいいかね?」

「ナニ今日だってかまわんが、そんな面倒臭いことをするにゃ及ばんよ、いいのがあったら連れて来給え」

「じゃアこちらに一任するかね?」

「よかろうよ」

「ヨシ承知した!　じゃアいつ連れて来ることにしよう?」

「ナニいつでもいいよ」

「じゃアこの月の十五日にしようじゃないか」

「十五日は悪くないね」

「じゃア十五日の夕方に連れて来ることにしよう。しかしもう日がないよ。今日は早十日だからね、君それまでに用意ができるかね?」

「五日あれば君大丈夫だよ!」

さっそく話ができたので、友達は急いで帰って行った。たちまち五日の日数が経過して今日は早約束の十五日にあいなった。ところがこちらは有名な呑気屋さんであるので、今日はいく日であるかを頓と考えずにいた。朝飯も平気で食い、昼飯も平気で食って、ある友達のところに遊びに出かけた。ゆっくり話し込んでいるうちに、今日は十五日だという話が出た。こちらは初めて気がついて、

「イヤそれじゃ今日はこうしておられん！」

いとまごいもそこそこに、慌てて家に飛んで帰ったのはもはやその日の三時過ぎであった。何しろ家が汚いので、まず掃除をせねばならぬというので、諸道具を外に運び出して、はたきで今バタバタと障子をはたきかけたところに、仲人の方では早お嫁さんを連れて来た。連れて来て見るとお婿さんは頬被りをして手にはたきを取り、今掃除にかかったばかりのところであるので驚いた。こちらは更に驚いて、

「君あんまり早いじゃないか」

「だってもう約束の時刻じゃないか」

「掃除もできん先に来られちゃ弱ったね！」

「でも来たものはしかたがないよ、帰る訳にも行かんじゃないか。どうする？」

「どうしよう！」

「弱ったな！」

「困ったね！」

どちらもハタと当惑したが、さて何と仕方もない。そこでおむこさんの言う事にゃ、

「じゃアまあ手伝って掃除をしてくれ給え！」

「しかたがない、やろうよ」

仲人は羽織袴を脱ぐ。お嫁さんもそれに倣って小紋縮緬の二枚重ねを脱ぎ、不断着に着がえて襷がけのねえさんかぶり、三人がかりでやったので、掃除は済んだが日が暮れた。仲人は尻を下ろして袖の埃をはたき、

「サアそれじゃ君、三三九度を始めようじゃないか」

「ところが君、まだ何の用意もしていないがどうしよう?」

「そいつは困るなア」

「蕎麦でも取ろうか」

「どうもしかたがないな!」

「お待ち遠さま!」

蕎麦は来たが酒がなかった。

「君蕎麦だけじゃいかんじゃないか」

「ヨシ来た酒を買って来よう!」

おむこさん自身で貧乏徳利を提げて来た。盃をして蕎麦を食いかけて見たが何だか淋しい。何だか婚礼らしくない。おむこさんも仲人も全くの下戸と来ているので、まるで葬式の出た跡のようだ。トドのつまりはとなりの畳屋の主人を呼んで来て、これにウンと酒を飲ませて唄わせた。こんなことで景気をつけ、めでたいめでたいでお開きにした。画伯夫婦の婚礼は、それこのように簡にして単なりけりであったが、夫婦仲は水も漏らさず、今日ではすでに男女五人の子をなして、家運長久、子孫繁昌、誠に幸

福なことであるそうな。

八十五　法螺ばかり吹いている人

法螺《ほら》を吹いて飯の食えたのは、山伏の繁昌した昔の話で、何事をするにも実力を要するようになって来た今日の世の中においては、いかに上手に吹いて見ても法螺では飯が食えなくなった。

しかるに世の中にはまだどうかすると、働くことを厭がって吹いて食おうとするような横着者がある。イヤ横着者というよりも、こういう人間は前世紀の遺物、または時勢おくれの人間といった方が適当であろう。とにかくおのれの実力で飯を食わずに、法螺でうまく世を渡ろうとする人間ほど、世に不真面目なものはない。不真面目な人間が世に容れられることになると、誰も汗水垂らして真面目に働く者はないが、自然の理法は確かなもので、どこまでも手堅く真面目に働く人間でなければ、もはや今日の世の中には容れられぬことになった。だから法螺でうまく世を渡ろうなどと思っている前世紀の遺物は、どこの土地の誰であろうと、決して幸福な暮らしはしていないに相違ない。彼らはあらゆる危険を冒して、あらゆる手段をもって吹きつつあるが、どうしてこの節は人が利口になって来たので、容易にその手に乗る気遣いはない。

本当によく努力する人は、他の一面においては実に諦めのいいものであるが、なまけものに限って実に思い切りの悪いものである。もう今日では法螺では食えないと思いながら、翻然として正しい道に就く勇気がなく、やはり何かをたねにして吹いて、うまく一吹き吹き当てようと思っている。しかし空弾に目をまわして己れの温かい肉を人に提供するような鳥は一羽も今日の世の中にはおらぬ。論より証拠法螺の音に驚いて、うまくこちらの思い通りになる玉はほとんど見当たらぬに相違ない。けれどもこの種の人間は、なお万一を当てにして吹いている。実に哀れむべき嗤うべき更に卑しむべきにくむべき次第である。

ここにも一人こういう質の男がいる。姓は貝口、名は彌馬喜といって、相当にうでのある鋳物師であるが、自ら手を下して働くことが嫌いで、いつも法螺ばかり吹いて、人に金を出させようとたくらんでいる。今日もすばらしい身なりをして自動車に乗り、華族さまの門札ほどある名刺を持って、いわゆる現代富豪のやしきに乗り込んで、去る人の紹介で主人の長者殿に面会し、初対面の挨拶が終わるとすぐに、

「エエ私は今回瀬戸内海中のある島に建てる弘法大師の銅像を引受けました。これは高野山からの依頼でありますが、その経費は三百万円、これは真言宗の信者の浄財……。銅像の丈は約六百尺で、これが私の手によっていよいよでき上がりましたならば、恐らく世界一の物であろうと思います。夜間は弘法さまの眼にあかりが点されますので、灯台の代わりにもなります。御案内の通り近年は、外国人もだいぶ日本の観光に出て参りますが、瀬戸内海も単に風景だけでは物足りません……。エエいずれ私も国家的観念をもって、この世界無比の大銅像を鋳造いたす積もりでございます」

「誠に結構な思し召しで……」

「おもい切ってやる積もりにはいたしましたが、なにぶんにも工場の設備に金がかかりまして……」

「なるほど」

「しかしこのようなことは、あなたさまのような国家的観念のお強いお方でなくては御相談もできませんが、いかがでございましょう。高野の方から金の参るまで五万円ばかり暫時拝借は願われますまいか」

「さようでございますな、まことに結構な思し召しではありますが、私も昨今色々な事業に広く関係いたしておりますので、その辺のことまでは手が廻り兼ねます。それは銅像他の有力者に御相談を願います。本日は取り急ぎますので、これで御免をこうむります」

吹いて見たがここでもはずれた。世には毎日こんな事をして万一を当てにし、極めて非生産的に貴重な光陰を濫用徒費している愚かなる人間もある。

八十六　誠に几帳面な人

一方に駄法螺を吹いて廻る人間があれば、一方にはまた誠に几帳面な人がある。几帳面な人というのは、おこない厳格にして折り目正しい人をいうのである。

几帳面な人になると、万事に秩序整然として一糸をみださない。朝起きて着物を着るにも帯を締めるにも、皆それぞれに秩序がある。だからこういう人の着物を着たところを見ると、決して背筋が曲がったり、襟が開いて不作法に皮膚のあらわれているようなことはない。裄丈揃った着物をちゃんと正しく着て、見たところから身体に一寸の隙もない。こういう人のはいた下駄は、歯や台がまっすぐに平に減っているものである。

食事をするにしても、決してあぐらなどは搔かぬ。ちゃんと正しく坐って箸を取る。またむやみに物を食べ散らし、あるいは食べ残すようなことは断じてしない。いったん食べかけた物は食べてしまい、食べない物には初めから箸をつけない。こういう人の食事をしたお膳の上には、一雫の醤油もこぼれてはいないものである。また茶碗は茶碗、皿は皿、箸は箸で皆それぞれに、ちゃんとそのあるべきところにおさまっているものである。

こういう人は、夜間眠りに着く時にしても、決して不作法千万な寝方などはしない。ちゃんと正しく枕をすえて、いつ誰に寝姿を見られても、少しも恥じるところはない。またこういう人は、不断こころが落ち着いているので、ねむりも概して安らかである。

仕事に従事する時は、ちゃんと一定の規律を保ち、手を下すにもまた一定の順序がある。だから手と気とが常によく一致して、仕事もズンズンはかどれば、結果においても申し分ない。こういう人は決して仕事に手を抜かない。念には念を入れて大事を取って進むので、仕事に少しも手落ちがない。

こういう人の言語は必ず正しいものである。人にちょっと口を利くにも、決してぞんざいなことばなどは使わない。仮初めにも人を馬鹿にしたようなことばなどは使わないので、自然ひとにも重く見られる。少なくとも人からあなどられるような憂いはない。

こういう手堅い人に限って、決して自分の目上を凌ぐようなことはしない。目上の人が打ち解けて、「サアどうかお楽にしてください」と言っても、目上の人の前であぐらを掻いたり、大口を利いたりするような非礼な行為は断じてしない。場合によっては人に窮屈がられるようなことがあっても、決して人に悪い印象を与えるようなことはない。

こういう人は、すべてに規律を守るもので、ちょっと物を使っても、使った後で、出鱈目にほうり出して置くような不始末なことはしない。少しの手数も厭わずに、必ずまた一定の場所に置いて置く。だからこういう人は、急な場合に臨んでソレといって、慌てて物を探すようなことはない。

人に物を借りるようなことがあってもこういう几帳面な人は、約束通りに必ず返す。人に物を借りて、そのままうっちゃって置くというようなことは、こういう人には断じてない。自分がそうであるからして、こういう几帳面な人に向かってあまりなおざりな仕打ちをすると、必ずその人の感情を悪くするものである。几帳面な人に向かっては、こちらもまたどこまでも几帳面にしなければ、その人との交際は、決して長くは続かない。こういう人はこちらに少し窮屈な思いをさせることはあるが、非理不法なことをして、こちらに損害を与えるような事は断じてないものである。

こういう人は使っても安全である。また事を頼んでも間違いはない。世間で手堅い人というのは、几帳面な人の別名だと思ってよろしい。

八十七　だらしの無い人

世の中には何事にも誠に几帳面な人があるかと思えば、他の一方にはまた至ってだらしのない人間がある。だらしのない人間というのは、心に引き締まりのない人間のことで、こういう人間の言ったりしたりした事は少しも当てにならぬものである。

だらしのない人間の日常は、その万事が几帳面な人のおこないの反対に出る。心に引き締まりのない人間のすることには規律もなければ秩序もない。こういう人は着物を着たなりふりからして何となくだらしがない。背筋が曲がったり羽織の襟が折れていなかったり、胸が開いたり悪くすると下前がパッと開いて、そこから人さまにはお目にかけられぬような物を出しているようなこともある。

食事などする時でもきっと不作法にあぐらを掻き、箸を取った手つきからしてだらしがない。こういう人の食事をした後でお膳を見ると、汁椀にはつゆが残り、刺身は食べ散らかし、煮魚はつつき散らかし、まるで三つ子が御飯を食べた後のようになっているものである。それだけならばまだよいが、お膳の上には茶がこぼれつゆがこぼれ、どうかするとその辺に御飯粒までこぼれている。こういう人の着物の膝を見ると、塩気がついたり油気がついたり、痰や洟や鼻糞などをなすりつけたり、または煙草の火できっとあちこち焼いているものである。

こういう人は夜間ねむりに就いた時でも、その寝姿はめったに人さまにはお目にかけられない。こういう人に限って、寝相も甚だよろしくないものである。朝もきっと朝寝をする。細君に手荒く蒲団を引っ剝がれて起きたはいいが、つらつらおもいみれば何か物足りないような思いがする。

「オイ無いぞ!」

「何かございません?」

「褌をくれ」

「アレまあ昨日の朝新しいのをお上げ申したじゃありませんか」

「だってこの通りじゃないか」

「じゃアまた風呂屋にでも置いていらしたんじゃありませんか」

「昨日おれは湯に行ったかなア?」

「夕方いらしたじゃありませんか」

「アハハハハじゃアその時だ！」

こういう人には得てしてこんなことがある。人と真面目な話をしていても、決して長く座ってはおられない。すぐにあぐらを掻くか横になって手枕をし、

「そうか、馬鹿に話が面倒じゃねえか」

「イエ別に面倒な訳ではございませんが事は大事を取りませんと……」

「いやだ、よすとしよう、骨が折れらア……」

言語も誠に野卑である。こういう人は仕事にかかっていても、始終手を省くことばかり考えている。心が仕事に食い入っていないので、何か仕事をしていても、誠に不熱心でだらしがない。いやになればすぐによしてしまう。よさないまでもいい加減にして一時遁れのことをやる。こんな人間に手堅い仕事は到底望まれるものではない。こういう人間はちょっと下駄を一つ穿くにしても誰の物でも足の先に突っかける。顔を洗って手ぬぐいが見当たらないと、褌であろうが雑巾であろうが厭いはしない。まるで物の区別が立たない。こんな人に物を貸したら決して返す気遣いはない。借りた時は貰ったように思っている。こんな質の人間と何か約束をして、それを当てにでもしていると、それこそ実にとんだ手違いを生じて散々まごつかなければならない。

八十八　事を投げやりにする人

世には己れの責任を無視して、すべての事を投げ遣りにする人がある。こんなに人間に事を頼んで下手に安心していると、実にとんだことになる。こういう悪癖のある人は、人に事を頼まれて受け合いながら几帳面にその約束を果たさずに、「マアいいわ、まあいいわ」でほうって置く。そうしていよいよという場合になると、何か他に口実を設けて遁れ、知らん顔の半兵衛さんをきめている。頼まれた方はそれでいいかも知らぬが、頼んで当てにしていた方ではたちまち面食らってキリキリ舞いをしなければならない。

おなじくことを頼むにしても、よくその人を見立てて話を持って行かないと、世の中には時々こういうずぼらな人間がいる。うっかりこんな人間を信じてかかろうとすれば、あとで何とも取り返しのつかないようなことが出来する。

人に対して一たび約束したことをそのまま投げ遣りにして置いて、己れの怠慢のせいで人に迷惑を及ぼすなどということは、どうにも相済まないことであって、多少道義心のある者には、そういうずぼらなことは決してできる訳のものではないが、事を投げ遣りにする癖のある人間になると、自分のせいで人にどんな迷惑をかけようと、また損害を及ぼそうと、その辺は一向平気なものである。それを気にするようであればできない事は最初から受け合わない。できると信じて一たび人から受け合った事であれば、必ず約束を実行して、自分の責任を果たす訳であるが、自分のせいで人に迷惑をかけ、あるいは少なくない損害を及ぼして平気でいるような人間は、初めから人の迷惑や損害などということは、まるで自分の頭に置いていないので、こんな人間はあとで責めてみても、蛙の面に水をぶっかけるようなものである。

こんなずぼらな人間の常として、己れ自身のことにさえあまり重きを置かぬくらいであるから、まして他人の事などを頭に置く道理がない。こういう人間には、まるで誠意がないので、人に対して同情などの起こるべき道理がない。何か人から受け合うのは受け合っても、受け合った舌の根の乾かぬ先からすぐに忘れる。たとい忘れずにいるにしても、「マアいいわ、マアいいわ」で一日延ばし二日延ばし、そのうちには忘れてしまって人から催促されて、「アアそうだった」と思いつき、さすがにいくぶんは良心が咎めないでもないが、なあにかまわないで筋目の立たないいいわけをし、それきりにしてしまう。実に憎むべきことであるが、根がこういう質の人間であって見れば、それを知らずに頼んだ方が手ぬかりで、まるで喧嘩にもならないようなおちになる。

人に対して一度受け合ったことであれば、どこまでもこちらの責任を果たさなければならないという了簡のある人間であれば、人から事を頼まれても、決して安受け合いをする気遣いはないが、極めて無責任な投げ遣り主義の人間になると、あとになって約束を果たそうが果たすまいが、そんなことは始めからまるで頭に置いていないので、「ハイよろしい」また「ハイよろしい」で何でも軽く引き受けるものである。骨の折れる事を手軽く引き受ける人間と見たならば、まずその人間は投げ遣り主義の人と見て、その人の言うことはあまり当てにはしないことである。

こういうずぼらな人間は、結局どういうことになるかというと、一度その手にかかって懲りた者は、誰も相手にしなくなる。たまにその人間のいうことを信ずるような人があるというと、「あの男の言うことならばあまり当てにゃなりませんよ」といって、きっと横槍を入れる者が出て来るようになる。ついには世から葬られる。自業自得、自縄自縛、誰を怨むこともない。

八十九　とかく不平の多い人

世にはどんな窮地悲境に陥っても、その中になお感謝の余地を見出して、まずまずありがたいと喜んで、極めて平和にその日を送る人もあれば、何らの不足不自由もない結構な境涯に楽々とその日を過ごしながらも、我が身辺の万事に不満不足を鳴らして、朝から晩までブウブウと不平ばかり言っているような人間もある。

こういう人間は、終生満足の滋味を一度も知らずに果てなければならない。実に気の毒なものであるが、その人の性分であれば、これも是非ない次第である。こういう質の人は、どんな幸運に出会っても、満足や感謝の念は起こらない。たとい足もとから拳ほどあるダイヤモンドが転がり出ても、ありがたいとは思わずに、「なあにたった一つか」と、すぐに口から不平が出る。

総じてこういう質の人間には、何から何まで不平である。朝眼を覚まして見て、雨が降っていれば、「ヤアこの天気じゃ今日は困るなア！」

すぐにもう不平を言う。天気が続けば天気が続いたで、やはりそれが不平である。

「ヤア今日もまた天気か。こう天気が続いちゃしかたがない。一日ぐらいは雨にして欲しいもんだ」

朝飯の膳に向って箸を取れば、すぐにまた不平を言う。

「オイオイ少し気をつけんか、今朝の飯は馬鹿にこわいぞ！」

「どうも相済みません！　昨日のは柔らか過ぎるとお叱りになりましたんで、今朝は少し水加減をし過ぎたと見えます」

「少し気をつけろ、こんなこわい飯が食えるか」

「どうかひと朝だけ御勘弁を願います」

ブウブウ言って飯を食い、服を着て出かけるので、まあいいと思っていると、玄関の靴脱ぎの上に揃えてある靴を見て、

「オイ、この靴の磨き方は何だ？　この後ろを見ろ後ろを見ろ、こんな物が穿いて行けるか」

「どうも相済みませんでした！　ついまだ女中が馴れないもんですから……」

外に出て見ると、急に雪空になって来た。

「オオ寒い寒い、馬鹿に冷たい風だなア！　こんな日も休まずに出かけて行って、それで月給がいくら貰える？　馬鹿馬鹿しい！」

不平を言い言い会社に出て来ると、すぐに頭から一本やられた。

「君この節は毎朝どうもだいぶ遅いね、時間通りに出ようじゃないか」

小言など言われると、なおさら不平でやり切れんが、上に向いてつばを吐いては険難《けんのん》である。しかたがないので口をつぐみ、

「オイ、何だ、この机の上は、まだ掃除もしてないじゃないか」

「土狩君、ちょっと横浜のピーオー会社まで大急ぎで行って来てくれ給え」

「今日また横浜まで行くんですか……」

「厭かね？」

「厭じゃありませんが……」

「とかく不平の多い男だね！　行って昨日の返事を確かめて来るんだ！」

ブウブウ言いながら外に出た。

「アア馬鹿馬鹿しい、この節は使いばかりに追い出されている。今日は悪くすると帰りは雪だぞ、やり切れんなア！」

汽車に乗って見ると、生憎今日は客が一杯で、腰をかける場所もない。

「しょうがないな、これじゃ向うまで立ち通しに立っていなけりゃならん！」

横浜に着くと、白い物がチラチラと降って来た。

「オオ寒い、今日はとんだ貧乏籤を引いた、馬鹿馬鹿しいなァ！」

用事は首尾よく解決した。

「何だ、こんなことなら、用事は電話でたくさんだったじゃないか、こんな日に人をわざわざ横浜まで追いやって……」

停車場に来て見ると、今そこに汽車の出て行くところであった。

「しょうがないなァ、一あしのことで……」

一汽車おくれて帰って来て報告した。

「じゃア君その見本を持って日新会社へ行って、さっそく注文を取って来ようじゃないか」

「この雪に出かけるんですか？」

「雪はおろか火が降っても商売は休めんじゃないか」

「オオ寒い、これからまた深川まで行くのかなア、馬鹿馬鹿しいよそうかなア！」

こんな工合に、万事につけて不平を鳴らし、不満を抱く人間には、終生到底満足は得られない。たとい満足な境遇に出会っても、本人はやはり不平で、いつもブウブウいっている。実に損な性分である。

九十　奮闘心に富んだ人

人間は色々で、身に立派な技能を具えていても奮闘心に乏しいために、生涯世に出ることのできぬ人もあれば、これという技能は具えていなくても、ただ奮闘心に富んでいるために万難を突破して独立独歩誰の力をもかりずに立派な人間になる人もある。

人は全く心がけ次第のもので、何か一定のめじるしを定めて、それに向って倦まずたゆまず己れの全精力を注いでかかれば、おそかれ早かれその目的を達せないという道理はない。人間の成功すると否とは、あながち智慧ばかりによるものでもなければ、また学問ばかりによるものでもない。なるほど智慧や学問も己れの立身を助ける一つの要素には違いないが、その志が堅実でない以上は、到底立派な人間になりおおせる訳には行かない。何よりの証拠には、世に落魄している人のうちには智者も多い。学者も多い。それでいつもなぜ見るかげもなく落魄しているかというと、その志が堅実でないからである。

他の一方には別に智者というでもなく、また学者という人物でなくても、相当に人間の光を放って、最も健全に最も平和に、かつ最も努力的奮闘的に人生のつとめを日々立派に果たしつつある人もある。この種の人間について人物研究をして見ると、その志は実に堅忍不抜なものである。こういう人間が一たび決心のほぞを固めて、おのれと奮い起った日には、どんな艱難に遭遇しても、どんな障礙に出会しても、またどんな悲哀に妨害されても、断断乎として奮進突撃、おのれの思いを果たさないことには死んでも已まない。このような意思の鞏《きょう》固な人間によって、大事は始めてなされるべきである。

「智慧があろうと、学問があろうと、そんなものは糞にもならぬ。どんなに智力が発達していようと、また学問が博かろうと、人間の智慧学問の奥底は大抵見え透いたもので、ただ智力や学識だけでもって大事は断じてなされるべきものではない。何よりの証拠には、己れの智慧や学問をたのみにして、大いなる抱負をもって仕事に取りかかって見たが、さてやって見ると思わく違いであったとがっくり腰を落とし、失望し落胆して、もう起つ気力のない人は世間にウジャウジャいる。

そこになると志のある人は強いものだ、智慧がなかろうと学問がなかろうと困難障礙の度合いが高まれば高まるほど、多々ますます不撓不屈の精神を奮い起こして、あくまで力行《りょっこう》の持続を保ち、どこどこまでも志のために進むので、目的とおのれとの間に霊火が発して、ついにはどんな困難な事業もきっと完成する。

霊火とは何ぞや、すなわち人の一念である。世の中にこれほど恐ろしい物はない。人の一念が凝結して、だんだんに熱を含み、果ては火を発して来たとなると、その火に触れては岩も流れる鉄も溶ける、況んや困難、況んや障礙、この火の力に敵するものは世界にない。智力が人より劣ろうと、学力が人に及ぶまいと、この火が胸に燃え盛って来れば、地上の世界に恐るべき物は何にもない。

奮闘心に富んだ人の胸にはいつかこの一大霊火が発せずにはいない。古来事業に成功した人々の胸には必ずこの霊火が発している。今人《こんじん》であっても皆その通りである。智者も恐れるには足らない、学者もはばかるには足らない、世の中にただ恐るべき者は健全なる奮闘的精神に富んだ人間である。

九十一　心の粘りの弱い人

人間は精神的奮闘家でなければ何事をやって見ても成功しない。精神的奮闘家として世に立つには、その第一要素として心の粘りが強くなければならぬ。

心の粘りというのは何であるのか。言い換えれば忍耐力のことである。忍耐は取りも直さず心の粘りで、心の粘りの弱い者は、何か少し骨の折れる事にぶつかると、すぐに頭を掻いてあとずさりする。実にいく地のない話である。

心の粘りの弱い者は、何でも物に飽きっぽい。物に飽きっぽい人というのは、耐え忍ぶ力の弱い人間の異名である。こういう薄志弱行の人は、何か事を始めて見ても、少し骨が折れるというと、「ナニ糞っ！」という気は出さずに、すぐにもういく地なくへこたれてしまう。

「アアこれはなかなか骨が折れるわい！　これは自分の力では到底やり切れぬ！　やめにしよう、これはやめてほかに楽な仕事を見つけよう」

望み通りほかに何か骨を折らずに金が手に入る仕事が見つかれば結構であるが、骨を折って働いて見てさえ思わしい事のない今日の世の中に、どうしてこんないく地のない人間に、うまい仕事が見つかるものか。しかし御当人は御当人で自惚れ心もある。そのうちにまた何か他の仕事を始めて見ると、これもまた思ったよりは骨が折れる。忍んでだんだんやって見ると、やればやるだけ骨が折れて、所詮自分の力ではやり切れなくなって来る。心の粘りの強い人間であれば、「そう仕事を変えてはいかん、今度は是非これでやり抜かねばならない」という気も起こって来るが忍耐力の弱い人間になると、そんなに強い訳には行かない。また初め同様に意気地なく投げ出して、

「イヤこれもなかなか骨が折れる、これじゃ到底身体が続かない、あまり深入りしないうちに見切ってほかに仕事を探そう！」

せっかくとっつかまえた物をすぐに放してしまう。何か楽なこと楽なこと、骨の折れぬこと骨の折れぬことと考えて、また何か始めて見る。ところが世間はどうも生憎で、こんな飽きっぽい人間の御機嫌を取るような仕事はない。せっかく始めた第三の仕事もまたなかなか骨の折れることで、ほかから見たのとは大違い、第一第二の仕事よりも見えぬところに苦労がある。大将またじっと考え込む。

「ハアこれもなかなか骨が折れるな、思ったとのは大違いだ！　どうしよう？」

三日や五日は歯をかみしめてやって見るが、物の三月一年とは続かない。すぐにもう飽いてしまって、また変えまた変えして見ても何をやっても皆うまく行かない。だんだんこんな事をしているうちに、月日はズンズン経って過ぎ、己れの身について目立つものは恥と身体の皺ばかり、自分ながらも愛想が尽きる。ましてや人は我れについて呆れ返り、

「あの男はまあほんとうに物に飽きっぽい人間だ、終始商売変えばかりして、とうとう資本を摺ってしまったそうだ！　芸はなし能はなし、これから先はどうする気だろう？」

自分自身にもわからない。それでまだ空しく口を開いて売り食いをしている。こんな人間を世間では、誰も相手にする者はない。

ところが心の粘りの強い人間になるとえらいものだ。何か仕事に取り着いて、自分の足場ができたが最後、どんな切ない目に会おうと、雪の中の竹を見たように、じわりと苦労の重荷に耐えて、たとい一分ずつでも前に進む工夫をする。この一分ずつがだんだん積もると、一寸延び二寸延びする。これがまた積もり積もって一尺二尺、もはや五尺一丈となり得たらこちらのものだ。たちまち長足の進歩を見せて世の人を驚かす。人間は辛抱という棒さえ一本しっかりと担いでおれば、どこへ行こうと何をしようと飯の食いはぐれはない。辛抱の心は何かというと、忍耐すなわち心の粘りである。これの強い人は成功し、これの弱い人は何を始めても飯は食えない。心の粘りの弱い人は、始終かれこれと手を出して、失敗ばかり続けているものである。

九十二　才気縦横の人

世には驚くほど才気の鈍い人間があって、火を消すために石油をぶっかけるような事をするかと思うと、一方にはまた馬鹿に才気の鋭い人間があって、常人の思いも着かぬ機智頓才を縦横にふるい、たちまち効果を収めるような人もある。こういう人間の動作は誠に鋭い。電光石火、眼から入ったと思うと、いつの間にかもう鼻から抜けて笑っている。まるで魔術師のようなはたらきをして見せる。到底世間普通の人の及ぶところでない。

こういう才気に富んだ人は、不断どれだけ得をするか知れない。人が二日も三日もかける仕事を、僅かな時間で手際よくやってのけることもある。また人が度々手足を運んでも纏まらない話でも、こういう人が中に入って口を利くと、冗談のように解決してしまうこともある。智慧の光明は限りないもので、どんな働きもするものである。智慧は誠に貴いもので、黄金も珠玉も智慧でえられないものはない。

しかしながらよく泳ぐ者は溺れるで、あまり才気の勝った人は、得てして自分の才で自分の身を切るものである。才気のある人は才気に任せて、実にとんでもない仕事を始め、自分で自分の手足を縛り、何とも動きの取れないような場合に陥ることがある。つまり達者に泳ぐ人間が、つい水に油断をし過ぎて、手馴れた水に溺れて死ぬのと同じ理屈である。

一面から見た時は、才気に富んだ人は誠に得なようであるが、他の一面から見た時は、世の中に才子ほど危険なものはない。愚者はその愚を守るので、大した落度はないものであるが、才子は得てして離れ業をやるので、当たれば結構はずれた時は猿がまっさかさまに木から落ちたような具合になる。才子は鋭利な剃刀のようなもので、やり損なうというと、自分でとんだ怪我をしなければならない。愚人にも始終危険が伴っているが、才子はさらに大きな危険を常に伴っている。才子多病・才子薄運、かれこれ思い合わせると、あるいは非才子的人物の方が安全にこの世を過ごせるかも知れない。極言すれば人間は凡人に限る。決して才人などには生まれて来ないことである。才子で身の末路を善くする人は誠に少ない。また才子に徳望家は殆どないといってもいい。才子は才に任せて事をやり切るからである。

愚人に弱点の多いように、才子にもまた色々な弱点があるが、その最も大きなものは、才子と言えば概して誠実の念の乏しいことである。言い換えると、才子は大抵軽薄なものである。真智大才の人は格別として、いわゆる俗才に長じた者は、いつもこざかしいことばかりして、己れの便宜や利益を図りたがるものである。俗才に長じた人で、道義の念を重んじる者は殆どいない。これが大きな弱味となって、才子には決して大事業はできない。また才子の末路は概して悲劇に終わり易いものである。

いわゆる才子と道義とは両立し難いものだと見えて、才子は概して道義を無視する傾向がある。なるほど才子は世俗離れたこともする代わりに、思い切って徳義を無視したこともする。才子の自滅する原因は、概していつでもここにある。この点からいえば世の中に才子ほど危険なものはない。いつ自分の才をもって自分の身を切らぬとも限らない。

しかし才子は仕事はする。奇功を奏する場合が多い。この点においては常人の敢えて企て及ぶところでない。おなじく人を使うにしても、才子を使えば何をさせてもきっと間に合う。その代わりには才子に事を任せて安心していると、きっと大穴を開けられるものである。才子のために滅ぼされた事業家は、昔から世の中に少なくない。友として交わるにしても、才子肌の人と見たならば、決して心をゆるしてはならない。才子にうっかり気をゆるしていると、ついにはきっと取って投げられたような目に会わされるものである。

九十三　至って無作法な人

人間から礼儀作法を取り去ってしまえば、一般動物と何らの異なるところはない。これも虚礼それも形式といって、人間の礼儀作法をいちいち取り去ってしまうことになると、人はどんな事をしても差し支えない。長者の前に足を投げ出して話をしようと、また尻をまくって突っ立ちながら口を利こうと、そんなことは一向差し支えないという理屈になって来る。一口に虚礼だといってしまえば座るのも虚礼、また形式だといって退ければ、夏の暑い日にわざわざ着物を着て人に会うということも形式である。そういうことは面倒臭いからといって、いちいちやめてしまったら、一方においては誠に簡便であるかも知らないが、他の一方においては、人間の人間たる資格が滅却してしまうだろう。

そんな理屈はまずやめにして、人間として世に立つ以上は、是非とも人間普通の礼儀作法は一通り互いに相守りたいものである。イヤ是非とも守らなければならないものである。人間として人間の礼儀作法を守らない者は、断じて完全な人間とはいわれない。

それなのに現代人の間には、それも虚礼これも形式といって、人間の礼儀作法を無視し蹂躙する者が、近頃おいおい増えてきた傾向が明らかに見える。人を訪問するには人を訪問する礼儀がある。どんなに懇意な間柄だといっても、礼儀を無視してかかるということは、いやしくも心ある人のなすべき事ではあるまい。みだりに人間の礼儀を蹂躙してかかるというと、とんだ赤恥をかかねばならぬような事になる。ある一人の青年高等官殿が同僚の家を訪問した時、その家の玄関の前に突っ立って、

「オイいるか」

大声《たいせい》を発して呼んだ。呼ぶと同時に霹靂一声、ひとまの内からただちに答えた。

「なにやつだ不礼者!」

咎めてサッと障子を開け、憤然として玄関に出て来たのはこの家の隠居なにがしであった。客はびっくりして呆気にとられた。老人はその顔を見てにっこりと色を和らげ、

「アアあなたさまでいらっしゃいましたか、これはどうもとんだ失礼を申しあげました! 伜はまだ戻って参りませぬが、もうほどなく戻って参る時刻でございます。サアどうかこちらへお通りを願います」

折り目正しく出られたので、高等官殿は面目なく、

「それではいずれまたその内に……」

ほうほうの体で逃げて行く後ろ姿を見送って老人は笑い、

「物を知らぬ奴はしかたのないものだ!」

あまりに礼儀作法を無視してかかると、世には時々こんなことがある。また一人の有名な文章家で、平生好んで野卑なことばを使い、同時に人間の礼儀作法を全く無視して、それを快しとする男があった。この男が知人のもとを訪問した時は、門を入るといきなり大きな声で、

「オイ相棒いたか」

前に例を挙げた高等官殿よりはいっそうひどい。先客のある場合などには、この男に来られると、家族は実にハラハラ思うそうである。この男が人の家に来ると、黙って座敷に通って、冬ならばすぐに火鉢で股火をやる。夏ならば素っ裸になって座敷の真ん中にあぐらを掻き、主人に向って誰がいようと遠慮なく、

「オイ相棒どうした。飲めるかい?」

こういうことばを使うので、どこでも皆この男を厭がって、なるべく避けるようにしていたそうである。

九十四　少しも当てにならぬ人

当てにならない人間は役に立たない人間である。そんな人間はいく人あっても無益である。あの人に

頼めば大丈夫だと、人に信頼されるようにならなければ、決して完全な人間とはいわれない。ところが確実に当てになるという人間は世間にあまり多くはいないものである。どちらかといえば確実に当てにならない人間の方が世間に多い。でもいく分かは当てになるという人間はまだよろしい。中にはどうかすると、少しも当てにならないという人間がある。これは誠に困ったものである。おなじ皮をかぶった人間でもこういう人間になってしまった日には、どこへ行っても使ってくれるところはない。こうなっては御当人にも大いに困る次第である。それじゃ一番発心して、人から確実に当てにされるような人間になるかというと、こんな人間にはそんな元気はない。やはり少しも当てにならない人間として、この世に生存して行こうとする。実に無理な要求である。

それではこういう半できの人間は、人からどうされても不平不服は唱えぬかというとそうではない。やはり相当に理屈はこねる。使い方が激しいの、給料が安いのと、役にも立たぬ癖に文句はいう。いくら文句を列べて見たところで、あかがねを金の値段に買う馬鹿は世間にいない。いないことは知れ切っているが、それでもやはり仕事が楽で給料が多い口を内々探しているところは随分滑稽である。少しも当てにならない人となると、随分喜劇の当て場を見せる事がある。

「オイ喜多田君いいところに来たね！　明日は君も会社には出ないよな」

「へへへへ」

「朝の出方は君が一番遅いが、帰る時になると君が一番早いようだよ」

「エへへへへ」

「今朝我が輩が会社で君に何といった。今日は少し夕方用事があるから、無断で帰らないようにと、あれだけいって置いたじゃないか」

「どうも済みませんでしたが急用ができまして……」

「いつでも君はほんとうに感心に当てにならぬ男だよ。そんなに人の前で頭を搔いてもしかたがない。少し心を入れ代えて、君も男に生まれて来た甲斐には、少しは当てになる人間になろうじゃないか。さもないと今に人から棄てられるよ」

「どうもそう御信用がなくちゃ困りましたなア！　エヘヘヘヘ」

「何が可笑しい？　誰が君みたいな不確かな人間を信用するものか。人に信用されたいなら、人に信用されるようにしなければならんじゃないか」

「イエこれからやります！」

「君のいう事じゃ当てにならんよ」

「イエきっとやります！」

「明日一日家の留守をしてくれんかね」

「明日は祭日ですな」

「そうさ！　それだから君に頼むんだよ」

「承知しました！」

「差し支えがあれば人を探す」

「イエ別に差し支えはありません！」

「それじゃ朝なるべく早く来て貰いたい」

「すぐに上がります」

「明日は家内のさとに新築祝いがあるんで家中早く出かけねばならん」

「よろしゅうございます！」

「じゃア頼むよ。きっと来てくれるね？　当てにさせて置いて間違うと困るよ」

「ナニ大丈夫です！」

翌朝喜多田は来なかった。待っても待っても来なかった。たまりかねてわざわざ女中を迎えにやって見ると、今日はあまり天気がいいのでつりに出かけたという事だった。世間にはどうかすると、ちょいちょいこんな少しも当てにならない人間がある。

九十五　時を徒費して惜しまぬ人

時間は人間万業の資本である。どんな事業でも時の力によらずに成就する事は一つもない。世界のすべての事業はことごとく時間の変形したものだといってよろしい。世の商業家は「時は金なり」という。けれどもこれはただ商業家のことばに過ぎない。時の真価に至っては、さらに大きいものであるということを記憶していなければならない。

時は単に金に変わるばかりではない。自己を修養し、自己を鍛錬し、自己を発達させ、自己の品性を造らせるものは何かといえば、皆これ時の力である。もしそれで我々が毎日無益に費やす一時間を、己れの修養に用いたら、たとい人より劣った人間でも、おもうに数年も経たずに、必ず立派な人になる事ができるだろう。たとい毎日一時間ずつそのために用いる事ができないとしても、もしそれで毎日三十分間ずつでも自己の修養に努めたら、一年のおわりに得られる収穫は、我れながら驚くほどの分量に及ぶだろう。

どんな傑出した人物でも、人間は生まれたままで偉大ではない。皆これ時の力によって自己を発達させた結果にほかならないのである。たとい金銭には窮乏を告げていても、時間において豊富な人は幸福である。一度失った金銭は、また回復することができるが、時は永遠の生命の一部であって、すでに一たびこれを失えばもう回復する道はない。どんなに高価な代価を支払って見ても、今日を昨日にかえし、今年を去年にかえすということは断じてできない。時は金より遥かに尊い。しかるに世間大多数の人は、ただ金銭のみを尊んで、この母とも見るべき時に対しては、誰しもそれほどに思わないのは、その本末を顚倒したものだといわなければならない。

時の真価を知って、常に時を尊重する人は、たといわずかな時間でも、これを惜しむことはあたかも工人が金液を使用するように重んじて、あるいは学問となし技術となしまたは芸能と化し黄金と化して行く。しかしながら時の力の大きなことを知らない人は毎日これを濫用徒費して平気でいる。こういう人間は、終生何も成しとげることはない。その人の死んだあとで、その人の一生をしらべて見ると、何のためにこの世に生まれて来たのやら少しもわからぬことになる。

時の真価を知って、時を尊ぶ人になると、たとい五分十分の時間でも、これを浪費することは己れの身を切るように思う。それなのに時の力を無視する人間になると、五分十分はおろか、一日一月一年はおろか、己れの一生を無駄に過ごして、はじを懐いて墓に入ることになる。こういう無法な時の浪費者になると、別段これという用事もないのに人のところに押しかけて行って、己れの時を浪費するだけでなく、人の時まで潰させる。こういう無法な人間になると、用談のために己れのところに来た人を捕まえて、

「マア君遊んで行き給え、そんなに急ぐにゃ及ばんじゃないか」

こんなことを言って人を引き止め、一時間なり二時間なりを潰させる。サア向こうは大迷惑、図らずもここで時間を失ったがために、その日の仕事の順序が狂って、翌日までも悩まなければならないような事になる。昔の悠長な時代と違って、今日は時のねうちが一般に著しく高価になって来た。しかし時を無視する人間には、そんな事はわからない。どうにでも働ける日光の許で酒を飲んで、熟柿のように酔い潰れて、時の浪費に耽っている。もちろんこういう人間には、時はその使い方次第で、罪悪にもなれば慈善にもなり、貯蓄にもなれば負債にもなるというような事はまるで頭にない。時を浪費して顧みない人間は、たとい良家の主人であっても断じて善良なる人とはいえない。ましてや身に余裕もない分際で、時を浪費して平気でいるような者なら決してろくな人間ではない。人を使うにしても時間を尊重しないような不心得な人間は、決して使用しないことである。たとい仕事はできるにしても、時を浪費して顧みないような人間は、決して長く真面目に働くものではない。

九十六　仕事を後に延ばす人

こちらから仕事を追って働く人は、自然時間に余裕が生じて来る訳になるので、いつもゆっくり落ち

着いて働くことができる。だから仕事は手堅く行くが、これと反対に仕事の方から追っかけられるような順序になって来ると、眉に火のついたようにやらなければならないのでせわしい。急いでやった事にはとかく手落ちができる。場合によるとまたあとで同じ仕事をやりなおさなければならないような羽目にもなる。こういう人には決して手堅い仕事はできない。仕事を念入りに手堅くするにはどうしても、時間を十分に見積って、手順よく念入りに働くことが肝要になる。

これにはどうしても時間の余裕がなければならない。時間の余裕がないというと一日がかりでなければできない事を、半日でやり遂げるというような無理な事をしなければならない。勢い手をぬかざるを得なくなる。手をぬいた仕事に碌な事のできる筈がない。

それではいつも時間に余裕のあるようにするにはどうすればよいかということになる。時間に余裕を造るには、仕事をあとに延ばさないようにするのがよい。今日なすべき事は必ず今日中に仕上げてしまって、少なくとも今日の仕事は今日中にちゃんと一通り形をつけてしまうことである。なぜかというとその内のいくらかでも明日に延ばすと、それだけ時間の上に負債が出来る。これがだんだん溜まって行くとちょうど借金と同じ理屈になって来る。散々借金したあとで、ソレ金がいるということになると、その金を拵えるためには血の出るような無理なことをしなければならない。ついには破産するよりほかに道がなくなる。これを前もって防ぐには、借りた物は片っ端からドンドン返して行くことである。そうでなく今月返すべき物を来月に延ばし今年返すものを来年に延ばすというようにだんだん先へ先へと延ばしていると、いつかは行きづまってしまう。

仕事をするのもちょうどこれと同じ理屈になる。いつも時間に余裕を持ってゆっくり働けるようにするには、仕事があり次第片っ端から片づけて行って今日の仕事を明日に延ばさないだけでなく、更に一歩を進めて明日の仕事を今日に繰り上げてするようにしなければならない。少なくとも手元にすべき仕事を溜めぬことである。常にこういう風に仕事をこちらから追っかけ追っかけして手廻しよくやっていれば、少々手数のかかる仕事に出会っても、時間に余裕があるので、ゆっくり仕事に取りかかることが出来る。いつもこういう手堅い地盤の上に立って、ゆっくり仕事ができるようにするには、今手をつけてやればすぐにできることは、決してあとに繰り延ばさないことである。「今すぐにしろ……」という掟を堅く守る事にして、どんなに手数のかからないことでも、すぐに一つ一つやって、「サア何かすることはないか」と、こちらから仕事を探して追いかけるようにすれば、そのうちだんだん身に余裕ができて来る。常に最もよく働こうと思う者は、是非ともこの方法を取らなければならない。

それなのに世の中にはこの反対に出て、一時の安逸を貪るために、今すぐにやれば訳なくできる仕事でも、とにかく無精を極め込んで、「マアいいわ、明日のことにしよう」といって、延ばせるだけ延ばし、どんどん仕事を手元に溜めて行って、尻に火がつくようになるまで打ち棄てて置く人がある。こういう人間の常として、毎日時の浪費に耽り、今日為すべきことは明日明後日、今年為すべきことは明年明後年というように、だんだん仕事をあとへあとへと延ばして行くので、ついには動きが取れなくなり、苦し紛れに一時遁れの事をやるので、世間の信用を失ってしまい、もうどうする事もできなくなる。仕事を苦にせずさっさと手っ取り早くやる人は使ってもいいが、仕事を苦にしてあとへあとへと延ばす人間に見えたら、決して深くその者を信用しないほうが安全である。

九十七　取越苦労ばかりしている人

人間はなるべく気を呑気にもって、なるべく余計な心配はしないでおこうと思っても、この世はいわゆる苦の娑婆で、貴賤男女の別なく、人の身に何らか憂いが全く無いということはない。従っては何かしら人には必ず心配ごとがつき纏っているものである。別に余計なことなどに苦労しなくとも心配は誰の上にもありあまっている世の中に、余計な取り越し苦労までしていてはやり切れない。ところが世の中には好き好んで苦労を求め、無駄に精力を消耗して、青息吐息鉢巻頭痛膏で悩んでいる人がある。こういう人は天井から蜘蛛が一匹ぶら下がって来てもすぐにもう心配する。

「オイオイちょっと来いちょっと来い！」

細君が驚いて飛んで来た。

「あなたどうなさいました？」

「見ろ、ここにこんな小さい蜘蛛が下がって来た。何か家に事のある前兆ではあるまいか」

こんなに神経質な人の細君は却って度胸の据わっているものだ。

「何ですこんな蜘蛛ぐらい……」

火箸で挟んだと思うと、火の中にくべてしまった。旦那殿は青くなり、

「女の癖に乱暴なことをする！　もし祟られたらどうするんだ？」

「人間が蜘蛛などに祟られてどうするもんですか、男の癖に弱いことをおっしゃるな！」

細君が翌日から生憎風邪を引いて寝た。一方はすぐに取り越し苦労を始める。

「サア大変だ！　きっとゆうべのあの蜘蛛に祟られたに違いない、悪くするといのちが危ない。今かかあに死なれては、この通り子供は大勢いるし、俺はどうすることもできない。あとの処分はどうしようか、乳呑み児はどこへ里子にやったらよいだろう？　急に母親の乳を離れたら、あの児もまた死ぬようなことにならないか」

先から先と取り越し苦労をして、ほとんど夜通し眠れない。翌朝さっそく医者を呼ぼうというと細君が応じない。

「医者など要りませんよ。今日一日だけ温かにして寝ていれば治ります。馬鹿なことをおっしゃい。蜘蛛などに人間がいのちをとられてたまるもんですか」

医者を呼ぼうといっても承知しないので、こちらで内々加持祈禱をやっていると、細君は一日も寝ておられず、午後にはさっそく起き上がって、不断の通り襷がけで働き始めた。

「アアまあよかった！」

するとその晩大地震のあった夢を見た。サアまた大変、気になって堪らない。

「今に大地震が起こらないだろうか、地震があったらどこへ逃げよう？　子供が怪我をしなければよいが……、自分が逃げ遅れて梁の下に敷かれなければいいが……、今自分が死んだらこの家はどうなるのだろう？　妻子はどうして暮らすのだろう？　きっと難儀するだろう可哀そうだ！」

こんな下らない取り越し苦労もする。その熱がいくらか冷めかけて来たと思うと、今度は風邪を引いて、せきが二つ三つ出た。サアまた大変大さわぎで、寝ても苦労で寝ていられない。

「医者は軽い風邪だといったが、もしかして肺病になったんじゃないだろうか。家内や子供に伝染したら大変だがどうしよう？　アア胸が痛い！　アア背中の方も何だか痛い！　これはいよいよ肺病だ！」

自分できめてさっそく死ぬ準備をする。実に気の早いことである。二、三日経つと肺病が治った。今度はまた頭が痛い。

「オット今度は脳に来た！　これは確かに脳病だ！　人間が頭を取られたらどうすることもできない！アアアこれは困った事になったなア！」

こういうように先から先と苦労を求めて、独りで勝手に気を揉んでいる。妙な道楽もあったものだ。世の中にはどうかすると、こんな厄介な人間もある。

九十八　統一の無い人

世の中には海のものとも山のものともつかないような人間がある。下手な絵描きの筆になった写生画みたいに漫然として統一がない。どこが焦点だか一向わからない。まるで捕えどころがない。学者かと思えば学者でもない。商売向きの男かと見ればそうでもない。医者に非ず、役者に非ず、神官僧侶の類でもなく、書家や絵描きのようにも見えず、軍人官吏の上がりでもなく、そうかといって柔道家やすもうとりのような身体にも見えず、何が本職か訊いても言わず、見かけでは見当がつかない。何が一番長所かと見れば、何でもできそうでいてやらせて見ると何にもできない。それで男前はよく弁舌も達者、挨拶ぶりもなかなか洒落ていて、ことばの中にちょいちょいと漢語、独逸語、仏語、拉丁《らてん》語なども挿んで話し、鼻の下には髭がある。

「あなたは法律でもよほど御研究になったんですか?」

訊いて見ればニヤリと笑って、

「いいえそんな訳でもありませんが……」

しかし結構三百代言ぐらいはやれそうにも見える。酒も強く碁なども隅の曲がり四目に一目ちょいと悪戯をして、極初心の者を威かすぐらいのことは知っている。相手があれば将棋も指す。諸国の事にも通じている。文学、美術、宗教、政治、軍備、実業何でもござれで聞いた風なことを言う。いくらにかなるなと思えば、「便利屋」さんもやる。ちょっと重宝に使えるが、どうも思い切って仕事を頼む気にもなれない。来客の取次ぎなどを頼むとちょっとうまい。

「御免」

「どうれエ!」

貧乏華族の三太夫ぐらいはやっていなかったかというようなところもある。そうかと思うと巻き舌で、「何だいコン畜生、喧嘩ならいつでも来い、ふざけた真似をしやアがると、手前の身体を満足にゃして置かねえぞ!」

ずいぶん凄いこともいう。相手次第、場所次第じゃ、けつを引んまくって、懐から手を出しそうな様子も見える。それでいておさげに結った嬢ちゃんが、まだ馴れない手つきでお琴に向い、

「桜、桜、弥生の空は……」

かわいい声で唄いながらおさらいをしているのを見ると、大きな奴が傍に行って、

「お嬢ちゃん、お琴を遊ばしますの？　小父さんが一つやって見ましょうか」

「ええ」

「じゃアちょっとそのお爪を貸してちょうだい！」

「お嬢ちゃんのは山田流、小父さんのは生田流よ。ホラ御覧遊ばせ、始めますよ」

なるほど、いつどこで覚えたものか、

「春は花咲く梅ヶ枝に、宿る鶯ホーホケキョ、羽風に花のちりそむる」

「マア小父さんはうまいわねえ！」

「うまいでしょう！　お嬢ちゃん、このお菓子を一つちょうだい！」

「ええ、小父さん皆上げてよ。その代わりにね。またいつかしたような、ステッセルのお顔をして見せてちょうだい！」

「よろしい、ステッセルの顔まね、一方は乃木大将、出会ったところは水師営……、じゃアこのお帽子をこうかぶってと、よろしいか、ハイこれがステッセル……」

「アアうまいうまいうまい」

「今度は変わって乃木大将……」

盛んに百面相をやっていると、いつの間にか細君が覗いていた。

「オホホホホ、まあお上手ですこと！」

乃木大将の顔はたちまち崩れた。

「ワハハハハ、奥さん今日は」

こんなことで婦人や子供に取り入るには妙を得ている。次には追従を言いながら面白い話をして、晩には飲んで食って行く。それからだんだん仕事にかかる。漫然として不統一な人間ではあるが、こんな人間に油断をすると、飼い犬に手を噛まれる世の譬えで、あとできっと後悔するような事が出来する。

九十九　品性の劣等な人

人間は金さえできれば品性などはどうでもかまわないということになれば異論はないが、そうでない限りは人間は、金銭よりも品性にむしろ重きを置きたいものである。しかしこれは理想に過ぎない話で、金銭と品性とはとかく両立し難いものである。これは説明するまでもなく、めいめい胸に手をおいて考えて見れば、いかにもなるほどと誰にも合点が行くだろう。俗謡に曰く――

「あちら立つればこちらが立たぬ、どうすりゃ様の気にいるか」

あちら立てよかこちらにしよか、ここは思案の一の橋、実に考えどころである。金にさえありつけば、それで人生の義務は完全に果たし得たものだとすれば世は楽だが、そうばかりも行かないとなれば、何びとも大いに考えなければならない。人おのおの思うところありで、金には富んでいても、品性と来ては実にお座敷向きではない人もあれば、金には貧乏していても、心は富んで品性のまことに高潔な人もある。品性の高い人になると、たとい貧乏していても、秋霜烈日、ちゃんと人間の権威が具わって、何びといえども犯すことはできない。これに反してたとい金銭には富んでいても、品性の劣等な人間は、そこに行くと実に哀れなものである。金の点にはしかたなく服従しても、蔭では誰も爪弾きして尊敬の念を発するものは一人もいない。

「どうだいあいつの陋劣さは！」

「イヤまるでお話にならない！　あれでも戸籍には人間の中に数えられているから妙だよ。金は腐るほどもっておるが、どう見てもお座敷向きの人間じゃないね、あいつの面を見ると気色が悪い！」

人から蔭でこういわれるような人間でなければ、金などはあまりできるものではない。こんな人間になると、品性も糞もあったものではない、己れさえ都合がよければ、道義もへちまもあったものではない。どんな卑劣な事でもする。こんな人間はただ金銭に卑しいだけでなく、すべてのことに皆卑しい。人間の行儀作法というようなことも一切知らない。人が自分の家に来た時は煙草の火もろくに出さぬ癖に、己れが人のところに行った時は、ウンと腹をこさえないことには動かない。到底普通の人間にできることではない。物をやれば尾をふるようにして嬉しがるが、人の家には紙一枚も持って来ない。己れの方に取る方なら血を流しても取るが、出すこととなったら氏神さまのお月掛けでも御免こうむる。ましてや人間のためなどとあっては、文久一文のことでも頭から断ってしまう。

こういう人間は不断家でろくな物は食っていないので、人の家に来るとガツガツして物を食う。まるで痩せ犬が食い物にありついたようだ。飯でも出したが最後、呆れるほど食った上にまた食う。人の家で物を食いながら中入りに帯も緩めかねない。ちょっと去るところに失礼もしかねない。そうしてまた改めて茶碗を出すから面白い。何もかも舐めたように食ってしまって、人の前で骨湯までして呑む。こんなお客さまに来られては、猫まで大いに迷惑する。実に「ニャン」ともいいようがない。不断の場合ならそれもいいが、こういう品性の劣等な人間になると、時も場合もあったものではない。他人の家に不幸でもあると、お気の毒さまでと乗り込んで、その家の物を食い尽くし飲みつくすまでは動かない。人間よりも獣に近い。一銭でも利得の行く事であれば、頭の一つぐらい土足で蹴られても喜んでいる。ほとんど手のつけようがない。柄の取れたこえ柄杓よりも始末が悪い。こういう品性の劣等な人間にはなるべく近づかぬことである。もしこういう人間の前に頭を下げねばならないようになったら、それは何のためであるかということを人は大いに考えなければならない。そうして何か思い当たったことがあったら、その時は大いに我れを改めなければならない。さもないと久しからずして、我が身を滅ぼさなければならないことになる。

百　信仰の人

いずれの宗教によろうとも、それは一向差し支えない。人間が真実心に信仰の人となり得た時は、それは強いものである。己れの安心がここだと確定して少しも疑いがない時は、死ぬことさえ怖れない。ただ怖れないだけでなく、死そのものが楽しくなる。喜ばしくなる。感謝せずにはいられなくなって来る。ましてや人間の艱難、障礙もしくは悲哀、そんなものは何でもない。笑ってこれを迎えることが楽にできるようになる。真実心から信仰の人となり得た時は、どんな困難が目の前にやって来ても、またどんな障礙に出会っても、またどんな悲哀に遭遇しても少しもおどろき憂いおそれるところがないだけでなく、困難に会えば困難、障礙に出会えば障礙、またかなしみに出会えばそのかなしみに伴って、その都度、そのたびごとに心の底より発するものは敬虔の念、感謝の情、うらみもなければうたがいもない。迷いも無ければもだえもない。おそれもなければくいもない。その心や光風霽月《せいげつ》、実に安らかなことである。真実心に我れ信仰の人となり得た時は、

雲井より上なる空に出でぬれば
　雨の降る夜も月をこそ見れ

ただちにこの境遇に行くことができる。ここに到達すれば人間は強い。どんな事変に遭遇しても、その心はしゃくしゃくとして満面春風を浴びるような心持ちでその事変に処することができる。

金銭だけで天地としている人間が金銭を離れた時の状態はどうだろう。失望し落胆して首をくくる者さえあるが、信仰の人がおどろかないのは、己れの心のうちになおそれ以上の別天地があるからである。権勢のみで天地としている人間が、権勢から離れた時のありさまはどうだろう。また妻子の愛のみをもって、己れの天地として生きている人間が、急に己れの妻子とわかれた時の心持ちはどうだろう。実に目も当てられぬありさまだろうが、信仰の人は怖れないしおどろかない。己れの心のうちになおそれ以上の広い天地があるからである。

こういう人と顔を合わせると、自然に尊敬の心を発せないではいられない。その人の身分が低くても、または貧乏でもどことなく貴い。どことなく懐かしい。かんかんとして物に迫らないその人の、どことなく温和な顔を見ると、その気に撃たれてこちらまでが、人間の憂いを離れて苦を忘れたような気持ちがする。こういう人の死ぬ時、イヤ任務を終わって永遠に帰る時は、長閑な春の日の静かに静かに暮れて行くように眼を閉じる。そうしてその死に顔にはどことなく、優しい笑顔が残っている。こういう人は、独り生に対して満足し感謝するだけでなく、死に対してもまた満足し感謝する。

世にはこうした人もある。実際にある。こういう人であれば、その人に使われてもありがたい。また使って見ても大丈夫間違いはない。百万千万の富を預けて何年間ほうって置いても、一文半銭ごまかすようなことはしない。今日世の事業家は安心して金銭を托せる人を求めている。しかしそれは信仰の人によらなければ駄目だ。己れの死んだのちはどこへ行くのか。それも知らぬような人間に金銭をあずけて置いてどうして油断ができようか。子供に刃物を持たせたようなもので、どんなことをしでかすかも知れたものでない。信仰の人は先輩として立ててよく、友達として交わっても自然にその人の感化を受けて我れもまた信仰に導かれる。しかし滅多に油断はならない。この節の信仰家には他の商品のように類似品がある。模造品がある。いわゆる二番物がある。実際試して見ない事には真偽がわからない。世の中が進んで来ただけに、ちょっと見では真偽の区別のつかないほど実に巧みに今日の似非信仰家はできている。これを十分確かめずに、うっかり信仰家の模造品に引っかかると、それこそとんだ目に会わなければならない。

著者略歴

堀内新泉（ほりうち・しんせん）

東京英語学校（のちに東京大学予備門、旧制一高）中退。幸田露伴門人。一時、新聞記者として働き、少年向き立志伝を多数執筆。露伴はアイヌをテーマとする小説『雪紛々』を執筆していたが第十四回までで中絶、第十五回から第六十八回までを新泉が執筆し完成させた。

新泉は、本書のほか、『運命之改造』『家庭読本』『時間活用法』『人格と運命』『老人読本』など、自己啓発本の草分けとなる本を多く書いた。

人間百種百人百癖《にんげんひゃくしゅひゃくにんひゃくへき》

2017年9月25日　初版第一刷発行

著者　堀内新泉

発行者　佐藤今朝夫

〒174-0056 東京都板橋区志村1-13-15

発行所　株式会社　国書刊行会

TEL.03(5970)7421(代表)　FAX.03(5970)7427

http://www.kokusho.co.jp

落丁本・乱丁本はお取替いたします。　印刷・㈱エーヴィスシステムズ　製本・㈱村上製本所

ISBN978-4-336-06214-7